A CASA
COM 14 BILHÕES
DE QUARTOS

Editora Appris Ltda.
1.ª Edição - Copyright© 2024 do autor
Direitos de Edição Reservados à Editora Appris Ltda.

Nenhuma parte desta obra poderá ser utilizada indevidamente, sem estar de acordo com a Lei nº
9.610/98. Se incorreções forem encontradas, serão de exclusiva responsabilidade de seus organi-
zadores. Foi realizado o Depósito Legal na Fundação Biblioteca Nacional, de acordo com as Leis nos
10.994, de 14/12/2004, e 12.192, de 14/01/2010.

Catalogação na Fonte
Elaborado por: Dayanne Leal Souza
Bibliotecária CRB 9/2162

C416c
2024
	Cerqueira, Richer S.
	    A casa com 14 bilhões de quartos / Richer S. Cerqueira. – 1. ed. – Curitiba:
	Appris, 2024.
	        275 p. : il. ; 23 cm.
	
	    ISBN 978-65-250-7043-8
	
	    1. Casa. 2. Terror. 3. Fantasia. 4. Ficção. 5. Vale da estranheza. 6. Terror absurditas.
	I. Cerqueira, Richer S. II. Título.
	
	                                                                                    CDD – 863

Appris
editora

Editora e Livraria Appris Ltda.
Av. Manoel Ribas, 2265 – Mercês
Curitiba/PR – CEP: 80810-002
Tel. (41) 3156 - 4731
www.editoraappris.com.br

Printed in Brazil
Impresso no Brasil

RICHER S CERQUEIRA

A CASA
COM 14 BILHÕES
DE QUARTOS

artêra
editorial

Curitiba, PR
2024

FICHA TÉCNICA

EDITORIAL	Augusto V. de A. Coelho
	Sara C. de Andrade Coelho
COMITÊ EDITORIAL	Marli Caetano
	Andréa Barbosa Gouveia (UFPR)
	Edmeire C. Pereira (UFPR)
	Iraneide da Silva (UFC)
	Jacques de Lima Ferreira (UP)
SUPERVISORA EDITORIAL	Renata C. Lopes
PRODUÇÃO EDITORIAL	Adrielli de Almeida
REVISÃO	Manuella Marquetti
DIAGRAMAÇÃO	Bruno Nascimento
CAPA	Kananda Ferreira
REVISÃO DE PROVA	Sabrina Costa

Eu dedico esta história ao meu avô e à sua esposa.
Sem eles, nunca teria começado a escrever.
Também faço esta dedicação especial a uma grande amiga.
Graças a você, realizei meu maior sonho.

SUMÁRIO

CAPÍTULO 1
APENAS UMA VOLTA 11

CAPÍTULO 2
PRIMEIRO QUARTO 23

CAPÍTULO 3
SEGUNDO QUARTO 31

CAPÍTULO 4
TERCEIRO QUARTO 39

CAPÍTULO 5
QUE LUGAR É ESTE? 55

CAPÍTULO 6
O DESPERTAR 69

CAPÍTULO 7
DE VOLTA AO PESADELO 81

CAPÍTULO 8
O JARDIM DOS MEUS SONHOS 93

CAPÍTULO 9
ME SINTO DIFERENTE 105

CAPÍTULO 10
O BILHETE... 115

CAPÍTULO 11
A PORTA FICOU ABERTA?.................................. 129

CAPÍTULO 12
CIRCO DOS HORRORES...................................... 143

CAPÍTULO 13
ANAMNESE DO FUTURO................................... 163

CAPÍTULO 14
ISSO É UM QUEBRA-CABEÇA............................ 179

CAPÍTULO 15
NO FIM DO TÚNEL.. 193

CAPÍTULO 16
O PRIMEIRO ATO.. 213

CAPÍTULO 17
A CASA DOS ESPELHOS...................................... 223

CAPÍTULO 18
NÃO ACREDITE NA VERDADE............................ 243

CAPÍTULO 19
NECROMANCER... 259

PRÓLOGO

No vasto cosmos, existe um ponto singular chamado de Fluxo Canônico, onde três casas desafiam a compreensão humana: a Casa do Colapso, a Casa Fantástica e a Casa Neutra.

A Casa do Colapso é um labirinto de dimensões defeituosas, repleto de sombras e mistérios, onde horrores indizíveis e criaturas caóticas habitam seus corredores infinitos.

Por outro lado, a Casa Fantástica é um oásis de maravilhas e possibilidades infinitas, com quartos que são portais para reinos exóticos e paisagens deslumbrantes. É habitada por entidades misteriosas conhecidas como as Baleias Colossais, criaturas ancestrais que mantêm a estabilidade entre os planos de existência.

Entre essas duas casas opostas está a Casa Neutra, uma balança entre o caos e a ordem, onde a harmonia é preservada. Seus quartos levam a mundos comuns, sem magia, porém constantemente em conflito.

A trama se desenvolve na Casa do Colapso, onde os personagens são levados a lugares terríveis e assombrosos, sendo perseguidos por uma criatura tenebrosa a cada quarto.

CAPÍTULO 1

APENAS UMA VOLTA

O relógio batia exatamente vinte e duas horas na cidade de Averlines, uma vila distante do centro urbano, onde mora um rapaz de nome estranho que acabara de acordar de um terrível pesadelo. Muito perplexo, resolveu ligar para o seu melhor amigo, Mike, para falar sobre tudo o que havia sonhado.

— Alô, Mike! Bora dar uma volta? Preciso espairecer um pouco — disse ele, com um tom animado.

— Levinse? Por que está ligando desse número? Geralmente você usa o celular da sua mãe — questionou Mike, visivelmente surpreso.

— Ah, é o celular da minha tia. Ela está aqui em casa... Mas e aí, topa sair? — insistiu Levinse.

— Não sei, cara. Já está tarde — respondeu Mike, meio na dúvida.

— Vamos lá, Mike. Tenho que te contar o pesadelo que tive — insistiu Levinse.

— Você teve outro daqueles sonhos? Isso me preocupa — expressou Mike, preocupado.

— Não sei, não lembro direito... Mas preciso desabafar sobre o que vi — admitiu Levinse, incerto.

— Não dá pra conversarmos por telefone? — sugeriu Mike.

— Não, precisamos sair — respondeu Levinse, decidido.

— Cara, já falei pra você se afastar dessas coisas. Sabe que só faz mal — disse Mike, soltando um suspiro audível.

— Você não entende, Mike — interrompeu Levinse. — Essa coisa atormenta minha mente desde sei lá quando. Não sei o motivo, mas sei o quanto sofro com isso.

Um breve silêncio se seguiu antes de Levinse continuar:

— Vamos, preciso espairecer um pouco — insistiu ele.

— Está certo, Levinse. Passa aqui em casa e decidimos o que fazer — cedeu Mike, resignado ao pedido do amigo.

— Certo, já estou indo — respondeu Levinse, preparando-se para sair.

Levinse estava genuinamente apreensivo com seu sonho. Não era o primeiro pesadelo carregado de sangue, fumaça negra e o som inquietante de correntes. Ele se sentia confuso e desconcertado com essas visões recorrentes. Por isso, buscava desesperadamente a companhia de seu melhor amigo, o único que compreendia verdadeiramente seu sofrimento. Para Levinse, investigar seu passado e suas origens era uma mistura aterradora de fascínio e medo, uma jornada pela qual ele ansiava, na esperança de encontrar algumas respostas.

Naquela noite fria, Levinse se vestiu rapidamente. Optou por uma calça jeans escura e uma camiseta branca, complementando com seu tênis preto e sua jaqueta favorita, adornada com a estampa do OM, um símbolo misterioso que o intrigava profundamente. Enquanto saía de casa, lembrou-se de pegar seu maço de cigarros, quase esquecido no quarto.

Caminhando pelas ruas, Levinse avistou Mike sentado na calçada de casa, contemplando o céu nublado que encobria timidamente a lua cheia. Uma brisa suave balançava as folhas de uma glicínia próxima, adicionando um toque de serenidade à noite.

Mike, apesar de não demonstrar grande preocupação com o sonho de Levinse, estava ansioso para contar uma história sobre uma colega de escola, uma história mal contada com a qual esperava desviar a atenção do amigo do pesadelo.

Mike era alto e robusto, com cabelos loiros espetados, contrastando com Levinse, mais baixo e de físico mais delicado. A pele pálida de Mike estava levemente avermelhada pelo frio, mesmo com todos os agasalhos que usava.

— Mike, está um frio danado, mas essa touca... — Levinse não resistiu a uma provocação enquanto se aproximava do amigo.

— Deixa minha touca em paz, cara! — respondeu Mike, um tanto irritado.

— Estou brincando — disse Levinse, esboçando um sorriso. — E então, para onde vamos?

— Vamos dar uma volta por aqui mesmo — concordou Mike, com um aceno de cabeça.

Já tinha virado rotina para eles saírem para caminhar pela vila. Gostavam de conversar sobre o colégio, falar das meninas, planejar aventuras e, é claro, discutir sobre os malditos pesadelos de Levinse.

— E então, o que foi que você sonhou? — perguntou Mike.

— Cara, foi tudo muito estranho. Tinha sangue para todo lado, o barulho de correntes era ensurdecedor, e parecia que um monte de gente repetia "*trux morietur*" sem parar — disse Levinse, franzindo a testa. — E eu estava segurando vários papéis. Bizarro!

— O mesmo sonho de sempre. Mas a pergunta que sempre faço é: o que isso significa? — ponderou Mike.

— Não faço a menor ideia, cara. Consigo me lembrar claramente dessas duas palavras e dos papéis, mas aquela língua... eu não entendia, como se alguém sussurrasse em meu ouvido: "*trux morietur, trux morietur*". Foi horrível! — Levinse parecia incomodado.

— E mais alguma coisa? — Mike fixa o olhar em uma rua próxima.

— Não sei, não consigo me lembrar direito.

— Você nunca se lembra — Mike respondeu, com um tom decepcionado.

— É estranho, não é? Por que isso acontece comigo? Será que sou maluco? — Levinse questionou.

— Não, cara. Sabe o que é melhor? Mudar de assunto. Aquela menina, como ela se chama mesmo?

— A da escola?

— Isso mesmo.

— Emmyle. — Levinse deu um chute em uma pedra.

— Você pegou o telefone dela, não pegou?

— Peguei. Talvez mais tarde eu ligue para ela do telefone da minha mãe. Devo ligar? — Levinse fez uma careta.

— Claro que sim — respondeu Mike rapidamente.

— Mas ela meio que me deu um fora.

— Pode ser que tenha sido por causa da galera em volta. Você sabe como são as meninas. E além disso, ela não parava de te olhar, você mesmo falou isso.

Mike estava tenso e confuso, não pelo assunto que discutia com Levinse naquele momento, mas sim com uma estranha mudança em seu bairro. A cada passo que davam, novas paisagens surgiam: matas, ruas e lugares desconhecidos.

— É, você tem razão. Acho que estou gostando dela, mas você sabe que o passado dela é um pouco complicado — confessou Levinse.

— Pode ser que ela tenha mudado. As pessoas mudam, não é mesmo? — sugeriu Mike, observando uma rua escura e deserta.

— Será que alguém pode mudar tanto assim? — questionou Levinse, perdendo-se em seus pensamentos.

— Talvez, quem sabe. Você é um exemplo disso. Mudou bastante desde que nos conhecemos. Até meu pai comentou sobre isso.

— Seu pai falou de mim? — Levinse mostrou surpresa.

— Sim, disse que você está mais maduro e que parou com aquelas ideias malucas de sentir e ver coisas — explicou Mike, parando de andar.

— Isso é verdade! Eu provei isso várias vezes. Não sou louco, Mike! — Levinse expressou, sentindo-se aliviado.

— Eu sei, eu sei. — *Você sabe esconder bem essa sua "loucura"*, pensou Mike antes de perguntar: — Ei, onde estamos? — Ele olhou ao redor, confuso.

Aquilo os intrigou enquanto caminhavam. Conheciam o bairro como a palma da mão, tendo vivido ali desde a infância. Ao pararem, perceberam que estavam em uma rua desconhecida.

— Estranho! Será que nos perdemos? — Mike indagou.

— Não sei, cara. Nunca vi essa rua antes — Levinse disse enquanto pegava um cigarro. — Às vezes é mais fácil se perder na vida do que num lugar onde vivemos a vida toda.

— Está filosofando agora, é? — Mike brincou. — Isso me lembra daquela vez na casa dos Buenos, lembra? — Levinse assentiu, concordando.

— Nunca mais vou entrar naquela casa.

Após alguns segundos de reflexão, Levinse teve uma ideia repentina.

— Ótima ideia, Mike! Vamos explorar essa nova rua. — Ele deu dois passos à frente.

— Sério? — Mike perguntou, surpreso.

— Sim, estou falando sério. Por quê? Está com medo? — provocou Levinse.

— Medo? Não tenho medo! Só acho que está tarde para sair por aí sem rumo — disse Mike, verificando a hora em seu celular.

— Para de ser mole, Mike. Olha só, tem uma casa lá no fim! — exclamou Levinse, empolgado, esticando o pescoço para enxergar melhor. — E parece ser bem grande.

— É verdade. Deve ser enorme para ser vista dessa distância.

Um breve silêncio se instalou, interrompido apenas pelo vento gelado que soprava ao redor deles. Estranhamente, sentiam a sensação de movimento ao seu redor, como se não estivessem sozinhos.

— Vamos lá! — sugeriu Levinse repentinamente, fazendo Mike pular.

— Nem pensar! — respondeu ele, virando-se rapidamente em direção à sua casa.

— O que foi, Mike? Você não costumava ser tão medroso assim — reclamou Levinse, franzindo o cenho.

— Olha para este lugar. Nunca vi nada parecido aqui no bairro. Não acha isso estranho? Use o bom senso, cara — explicou Mike, apontando para a rua de terra.

— Não exagera! — rebateu Levinse, acendendo um cigarro.

— Eu não estou exagerando! — insistiu Mike.

A situação era, de fato, peculiar. A rua estreita de terra era iluminada por apenas três postes de luz, enquanto uma densa e sombria floresta se estendia em ambos os lados, desafiando qualquer tentativa de penetrar em seus mistérios.

— Mike, lembra quando tínhamos uns 14 ou 15 anos? — perguntou Levinse.

— Lembro, por quê?

— A gente costumava explorar casas abandonadas e sempre encontrávamos coisas interessantes.

— Ah, sim, eu me lembro. Ainda tenho o amuleto que encontramos — disse Mike, recordando-se do passado.

— Então vamos lá. Quem sabe não encontramos algo legal dessa vez? — sugeriu Levinse.

— Mas essa casa é diferente — disse Mike, com um tom de preocupação perceptível. — Não estou muito a fim.

— Vamos só chegar mais perto para dar uma olhada e depois voltamos — propôs Levinse.

— Tudo bem, então — concordou Mike, cedendo à insistência do amigo.

Mike sabia que se não concordasse com a "brilhante ideia" de Levinse, ele não pararia de insistir. Assim, decidiram avançar. Os dois seguiram por um caminho perigoso e assustador. Ao adentrarem a estreita estrada de terra, ouviam-se constantes ruídos vindos da mata, o que os deixava completamente apavorados. Levinse e Mike andavam sempre de olho no que vinha atrás, temendo que alguém estivesse os seguindo.

Após exatos trinta minutos de caminhada, chegaram à grande casa, que estava visivelmente em ruínas. O quintal era vasto, uma planície interrompida apenas por dois grandes cedros e um balanço quebrado. O lugar era verdadeiramente enigmático, pois a estrada e a casa pareciam ter surgido do nada. Ao lado, havia uma pequena construção, que poderia ser uma despensa ou um depósito de ferramentas.

Eles não sabiam, mas já estavam sendo observados. O som do vento batendo nas janelas, o rangido das árvores, os passos ecoando e até mesmo o som das folhas sendo pisoteadas contribuíam para o clima aterrorizante. No entanto, nada disso os impediu de investigar a grande casa.

— Ok, já vimos o que queríamos. Vamos embora — disse Mike, visivelmente apreensivo.

— Calma aí, Mike. Vou dar uma volta rápida pela casa e já volto — insistiu Levinse.

— Não era isso que tínhamos combinado, Levinse.

— Só vou dar uma olhada ao redor. Se preferir, fique com meu celular como garantia de que voltarei — sugeriu Levinse, colocando a mão no bolso de sua jaqueta.

— Você não tem celular, Levinse — Mike retrucou, franzindo o cenho.

— Ah, verdade. Então, fique com meu isqueiro — corrigiu Levinse, estendendo o isqueiro para Mike, que aceitou sem questionar.

— Vai logo, cara. Você só pode estar maluco! — exclamou Mike, sacudindo a cabeça em descrença.

Antes de partir, Levinse abaixou-se para pegar um galho que estava no chão, olhou ao redor e começou a rodear a estrutura da casa, verificando se havia alguém usando drogas no local, pois sua intenção ainda era entrar na casa.

Estava escuro, tornando difícil distinguir onde estava pisando, mas de alguma forma a casa parecia emanar uma luminosidade fraca. Apesar de sua condição peculiar, isso não era relevante para Levinse; sua curiosidade, por outro lado, era quase assustadora. Ele observava a majestosa casa, absorvendo cada detalhe, desde as altas janelas quebradas até as lâmpadas protegidas por gaiolas de ferro. Vegetação crescia entre as rachaduras do edifício, e os detalhes de tinta branca nas madeiras desgastadas, além de uma pipa amarela enroscada na beira do telhado, também chamavam sua atenção. Tudo ali era tão diferente e estranho, lembrando seus pesadelos, mas agora era vida real. Seu estômago palpitava de excitação diante da grandiosidade da casa. Depois de seis longos minutos, Levinse voltou ao encontro de seu amigo, que parecia completamente amedrontado.

— Achou alguma coisa? — perguntou Mike, com a voz trêmula.

— Não. Está limpo, mas vi uma porta aberta. E você, viu alguma coisa?

— Não, apenas ouvi alguns barulhos, mas acho que estou apenas imaginando coisas — respondeu Mike, com um tremor na voz.

— Ok, vamos entrar — disse Levinse, indo em direção à porta.

— Tem certeza de que é uma boa ideia, Levinse? — perguntou Mike, tentando mais uma vez convencer seu amigo a mudar de ideia.

— Claro que é! — respondeu ele, olhando para trás.

— Não era isso que tínhamos combinado — tentou Mike mais uma vez.

— Eu sei, mas será rápido. Para de ser medroso, Mike!

— Está bem, vamos — suspirou Mike.

Levinse se aproximou da porta e, ao tocar na maçaneta para abri-la, os dois ouviram um barulho terrível, como se algo tivesse caído lá dentro, fazendo-os ficarem extremamente apavorados. Seus olhares se encontraram, os olhos quase saltando das órbitas.

— Levinse, o que foi isso? — perguntou Mike, quase gritando.

— Não... não sei — gaguejou Levinse. — Droga! Vamos sair daqui — gritou, desesperado.

— Corre! — exclamou Mike, levando um tombo espetacular, que fez Levinse cair sentado de tanto rir da situação.

— Caramba, você está bem? — perguntou Levinse, finalmente controlando o riso.

— Estou, sim. Era só um gato — disse Mike, com o rosto próximo ao chão, observando um gato preto que saiu disparado para fora da casa.

— Que susto, caralho! Vamos logo antes que eu desista de entrar — disse Levinse, tentando esconder a empolgação.

Ao adentrarem a casa, uma transformação mágica pareceu acontecer. O que antes parecia velho e em ruínas do lado de fora, revelou-se belo e novo por dentro. A casa era esplêndida, um verdadeiro palácio com um salão de uma grandeza incomparável. O piso de madeira brilhava, refletindo a luz dos lustres de cristais que iluminavam o ambiente. À frente deles, uma majestosa escadaria de madeira entalhada se erguia. Os meninos ficaram boquiabertos diante da descoberta, algo totalmente fora do comum para eles.

— Mas que porra é essa... — começou Levinse, parecendo perplexo.

— Não faço a menor ideia, mas estou adorando! — respondeu Mike, com os olhos brilhando de admiração.

Exploraram o cômodo, fascinados pelos detalhes. Havia poucos móveis, apenas um criado-mudo ao lado da escada e um tapete antigo que cobria quase todo o chão da sala. Levinse sentiu uma pontada na cabeça, mas logo a ignorou, mergulhando na excitação da descoberta.

Alguns minutos se passaram e Mike começou a ficar impaciente. Não era hora de invadir casas, especialmente quando não tinham combinado nada antes. Ele se afastou da sala, olhando ao redor, e então se virou para abrir a porta.

— Levinse, onde está a merda da porta? — perguntou, com uma seriedade preocupante.

— Que porta? — questionou Levinse, interrompendo sua subida pelas escadas para prestar atenção no amigo.

— A porta por onde entramos. Ela simplesmente desapareceu.

— Ah, para de brincadeira, Mike — disse Levinse, aproximando-se dele. — Você só pode estar delirando.

Com o espetáculo do lugar, Levinse já havia se esquecido de que entrara por uma porta, mas quando chegou ao lado do amigo, não se opôs a crer que a bendita porta havia desaparecido. Antes mesmo de temer e questionar, algo estranho aconteceu. Como mágica, duas figuras surgiram diante deles. Um velho de aspecto caipira, segurando um facão assustadoramente enferrujado, e uma linda menina vestida de branco.

Levinse pareceu congelar no lugar, enquanto Mike sentiu-se quase como se estivesse se tornando transparente. O velho, com passos lentos e pesados, aproximou-se da menina, que parecia estar em um estado de transe, seus olhos fixos no teto como se enxergassem além das paredes físicas da casa.

O estranho homem apertou firmemente o cabo de madeira da faca e atacou a menina, cortando o seu pescoço. Ele deu inúmeras facadas, até decepar a sua cabeça.

Depois que o velho terminou seu ato sinistro, percebeu a presença dos meninos e se aproximou deles com passos lentos. Os pensamentos de Mike e Levinse corriam a mil por hora. Paralisados pelo medo, não sabiam como escapar nem como explicar o que testemunharam. Estavam completamente perdidos.

No momento em que o velho se preparava para atacar novamente, uma explosão abalou a casa, alterando drasticamente seu interior. Em segundos, as trevas tomaram conta do ambiente, deixando apenas a fraca luz da lua que penetrava pelas rachaduras do teto. O que antes era grandioso e imponente, agora estava tomado pela destruição e pelo abandono. Estranhos vultos surgiram no salão, realizando atos bizarros, como se estivessem possuídos por espíritos obsessores, uma cena que deixou Levinse pensativo e inquieto.

Aterrorizados com os acontecimentos recentes, Mike e Levinse decidiram subir as escadas às pressas. Ao chegarem ao corredor, ficaram perplexos com o que viram. Uma infinidade de portas se estendia diante deles, como um corredor interminável.

— Mike, o que é isso? — perguntou Levinse, franzindo a testa, tentando compreender a estranha visão.

— Isso só pode ser loucura! — respondeu Mike, ofegante, seus olhos fixos nas portas.

— E agora, Mike? O que fazemos? — indagou Levinse, sentindo-se completamente perdido e incapaz de tomar uma decisão.

— Não sei, cara — admitiu Mike, confuso. — Vamos escolher uma porta e entrar.

— Mas não temos ideia do que pode estar lá dentro — alertou Levinse.

— E temos alguma outra opção? — retrucou Mike, dando de ombros.

— Vamos lá! — decidiu Levinse.

Sem hesitar, eles escolheram a primeira porta e entraram.

CAPÍTULO 2

PRIMEIRO QUARTO

Tudo no quarto exalava uma atmosfera tranquila e acolhedora. As paredes floridas criavam um ambiente agradável, complementado por uma bela cama de casal com lençóis de malha branca, uma poltrona de couro escuro e uma elegante mesa de cabeceira repleta de perfumes e batons. Levinse e Mike sentiram-se transportados para um estado de conforto e calma. Era como caminhar sobre um tapete macio de veludo branco que cobria a maior parte do quarto. Um ventilador de teto girava suavemente, embora não produzisse qualquer brisa. No entanto, o elemento verdadeiramente estranho era um armário antigo de madeira, com portas pregadas, de onde vinham ocasionalmente ruídos de movimento em seu interior.

Apesar da aparente normalidade, Levinse e Mike não podiam ignorar o perigo que os cercava. Levinse sentiu-se profundamente culpado por terem entrado naquela casa.

— Mike, acho que foi um erro termos entrado aqui — confessou Levinse, com um tom de preocupação.

— Você acha? Estamos em uma enrascada! Viu o que aconteceu lá fora? Isso é coisa do capeta, e você sabe! — Mike expressou sua preocupação de forma irônica.

— Você acha graça? — perguntou Levinse, confuso com a reação do amigo.— Relaxa, com certeza há uma maneira de sairmos dessa — tentou acalmá-lo.

— Cara, a porta sumiu! — disse Mike, frustrado.

— Você está certo — concordou Levinse, deitando-se na cama. — Mike, me desculpe. Reconheço que tudo isso foi minha culpa.

— Vamos conversar sobre isso depois, Levinse. Agora, precisamos descobrir como sair daqui — disse Mike, olhando ao redor do quarto em busca de uma solução.

— Mike, você está com o meu cigarro — lembrou Levinse, estendendo a mão para pegá-lo.

— E então, qual é o plano? — perguntou Mike, entregando o maço de cigarros a Levinse.

— Não sei, cara. Primeiro, vamos analisar os fatos — disse Levinse, abrindo o maço de cigarros e acendendo o segundo com seu isqueiro Zippo prateado, tomando uma tragada para aliviar a tensão. — Sabemos que a porta desapareceu, o que é bastante estranho, mas de repente nos deparamos com um corredor repleto de portas.

— Não podemos deixar de lado os detalhes — concordou Mike, sentando-se na poltrona ao lado da cama. — Aquele velho maluco, a transformação da casa... você viu como tudo mudou tão rapidamente?

— Uma loucura! — concordou Levinse, soltando uma nuvem de fumaça. — E de onde diabos surgiu aquele velho? Ele simplesmente apareceu do nada.

— E aquelas coisas lá fora... seriam... almas? — perguntou Mike, visivelmente perturbado.

— Pessoas vivas é que não são mais — respondeu Levinse, com uma expressão sombria.

— Isso é horrível! Não podemos ficar presos neste quarto para sempre — lamentou Mike.

— E não vamos ficar! — declarou Levinse, levantando-se para vasculhar as gavetas da mesa de cabeceira.

— O que você está procurando? — indagou Mike.

— Levanta daí e vem me ajudar a encontrar alguma coisa — respondeu Levinse, apagando o cigarro em um cinzeiro de ferro sobre a mesa de cabeceira.

Os dois reviraram o quarto em busca de pistas. Levinse examinou todas as gavetas da mesa de cabeceira, enquanto Mike vasculhava a cama. Agitavam-se pelo quarto como duas crianças em busca de um tesouro perdido. Mike aproximou-se do estranho armário, observando-o atentamente por um momento antes de tentar abri-lo. As portas estavam pregadas, e ao espiar pelas rachaduras, percebeu a escuridão dentro dele. Um cheiro desagradável de urina emanava das fendas, e de uma pequena fenda perto do chão gotejava um líquido negro, embora Mike não tenha notado essa peculiaridade. Enquanto isso, Levinse continuava sua busca, mas só encontrava batons, perfumes e muitas meias brancas. Sem muito sucesso até então, decidiu verificar debaixo da cama, embora estivesse escuro demais.

— Mike, Mike! — exclamou Levinse, elevando o tom de voz.

— O que foi? — perguntou Mike, parecendo meio distraído.

— Encontrei algo aqui. Me empresta seu celular.

— Toma — disse Mike, passando o celular para Levinse.

— Liga a lanterna, cara. Eu sou um desastre com essas tecnologias.

— Você é um caso perdido — brincou Mike.

— Cala a boca, cara. Aqui, peguei! Parece ser uma caixa, me ajuda a abrir.

— O que será que é? — indagou Mike, pegando a caixa de Levinse.

— Acredito que sejam quadros — respondeu Levinse, sentando-se na poltrona e examinando curiosamente o pacote. Mike juntou-se a ele na cama, aguardando ansiosamente que o amigo abrisse.

— Vamos lá! — encorajou Levinse, rasgando a fita adesiva do pacote.

O primeiro quadro retratava uma mulher esguia de olhos verdes e cabelos negros, segurando uma rosa repleta de espinhos, evidenciando os ferimentos em suas mãos. O segundo quadro mostrava a fachada da casa, com algumas crianças brincando em um balanço. Os trajes das crianças e dos adultos presentes indicavam a época em que a pintura foi feita.

O terceiro quadro exibia o interior de uma espécie de escola, com carteiras e um quadro-negro ao fundo, sugerindo um ambiente educacional.

O quarto quadro retratava um garotinho de cabeça baixa, denotando tristeza. Ele segurava um urso de pelúcia sujo e desgastado em suas mãos.

Levinse observou os quadros atentamente antes de jogá-los na cama, onde Mike os examinou mais de perto. Ao ver o último quadro, Mike soltou uma risada e comentou:

— Levinse, esse garoto se parece muito com você.

— Vai pro inferno! — respondeu Levinse, fazendo uma careta.

— Desculpa, cara. Só estou brincando com você, você sabe — disse Mike, dando um tapinha leve no ombro do amigo. — Mas esse armário é realmente bizarro! — concluiu, encarando o armário com uma expressão perplexa.

— Você já olhou dentro dele?

— Não, e nem quero. Quem sabe o que pode estar lá dentro...

— O que é isso? — indagou Levinse, percebendo uma alteração na iluminação do ambiente.

As luzes começaram a piscar e uma estranha música ecoou pelas paredes do quarto. A melodia era semelhante a uma voz doce e frágil, inicialmente agradável, mas logo se tornava discordante antes de voltar à serenidade. Uma espécie de fungo negro começou a se espalhar pelo chão e teto, enquanto as luzes amareladas se transformavam em um vermelho sombrio, transformando o pequeno espaço em um ambiente completamente aterrorizante.

Levinse dirigiu o olhar para a porta e viu algo inacreditável: um garoto ensanguentado e gravemente ferido, segurando um urso de pelúcia idêntico ao do quarto quadro. O mais perturbador eram seus olhos, nos quais dois dedos pareciam estar enfiados profundamente nas órbitas. Levinse sentiu uma forte pontada na cabeça, seguida por lampejos de memória: flashes de um garoto ensanguentado sendo trancado dentro do armário.

— Mike, me ajuda a abrir este armário!

— Não dá, ele está emperrado — disse Mike, visivelmente perturbado.

Mike fixou o olhar no garoto, que parecia estar em todos os cantos do quarto. Foi então que algo novo e aterrorizante ocorreu. Milhares de braços começaram a emergir do teto, enquanto bracinhos tentavam desesperadamente alcançar algo através do vão da porta, produzindo um som perturbador. Em seguida, mais braços surgiram das paredes. Mike chamava por Levinse com voz trêmula.

— Levinse!

— O que foi, Mike? Não vê que estou tentando abrir este maldito armário?

— Levinse! — chamou Mike novamente, tentando chamar a atenção do amigo.

Não demorou muito para Levinse cair sentado no chão, completamente atordoado.

— Puta merda! Que negócio é esse? — ele perguntou, ao ver o que estava acontecendo.

— Vamos sair daqui! — falou Mike, puxando o braço de Levinse.

Os dois estavam preparados para abrir a porta e correr pelo grande corredor, mas a cada segundo que passava, algo estranho emergia do chão. Era uma coisa morna e viscosa. Mike descobriu o que era apenas pelo olhar e gritou:

— Isso é sangue, Levinse! Vamos sair daqui agora!

— Mas e o armário? — questionou Levinse, com pressa em sua fala.

Além do bizarro acontecimento, um estranho sentimento passou por Levinse. Era algo que ele jamais havia sentido, mas parecia saber. Sentiu uma certa intuição, como se alguém o chamasse pelo nome, com uma voz fina e um ruído doloroso.

— Deixa essa droga de armário e vamos embora! — exclamou Mike, indo abrir a porta. — Droga! Essa droga está trancada — disse ele, praticamente gritando.

— Arromba, então — falou Levinse, quando percebeu que os seus braços começaram a ir automaticamente em direção ao Mike.

— Mike! — gritou Levinse.

No momento em que Mike se virou para trás e viu o seu melhor amigo gritando e correndo para tentar se salvar, a sua vida inteira passou diante de seus olhos. O gosto metálico do sangue foi cuspido de sua boca. Ainda sem saber o que aconteceu, ele olhou para baixo, pois sentia uma dor aguda em sua barriga, e foi aí que ele notou um braço segurando as suas entranhas.

Levinse também foi agarrado, mas a porta se abriu e, por algum motivo, ele foi jogado para o corredor desalumiado. A porta se fechou e só o que restou foi ouvir os gritos de sofrimento do seu amigo Mike. Ele não conseguia entender e tentou arrombar a porta por diversas vezes, com seus olhos lacrimejados e a mente ficando cada vez mais perturbada. Levinse dava socos na porta, rasgando pequenas feridas em sua mão. O desespero que ele sentia, a angústia e a culpa não deixavam a sua mente em paz. Depois de um tempo, a porta se abriu, e Mike caiu morto bem na sua frente. Ele estava todo machucado, com os seus dois braços arrancados e o resto do corpo coberto de sangue.

CAPÍTULO 3

SEGUNDO QUARTO

Depois de tantas angústias e remorsos, Levinse se encontrava sem energia para prosseguir. Encostado na parede do corredor, sentado e abatido, observava seu amigo pela última vez. Com os olhos marejados, tirou o maço de cigarros amassado do bolso, pegou um e o acendeu com dificuldade. Estava profundamente abalado, isso era evidente.

"Preciso contar ao pai dele? Como explicar o que aconteceu?", pensou Levinse, quase esmagando o cigarro com a força que o segurava. Após muitas lágrimas e mais dois cigarros fumados, ele olhou para o amigo, recordando-se dos bons momentos juntos, o que o fez erguer a cabeça e refletir: *"o que Mike faria agora? Certamente ele focaria no que realmente importa: sair desta casa maldita"*.

Levinse dirigiu-se às escadas, observando as sombras ao redor. Eram figuras presas no limbo, revivendo seus momentos finais de tragédia. Avistou um homem idoso, elegantemente vestido com um terno verde-militar e chapéu fedora, segurando um revólver COLT 1984. Seus olhos encontraram os de Levinse em uma expressão carregada de melancolia. Sem hesitar, o velho levou a arma à boca e disparou.

Sobressaltado, Levinse percebeu a hostilidade do lugar e correu para abrir a próxima porta, mas antes de avançar, virou-se para trás, surpreso ao ver que o corpo de Mike havia desaparecido. Com olhos arregalados, procurou ao redor, quando ouviu novamente o som do revólver sendo disparado. Correu e girou a maçaneta da porta.

Levinse despertou na sala de aula de química, envolto pela normalidade do ambiente escolar. Seu professor David, um homem alto de cavanhaque impecável, escrevia no quadro-negro. A sala estava cheia, o que era reconfortante após o ambiente surreal da casa. Levinse, no entanto, convenceu-se de que tudo não passara de um pesadelo terrível.

Contudo, ao olhar para o lado e ver Mike na segunda carteira, sorrindo enquanto brincava com uma régua, Levinse correu até ele e o abraçou, sentindo um misto de alívio e incredulidade.

— Você está maluco, Levinse? — perguntou Mike.

— Mano, tive um sonho insano! — confirmou Levinse.

— Pô, conta aí!

— Sonhei que tu tinha morrido, cara. Foi mó real! — disse Levinse, olhando para os lados.

— Tô vivinho da Silva aqui — retrucou Mike, com ironia na voz.

— Ok, chega de papo. Bora sentar e copiar essa atividade — disse David, referindo-se a Levinse e Mike.

Levinse se acomodou em sua carteira, pegou uma caneta azul que já estava em cima da mesa, abriu seu caderno e começou a copiar o que estava escrito na lousa, mas sem deixar de remoer o sonho que acabara de ter.

"Será que foi só um sonho?", pensou Levinse, lançando um olhar para a porta aberta da sala. Ele estava profundamente apreensivo, tentando entender cada detalhe desse mistério. Embora a sala não fosse a mais bagunçada, o burburinho dos alunos ecoava pelo ambiente. Mike, deixando sua própria carteira, sentou-se ao lado de Levinse para perguntar:

— E aí, cara. Tu não vai me contar sobre o pesadelo? — perguntou Mike.

— Não tô a fim de lembrar dessa *bad* — respondeu Levinse.

— Tudo bem — disse Mike, voltando sua atenção para a janela ao lado. Levinse também olhou, e o que viu colocou sua mente em alerta.

A escola Eurico Gaspar Dutra, construída em 1946, tinha dois andares, uma quadra de esportes e vinte e oito salas, e Levinse e Mike estavam na sala 12, no segundo andar. Entre as antigas grades de ferrugem, vislumbrava-se a cidade de Averlines. O céu, em um tom cinza ameaçador, logo daria lugar a uma tempestade. Contudo, antes que as nuvens encobrissem tudo, algo chamou a atenção de Levinse: uma pessoa caindo em queda livre, deixando-o perplexo. Ele virou-se para Mike, indagando:

— Você viu isso? — Levinse não obteve resposta. — Mike? Está tudo bem?

O rosto de Mike estava pálido, seus olhos arregalados fixos em Levinse. Cortes profundos surgiram em sua face sem explicação. Levinse, assustado, levantou-se rapidamente e se afastou de Mike, indo em direção à lousa. Ele podia ver não apenas o estranho estado de seu amigo, mas também o de toda a turma.

Algo estranho estava ocorrendo, e Levinse sentia isso no âmago de seu ser. Os alunos, pálidos e imóveis, pareciam observá-lo com uma profundidade perturbadora. Sem hesitar, ele correu para a porta da sala e a abriu, deparando-se com um vulto que passou correndo pelo corredor e desapareceu no final. Incerto do que fazer, ele voltou para a sala, mas se deparou com uma cena aterradora: o lugar estava em ruínas, desprovido de alunos, incluindo Mike.

Levinse caminhou até o fundo da sala, tentando compreender a situação. Desesperado, agachou-se lentamente, pressionando as costas contra a parede, lutando para aceitar a realidade surreal diante de seus olhos. Tirou um cigarro do maço, desinteressado se ali ainda era uma escola ou apenas um delírio. Enquanto tragava e soltava a fumaça, esticou suas pernas doloridas, inundado de dúvidas e medos inexplicáveis.

"O que devo fazer? Como escapar daqui?", perguntou-se Levinse, sua mente mergulhada em confusão. Se aquilo não era um sonho, ele estava determinado a encontrar uma saída. *"Devo fazer algo, qualquer coisa. Não posso simplesmente ficar parado."*

Assim, Levinse se ergueu e se dirigiu à janela, observando a cidade envolta em neblina. Um som perturbador ecoou pelo corredor, semelhante a batidas repetitivas. Com um misto de medo e curiosidade, Levinse espiou para fora, mas o corredor encontrava-se vazio. Decidido, abriu o imponente portão ao lado de sua sala, revelando uma escadaria que conduzia ao primeiro andar. Era sua esperança de escapar daquele lugar sinistro.

Com determinação, ele desceu as escadas, planejando alcançar a porta de entrada no pátio. Contudo, ao chegar ao térreo, deparou-se com uma surpresa desagradável: o portão estava trancado.

"Merda!", praguejou Levinse, chutando o portão em frustração. Sem alternativas, decidiu retornar à sala de aula, mas o estranho som de batidas ressurgiu, agora mais alto e incessante, no corredor. Levinse sentiu um arrepio percorrer sua espinha, gelando seu estômago. A atmosfera era macabra, e ele sabia que algo terrível estava prestes a acontecer.

Quando Levinse se virou para trás, deparou-se com uma visão chocante. Todos os alunos e professores estavam caídos, suas vísceras espalhadas pelo chão como uma cena retirada de um pesadelo. Suas pernas fraquejaram, mas ele encontrou forças para correr e entrar em uma sala de aula, batendo a porta com violência. Empurrando algumas carteiras, conseguiu emperrá-la.

Com o coração acelerado, Levinse dirigiu-se à janela, buscando desesperadamente um plano para escapar daquele inferno.

Depois de alguns minutos de reflexão, Levinse decidiu mapear a escola, registrando meticulosamente cada detalhe e plano de ação. Com uma folha de papel e uma caneta vermelha encontrada entre a bagunça, ele desenhou os pontos mais cruciais do seu percurso. Ao observar os rabiscos, sua estratégia estava clara.

Ele recordou que havia outro portão no final do corredor, destinado aos professores, enquanto o outro era para os alunos. Seguindo seu plano audacioso, Levinse precisaria atravessar o corredor em três etapas. Determinado, ele planejou correr até a sala de artes, situada no meio do caminho, e depois aguardar um momento estratégico para alcançar as escadas, ciente de que não podia prever o que aconteceria nesse intervalo. Restava-lhe apenas rezar para que o portão estivesse destrancado.

Levinse olhou mais uma vez para o desenho em suas mãos antes de agir. Com cautela, retirou cada carteira da porta, evitando fazer barulho, enquanto sua mente se preocupava com o que poderia encontrar do lado de fora. Após remover todas as carteiras, respirou fundo e girou a maçaneta vagarosamente. O suor escorria de seu rosto, demonstrando sua tensão crescente. Esperava encontrar sangue e corpos pelo corredor. Com um suspiro corajoso, finalmente abriu a porta.

"*Como pode ser?*", questionou-se Levinse ao ver o corredor impecável à sua frente. Em meio aos acontecimentos recentes, sabia que sua mente poderia estar criando ilusões, mas uma pequena faísca de esperança surgiu em seu interior. "*Será mais um sonho?*", indagou-se mentalmente. No entanto, um líquido quente caiu sobre sua testa, fazendo-o levar o dedo ao local e constatar que era sangue.

Ao erguer os olhos, Levinse se deparou com uma cena horripilante: cadáveres pendurados no teto. O terror o invadiu quando um deles caiu bem na sua frente, impulsionando-o a correr desesperadamente. Logo em seguida, um tremor sacudiu o local, e ao olhar para trás, viu uma avalanche de corpos caindo em sua direção. Era inacreditável, e seu coração quase saltou pela boca diante da terrível visão.

A tensão era tanta que os passos de Levinse se embaralhavam, levando-o a tropeçar várias vezes. A sala de artes estava quase ao alcance, mas um grito ensurdecedor ecoou atrás dele, mal dando tempo para identificar sua origem. Em um piscar de olhos, as paredes começaram a se mover, estendendo o corredor em cerca de quinze metros. Levinse viu os corpos caindo ao seu lado e percebeu que uma queda agora significaria seu fim iminente. Correu com todas as forças, à beira de ser engolido pelos corpos, até finalmente conseguir adentrar a sala de artes.

Dentro da sala, Levinse estava em choque. Sua respiração ofegante e seu corpo trêmulo denunciavam seu estado de pânico. Em meio a todos os eventos perturbadores, desde a morte de seu melhor amigo até as estranhas ocorrências na escola, era difícil para ele processar tudo que estava acontecendo. Sentia-se derrotado, confrontado com a quase impossibilidade de continuar naquela situação. Acendeu outro cigarro para acalmar os nervos e começou a andar em círculos, tentando encontrar alguma saída para o pesadelo em que se encontrava.

— O que devo fazer? — perguntou a si mesmo, refletindo. — Se eu sair dessa sala, só Deus sabe o que vai me acontecer; e se eu ficar aqui trancado... — ele pensou por alguns segundos. — Não tem como ficar aqui trancado — completou Levinse. — Droga, o que é isso? — perguntou, olhando para a parede da sala de artes.

Levinse, com o cigarro na boca, descobriu alguns desenhos pregados na parede. Era uma série de gravuras infantis contendo carros, florestas, circos, cidades e até um lobo pintado de verde e azul, mas o que realmente chamou sua atenção foi uma pintura muito estranha e incomum. Tratava-se de um hospital em chamas. Era de se admirar os detalhes do fogo e das pessoas em brasas. Depois de alguns minutos, ele sabia que não podia ficar ali parado sem fazer nada, pois não adiantaria, já que era questão de tempo até alguma coisa aparecer e pegá-lo.

Levinse ficou parado diante da porta, tentando se encorajar novamente. Estava sendo muito difícil encarar aquela dura realidade, principalmente depois de ficar sozinho. Com todo o cuidado do mundo, Levinse encostou um de seus ouvidos na porta da sala, tentando ouvir alguma coisa suspeita que pudesse atingi-lo, mas o silêncio chegava a ser perturbador. Com um pouco de celeridade, ele abriu a porta.

O que parecia impossível, tornou-se possível; e o que era estranho, agora é normal, pois, como se nada houvesse ocorrido, o corredor estava totalmente impecável novamente. Levinse caminhou transtornado até o portão, que dessa vez estava aberto. Ele deu um pequeno empurrão e, por fim, estavam lá as escadas que o levariam para o pátio. Mas antes de descer e seguir em frente, ele pensou: "*E se eu descer? O que posso encontrar lá?*".

Depois de tudo que passou, agora havia medo em seu olhar. Levinse fitou os degraus com a dúvida perturbadora na sua mente. Os seus olhos refletiam pavor. Mas, por malevolência do destino, o desagradável som de batidas voltou a lhe chatear. Ao se virar para trás, o chão do corredor feito de mármore acinzentado foi tomado por uma cor avermelhada. E, de repente, algo lhe puxou e o fez cair escada abaixo.

— Oi, Levinse. Você sumiu! — disse uma voz familiar.

— Oi — respondeu ele, levantando-se do chão sem entender absolutamente nada.

Tudo havia mudado naquele momento. Os seus amigos e conhecidos da escola estavam todos lá, como se nada tivesse acontecido. Todos estavam reunidos no pátio, e por esse motivo deduziu que era o horário do intervalo. Mesmo que tudo tivesse voltado ao normal na escola, só ele sabia o que passou. Sua mente cansada e perturbada fez com que ignorasse os acontecimentos presentes. Ao mirar para o lugar que deveria ser a saída da escola, viu uma porta com o número 2 entalhado. Curioso, Levinse caminhou até a porta e, assim que abriu, observou o incrível corredor da velha casa.

Por incrível que pareça, Levinse sentiu-se aliviado ao voltar para aquele corredor. Mesmo com todos os espíritos vagantes, clamores e gemidos da morte, ele se sentiu bem, pois para ele aquelas criaturas eram apenas vítimas e não lhe fariam mal algum. Logo, caminhou até o salão e procurou pela porta misteriosa, mas, como esperado, Levinse não a encontrou. Não dando muita importância para isso, ele subiu as escadas e sentou-se no último degrau. Retirou mais um cigarro do maço e com a fumaça do primeiro trago tentou esquecer o que havia visto naquele assustador quarto.

CAPÍTULO 4

TERCEIRO QUARTO

Levinse estava imerso em suas memórias, revivendo o momento em que ele e Mike se aventuraram naquela casa misteriosa. Sentiu um aperto no peito ao lembrar da presença do amigo, agora ausente e presumivelmente falecido. No entanto, a lembrança trazia consigo um sentimento de conforto, uma conexão com um passado mais simples e menos assustador do que o presente.

Com um suspiro, Levinse decidiu continuar explorando o corredor da casa. Cada porta parecia esconder segredos e mistérios que ele mal podia imaginar. O tempo passava lentamente naquela atmosfera opressiva, alimentando a crescente sensação de isolamento e desespero.

Enquanto ponderava sobre abrir novamente o primeiro quarto, uma lembrança vívida de Mike o interrompeu, trazendo à tona uma sensação de nostalgia misturada com tristeza. Levinse se viu transportado de volta ao momento em que ele e o amigo estavam juntos, enfrentando o desconhecido com coragem e curiosidade infantil.

A imagem da casa, com seus detalhes surreais e enigmáticos, contrastava com a simplicidade e alegria daquela aventura passada. Levinse se viu perdido em suas lembranças por um momento, antes de retornar à realidade sombria da casa sinistra.

— *Ainda sabe abrir fechaduras com clipe?*— *perguntou Levinse, com um tom de surpresa.*

— *Eu nunca esqueci* — *respondeu Mike, com um sorriso confiante.*

— *De quem era essa casa mesmo, Mike?* — *indagou Levinse, enquanto acendia um cigarro.*

— *Lembra da velha que ficava carpindo o quintal de madrugada?* — *lembrou Mike.*

— Ah, sim... Não acredito que é dela! Jared costumava falar dela, mas eu sempre achei que fossem histórias inventadas — comentou Levinse, com um misto de espanto e incredulidade.

— Pois é, ela morreu há algum tempo. Sem família, nem amigos, a casa ficou abandonada — explicou Mike, enquanto tentava abrir a porta com o clipe.

— Como ela está morta, talvez não se importe de ter visitas — sugeriu, dando de ombros.

— Pronto, consegui! — anunciou, triunfante, ao abrir a porta.

— Cara, você tem que me ensinar a fazer isso. — sugeriu Levinse, admirando a habilidade de Mike.

— Na próxima eu te ensino. — concordou Mike, com um sorriso de cumplicidade.

A casa encontrava-se em um bairro distante de Averlines. Era uma moradia modesta com dois quartos, uma sala, um banheiro e uma cozinha. Mike e Levinse estavam ali com apenas uma intenção: vasculhar em busca de algo de valor.

Ao adentrarem a casa, depararam-se com um ambiente desgastado pelo tempo. O primeiro objeto que chamou a atenção foi um relógio de parede antigo, já parado há muito tempo. Na sala, um sofá desgastado e uma televisão obsoleta sobre um antigo criado-mudo compunham a mobília. Um tapete branco de crochê, visivelmente envelhecido, decorava o piso desgastado.

— Essa casa fede a chulé. — comentou Mike, enquanto revirava as cortinas das janelas.

— Bem, uma senhora morava aqui. O que mais esperava? — observou Levinse, enquanto vasculhava a sala com a lanterna.

— Talvez um cheirinho de bolo... — sugeriu Mike, com um leve sorriso.

— Ou de tortas... — completou Levinse, arrancando um riso do amigo. — Não há nada de interessante aqui. Vamos dar uma olhada nos quartos?

— Você cuida dos quartos e eu darei uma olhada na cozinha. — propôs Mike.

— Combinado — concordou Levinse, adentrando o primeiro quarto do corredor.

O quarto estava em desordem, com vários livros espalhados em uma prateleira e mais alguns caídos no chão. À esquerda, uma mesa de trabalho envelhecida exibia porta-retratos e pilhas de papéis. Levinse, ao examinar *alguns desses papéis, descobriu uma bandeja contendo diversos anéis que pareciam ter sido feitos em outra época. Um deles chamou sua atenção: um belo anel reluzente, cuja prata parecia abraçar a gema de azul puro. Levinse ficou fascinado, mas quando se preparava para pegá-lo, Mike o chamou de forma frenética.*

— Levinse! Levinse! Levinse! — Mike repetia, chamando a atenção de seu amigo.

— O que foi, Mike? — perguntou Levinse, preocupado.

— Cara, essa geladeira ainda está cheia de comida — Mike falou, levando um pedaço de queijo à boca.

— Vai saber desde quando isso está aqui — observou Levinse.

— Não. O negócio até que está bom — defendeu-se Mike, chacoalhando o queijo para que Levinse visse.

— É, até que parece bom. Guarda um pouco para mim — pediu Levinse.

Um pouco contrariado, Levinse voltou ao quarto, mas ao chegar lá, encontrou a porta fechada. Incerto, perguntou ao seu amigo:

— Mike, você fechou a porta do quarto?

— Não, por quê? — Mike perguntou, aproximando-se enquanto segurava dois sanduíches, uma latinha de chá e um pacote de bolacha.

— Estranho! — disse Levinse, colocando a mão na maçaneta.

— Levinse, não se deve abrir uma porta depois que ela se fecha.

Entre o cansaço e a determinação, a mente humana é capaz de recordar o mais profundo, uma lembrança. Pois dependendo de sua importância, pode mudar os acontecimentos presentes.

Pronto para retornar ao primeiro quarto, Levinse recordou-se do conselho de Mike: "Não devemos abrir uma porta depois que ela se fecha". Essa frase ressoou em sua mente, preparando-o para possíveis consequências. Com uma mistura de hesitação e resolução, ele se virou e, com passos firmes, adentrou o terceiro quarto.

A porta se fechou logo após a entrada de Levinse. Ele olhou para trás, mas não atribuiu muita importância ao fato. Ao dar alguns passos adiante, foi tomado por um forte cheiro de queimado, que o atordoou por um momento. Após se acostumar com o odor, pôde observar o novo ambiente com mais atenção.

Levinse encontrava-se em uma sala extremamente deteriorada e instável. Faíscas substituíam as luzes, o teto estava parcialmente carbonizado e rachado, e o chão estava coberto por uma grossa camada de poeira. Não havia móveis ou qualquer outro objeto além das quatro paredes ao seu redor. Apesar da escuridão, Levinse cogitou voltar, movido pelo medo do desconhecido. No entanto, após várias tentativas frustradas de abrir a porta, percebeu que sua única opção era avançar.

O cômodo era pequeno e continha duas portas: uma de madeira, com uma bela cor marrom verniz e um pequeno número 3 entalhado em detalhes – a porta por onde ele entrou –, e outra branca, também de madeira, com um pequeno visor retangular de vidro na altura da cabeça.

Com certo receio, Levinse abriu a porta branca vagarosamente, emitindo ruídos que ecoaram pelas dobradiças. Ao adentrar, deparou-se com dezenas de corpos sobre macas em um corredor. Todos estavam cobertos por lençóis, mas suas silhuetas eram visíveis. Foi então que Levinse percebeu que estava em um hospital, uma descoberta aterradora, considerando que, se um hospital comum já era assustador, aquele era ainda pior.

Levinse sentiu um arrepio percorrer sua espinha enquanto folheava os documentos antigos. Eram registros médicos, relatórios de pacientes e outros papéis relacionados ao funcionamento do hospital. À medida que lia, uma sensação de inquietação crescia dentro dele. Parecia que os documentos guardavam segredos sombrios da história daquela instituição.

Enquanto investigava os papéis, um som estranho ecoou pelo corredor, fazendo-o ficar alerta. Ele fechou a pasta com os documentos e olhou em volta, percebendo que estava completamente sozinho na sala. O silêncio que se seguiu era ensurdecedor, interrompido apenas pelo som distante de passos ecoando pelo corredor.

Levinse sentiu um nó se formar em seu estômago enquanto tentava decidir o que fazer em seguida. Por um momento, considerou voltar pelo corredor e tentar encontrar uma saída, mas uma parte dele sabia que não seria tão simples. Aquele lugar parecia estar cheio de segredos e perigos ocultos, e ele precisava descobrir a verdade por trás de tudo aquilo.

Com a determinação renovada, Levinse decidiu continuar explorando o escritório em busca de mais pistas. Quem sabe o que mais poderia encontrar entre aqueles papéis antigos?

Documento N° 4431.

Observação: A cobaia de número 4431 não está respondendo bem às experiências.

Assunto 4431: 16 anos, sexo masculino.

Sem histórico médico/cirúrgico passado conhecido. r=0,459; p<0,0001.

Impregnado por cobaia 4431 (já falecido).

LMP 22/06/2011.

Experiência: troca de membros do corpo.

Documento N° 5240.

A cobaia de número 5240 está de acordo com as experiências, respondendo muito bem ao sistema nervoso.

Assunto 5240: 19 anos, sexo masculino.

Sem histórico médico/cirúrgico passado conhecido. r=0,6559; p<0,0291.

Impregnado por cobaia 5240 (ainda vivo).

LMP 03/07/2011.

Experiência: resistência a variados.

"Experiência?", pensou Levinse, um pouco assustado com o que tinha acabado de ler. Ele tentou procurar por mais alguma coisa que pudesse ajudá-lo a entender. Olhando para os lados, encontrou um pequeno caderno de anotações. Em seguida, começou a folheá-lo.

Anotações:

Hoje, dia 23 de novembro 1993, começamos a recrutar cobaias para os experimentos. As pessoas escolhidas para esta gama de experiências geralmente são pessoas pobres ou desabrigadas, quase sempre sem registro civil. Portanto, não existem.

As experimentações variam de tolerância a fome/sede; tolerância a dor/venenos (adultos, adolescentes, crianças e fetos).

Temos também algumas salas onde trocamos membros de cobaias humanas para animais ou de animais para humanos.

Novos projetos estão em andamento.

Levinse sentiu uma mistura de repulsa e horror ao imaginar as atrocidades que poderiam estar ocorrendo naquele lugar sombrio. A ideia de alguém causar tanto sofrimento e mutilação era simplesmente revoltante para ele. Cada sombra que dançava nos corredores do hospital abandonado parecia conter segredos sinistros, ecoando os gemidos angustiantes das vítimas esquecidas.

Apesar da escuridão sufocante que o cercava, Levinse se recusava a se render ao desespero. Uma determinação macabra tomou conta dele, alimentada pelo desejo mórbido de desvendar os segredos profanos e expor a verdade terrível por trás daquela carnificina desenfreada.

Com passos hesitantes, Levinse avançou pelo corredor macabro, sua mente assombrada por visões de horror e agonia. Ele sabia que não podia permitir que o medo o consumisse, mesmo diante das cenas grotescas que encontrava pelo caminho.

Foi então que uma figura enigmática cruzou seu caminho: uma menina de cabelos brancos acinzentados, correndo pelos corredores como uma aparição viva. Levinse sentiu um calafrio percorrer sua espinha enquanto a observava, perguntando-se qual era a história por trás dela e o que ela poderia revelar sobre os horrores do hospital abandonado. Ignorando os sussurros enlouquecedores que ecoavam nas sombras, ele a seguiu, determinado a enfrentar os horrores que aguardavam, não importasse quão sangrentos ou depravados pudessem ser.

— Espera! — Levinse esperava que ela fosse real, e não mais um delírio daquele insensato lugar.

"Droga! Cadê ela? Não estou delirando, tenho certeza de que a vi", pensou Levinse, com um arrepio percorrendo sua espinha. Ele vasculhou cada centímetro do corredor sombrio, os passos ecoando como batidas do coração de um pesadelo. Cada sala era como uma nova porta para o terror, e sua busca frenética não encontrava sinais da garota.

Frustrado e com o medo crescendo dentro dele, Levinse foi subitamente puxado para dentro de uma das salas, como se as sombras que o cercavam tivessem vida própria, clamando por mais uma vítima em seu abraço gélido.

— Quem... — Levinse não foi capaz nem de completar a sua fala, pois a garota o calou, colocando a mão sobre a sua boca.

— Fica quieto — disse ela, enquanto Levinse a olhava profundamente.

A garota rapidamente fechou a porta da sala, pegou a mão de Levinse e os dois se esconderam atrás de uma maca que estava caída. Sem entender absolutamente nada, ele ficou sem reação. A garota ao seu lado estava pálida, parecendo ter visto a pior coisa de sua vida. Os seus olhos lacrimejavam e o seu corpo tremia como um cachorro molhado no frio. O silêncio era dono do lugar. A única coisa que dava para ouvir era a respiração ofegante de sua companheira ao lado. As dúvidas de Levinse se pareciam com uma ânsia que se encaroçou em sua garganta, mas quando decidiu falar, um barulho horripilante fez com que ele ficasse paralisado.

A porta da sala caiu bem ao seu lado, fazendo um estrondo gigante. Era evidente que alguém ou alguma coisa a arrombou, pois, como ironia do destino, a situação se intensificou assim que passos foram ouvidos se aproximando. O chão era pintado de sangue, um vermelho vivo e espelhado quase aprazível ao olhar. Algo se aproximou ainda mais, e com o seu regresso, tornou-se notável clamores, queixas e lamentações.

Levinse, assim que viu o rosto do sujeito, entrou em total estado de choque. A sua aparência era absurda, porque não tinha palavras suficientes para descrever tal criatura. O seu rosto era extremamente deformado, construído por várias costuras, no qual entrava em destaque os seus olhos em forma de abismo, e a sua boca formava um sorriso esticado de orelha a orelha.

À medida que se aproximavam, os detalhes do estranho se tornavam mais nítidos. Ele trajava um sobretudo negro, o que destacava ainda mais sua figura espectral. Em uma das mãos, segurava um machado colossal, uma arma que parecia fora de lugar naquela cena. À proporção que se movia, o som de seus passos ecoava como um presságio sinistro, acompanhado pelos lamentos e gemidos que pareciam emanar de dentro dele, ecoando como um coro de tormento.

Mas como uma mãe chama o seu filho, algo ou alguém chamou a aberração, fazendo-a recuar e desaparecer num piscar de olhos, deixando para trás apenas uma fumaça densa e negra que se dissipava lentamente no ar. O alívio momentâneo que envolveu os jovens escondidos foi como um bálsamo para suas almas atribuladas, mas ainda pairava a incerteza sobre o que haviam enfrentado e o que ainda estaria por vir.

— O que era aquilo? — questionou Levinse, sua voz trêmula de medo.

— Não sei, ele está me perseguindo há horas — respondeu ela, sua expressão misturando medo e determinação.

"Horas? Mas como?", pensou Levinse, lançando um olhar perplexo para a garota ao seu lado.

— Qual o seu nome? — perguntou Levinse, tentando manter a calma.

— Briana. E o seu? — respondeu ela, com a voz embargada pelas lágrimas.

— Levinse.

O silêncio pesado ainda pairava no ar, enquanto os dois se encaravam, compartilhando o terror daquela experiência.

Ainda apoiado na maca que o havia escondido da visão daquela criatura horrenda, Levinse suspirou profundamente antes de continuar:

— Como você veio parar aqui?

— É uma história longa... — começou Briana, sua voz carregada de emoção.

— Por favor, conte. Estou curioso para saber — insistiu Levinse, seu interesse despertado pela narrativa da garota.

— Tudo bem, eu conto — concordou Briana, reunindo coragem para compartilhar sua jornada. — Eu fugi de casa na madrugada de ontem. Já estava exausta, depois de vagar por toda a cidade em busca de um refúgio. Foi quando avistei uma estrada de terra. Jurei ter visto uma grande casa ao final dela e, sem hesitar, segui em direção a ela. Mas ao adentrar o que pensava ser uma casa velha e abandonada, me deparei com este hospital nojento.

— Estranho — resmungou Levinse, franzindo a testa, enquanto ponderava sobre a situação. — Vou dar um jeito de nos tirar daqui.

— Como? Tenho tentado há séculos — respondeu Briana, com uma mistura de desânimo e determinação.

— Acho que sei como sair. Me ajuda a procurar uma porta com o número 3 — pediu Levinse, tentando manter a esperança.

— O que isso tem a ver com a saída? — Briana perguntou, cética, com uma pitada de preocupação na voz.

— Nada, na verdade. Estamos apenas trocando um lugar ruim por outro — explicou Levinse, com um toque de ironia.

— Não parece uma boa ideia — Briana hesitou, mostrando sua cautela.

— Prefere ficar aqui com aquela coisa? — Levinse questionou, tentando encorajá-la com um olhar determinado.

— Não — respondeu ela, firme, exibindo sua coragem.

— Então vamos — disse Levinse, decidido.

Ele espiou por cima da maca para verificar se a criatura havia ido embora. Satisfeito, levantou-se e ajudou Briana a fazer o mesmo.

— Obrigada — agradeceu ela, reconhecendo o gesto.

Com cuidado, passaram por cima da porta destruída e seguiram pelo corredor sombrio.

Briana caminhava alguns passos à frente, familiarizada com os corredores sombrios do hospital. Levinse a observava com admiração, notando cada detalhe de suas roupas. Ela usava um short jeans preto que combinava perfeitamente com suas pernas esguias. Sua blusa branca exibia a estampa de um crânio humano, contrastando com a delicadeza do tule preto que a cobria. No entanto, o que mais chamava a atenção era seu cabelo grisalho, uma característica que a distinguia em meio à escuridão.

— Quantos anos você tem? — perguntou Levinse, curioso.

— Tenho 18 anos, e você?

— Tenho 19. Eu ainda não entendo — disse ele, mudando de assunto.

— O que você não entende? — perguntou Briana.

— Com você foi diferente — disse Levinse, perturbado.

— Como assim? — indagou.

— Meu amigo e eu encontramos a casa e entramos por vontade própria, porque era a minha vontade, na verdade. Mas, de qualquer forma, você também entrou — Levinse falou, enquanto retirava um cigarro do maço. — Porém, dentro da casa havia um salão e uma escadaria; e agora você me diz que quando entrou, o primeiro lugar que viu foi esse hospital? Não faz sentido, já que estamos sob o mesmo teto. Você não acha?

— Tem razão — concordou Briana, ainda processando as palavras. — Mas se você estava em um salão, como chegou aqui?

— Assim que subi as escadas, me deparei com um corredor imenso cheio de portas e… — Levinse foi interrompido por Briana.

— Xiu! — disse Briana, expressando silêncio.

— O que foi?

— Você não está ouvindo isso?

Levinse encostou-se sobre a parede do corredor e quando bateu a cinza do cigarro, ouviu um profundo choro de criança. Sem demora, eles saíram correndo em direção ao berçário, com o intuito de descobrir alguma criança ali perdida em lágrimas, mas ao abrirem a porta, o que viram foi chocante.

O local estava em cinzas. As pobres crianças estavam todas mortas, gravemente queimadas dentro de seus berços. Porém, por um fenômeno milagroso, havia uma criança engatinhando sobre o lugar. Ao ver Briana, a criancinha parou de chorar e abriu um sorriso de agrado. Ela ficou enternecida com o fato, pois era algo inaceitável uma simples criança indefesa passar por essa dura situação.

— Levinse, o que nós vamos fazer com ele? — perguntou Briana, com os olhos lagrimejados.

— Eu não sei.

— Não podemos deixá-lo aqui.

— Sim, realmente não podemos, mas como vamos cuidar de um bebê nesse lugar? — perguntou Levinse, enquanto ela tirava a criança do chão.

— Ele está todo machucado, que dó!

Algo bizarro aconteceu naquele momento. A criança se retorceu nos braços de Briana, que involuntariamente a deixou cair no chão. O bebê olhava para ela com os seus olhos completamente moldados por uma feição demoníaca. Seguidamente, engatinhou até a parede e fez algo impossível para um ser comum: prendeu-se na parede e continuou engatinhando em pequenos movimentos até o teto do local. Quando enfim chegou ao seu destino, desprendeu-se da cobertura, induzindo-se a uma queda fatal para uma criança. Ele repetiu o estranho ato inúmeras vezes, deixando Levinse e Briana cada vez mais confusos.

Ao ver aquilo, Briana ficou transtornada. Levinse também ficou um pouco atordoado com o que viu, pois era de se admitir um medo subindo em sua nuca. Porém, de qualquer forma, ele notou que ela estava ficando desgostosa ao ver aquilo. As lágrimas em seus olhos eram bem visíveis. Sendo assim, ele colocou a mão sobre os seus ombros e os dois continuaram procurando a porta.

— Briana, você está bem?

— Não, eu não estou bem — respondeu ela, enxugando as suas lágrimas.

— Olha, esquece isso, tudo bem? Este lugar adora brincar com nossos sentimentos, cutucando nossas fraquezas.

— Mas é covardia! — exclamou Briana, com indignação. — Não dá para aceitar algo assim, não é fácil ignorar.

— Eu sei bem como é isso — disse Levinse, relembrando seu amigo que foi morto no primeiro quarto.

— Não, Levinse. Você não sabe, não sabe o que eu passei aqui.

Levinse segurou os ombros dela, olhou fundo em seus olhos claros, agora borrados de maquiagem, e disse:

— Acredite, eu sei.

Após passarem por alguns corredores e salas, desceram para o porão, onde encontraram uma série de carrinhos de lixo, que exalavam um odor ainda pior que o forte cheiro de fumaça. O cheiro da morte impregnava o lugar, embora o porão, ao contrário dos outros andares, estivesse relativamente preservado, já que o fogo não o havia alcançado. No entanto, à medida que avançavam, o ambiente se tornava cada vez mais macabro. Alguns cadáveres estavam abertos, expondo partes humanas em decomposição. Era algo perturbador até mesmo para Levinse, que já havia testemunhado horrores inimagináveis.

Entre o fedor e a visão perturbadora, Briana sentiu um nó se formar em sua garganta, enquanto Levinse cerrava os punhos, controlando a náusea que ameaçava dominá-lo. Com passos vacilantes, continuaram sua jornada, determinados a encontrar uma saída desse lugar infernal, onde o terror parecia espreitar em cada sombra e o suspense pairava no ar, como um presságio sinistro do que ainda estava por vir.

— Deve ser por aqui. Já andamos o hospital inteiro e não encontramos a porta — afirmou Levinse.

— Este é o último lugar que eu gostaria de estar.

— Eu também, mas não temos escolha.

A conversa foi interrompida quando eles avistaram uma porta com o nome "saída", em letras maiúsculas e vermelhas.

— Olha, Levinse, a saída! — disse Briana, apontando para a porta com entusiasmo.

— Vamos!

Levinse achou estranha a saída, que mais parecia ser um porão, mas não questionou. Eles abriram a porta, mas ao ver o que ali estava, ficaram pasmos. Era como se tivessem adentrado um cenário de horror, com sangue espalhado pelo chão. Levinse e Briana prosseguiram, observando o estranho local. De alguma forma, ele estava certo de que a porta pela qual haviam procurado estava ali em algum lugar.

Conforme avançavam, deparavam-se com cabines altamente desenvolvidas, todas lacradas vigorosamente. Levinse, já trêmulo, retirou o maço do bolso. Com um cigarro na boca, virou-se para Briana, pronto para acender.

— Levinse, agora não é hora para cigarro — disse Briana, retirando-o de sua boca e guardando dentro do próprio bolso.

— Você vai quebrar.

Era incrível como a conexão entre os dois se fortalecia a cada passo que davam naquele ambiente carregado de mistério. Parecia que estavam destinados a se encontrar e enfrentar juntos os horrores que os assombravam. Levinse sentia que Briana não era apenas uma companheira de jornada, mas alguém com quem compartilhava uma ligação especial, como se já se conhecessem há tempos.

— Você viu essa porta? — perguntou Briana, sua determinação evidente em sua voz.

— A que tem o aviso de "perigo"? — questionou Levinse, enquanto buscava um novo cigarro no maço.

— Sim, é essa mesmo. É o único lugar que ainda não exploramos — afirmou ela, dirigindo-se à porta e tentando abri-la em vão. — Droga! Está trancada.

— Talvez uma das chaves resolva isso — sugeriu Levinse, indicando uma pequena mesa ao lado deles.

Briana pegou uma das chaves e tentou destrancar a porta, mas não teve sucesso na primeira tentativa. Com a segunda chave, porém, ela conseguiu destravar a porta e abri-la. Ao adentrar a sala, nada parecia diferente das outras, até que seus olhos se fixaram em uma cabine aberta, revelando a presença de uma porta com o número 3 entalhado.

— Ali, Briana, a porta! — exclamou Levinse, com entusiasmo, enquanto avançava em direção à entrada.

Ele se aproximou da porta com uma expressão de determinação, mas Briana permaneceu imóvel, seu olhar perspicaz vasculhando o ambiente ao redor.

— Há algo de errado aqui — observou Levinse, notando a hesitação dela.

O tom firme de Levinse trouxe Briana de volta à realidade, seus pensamentos agitados cedendo espaço para a preocupação com a situação imediata.

— Por quê? — indagou Briana, seus sentidos alertas para qualquer sinal de perigo em potencial.

Levinse revirou uma pilha de papéis sobre uma mesa próxima à porta, procurando por alguma pista ou documento útil.

— Estamos à procura de qualquer coisa que possa nos dar alguma pista — explicou Levinse, examinando os papéis com cuidado. Entre eles, encontrou fotografias variadas e um recorte de jornal com notícias da cidade. No entanto, nada parecia ser relevante para a situação atual.

Quando Levinse se virou para Briana, ele a encontrou absorta em um documento específico.

Subitamente, uma batida alta e estrondosa ecoou pela sala, fazendo Briana soltar os papéis e agarrar a mão de Levinse em um reflexo de medo. Ao lado, uma cabine, antes silenciosa, revelou sua ocupante: uma figura grotesca e perturbadora, um homem cujo rosto parecia ter sido vítima de experiências terríveis. Seus olhos saltados, nariz deformado e boca inchada eram sinais de uma transformação macabra.

O clima estava pesado enquanto Levinse e Briana se aventuravam pelo corredor sombrio, aquilo era um cenário medonho, não tinham mais motivos para continuarem ali, portanto Levinse, cuidadoso, guiava Briana com firmeza, evitando as encrencas que pareciam espreitar em cada canto.

Abrindo a porta número 3 finalmente saíram do hospital, rolou um alívio rápido até se depararem com aquelas figuras pálidas à frente. Briana, na lata, escondeu-se atrás de Levinse, o coração batendo descontrolado diante da cena arrepiante.

— Saímos do hospital, até que enfim — disse Levinse, dando um suspiro logo em seguida.

— Levinse, o que é isso? — perguntou Briana, escondida. — Quem são essas pessoas?

— Calma, está tudo bem. Eu não sei direito, mas acredito que sejam espíritos.

— Espíritos?

— Olhe só para eles. Todos estão pálidos e alguns até tentam se matar, mas sempre voltam. Eu também senti muito medo no começo, mas eles não fazem mal algum — disse Levinse, enquanto acendia um cigarro. — Não acredito! — gritou ele de repente, assustando Briana.

— O que foi, Levinse? Por que você gritou?

— Em cima das portas, Briana. Como foi que eu não notei nada disso antes? Estavam sempre em cima das portas e eu só percebi isso agora. Que merda! — lastimou-se.

— Sério Levinse? Você precisa de óculos, mas saída... O que isso significa? — questionou ela, pensativa.

— Tenho uma teoria, mas sinceramente seria loucura. — respondeu ele, ainda mais pensativo.

A conversa entre Levinse e Briana revelava a perplexidade diante da estranha situação em que se encontravam. Parados no frio do corredor, cercados por portas marcadas com a palavra "saída", eles compartilhavam suas impressões sobre o inexplicável hospital.

— Isso quer dizer algo? — perguntou Briana, muito curiosa.

— Vou precisar de mais cigarros... — disse Levinse, soltando um longo suspiro de fumaça.

— Sabe o que é estranho? — continuou ela, escorada na parede e descendo lentamente para sentar-se no chão. — Aquele hospital, eu andei muito por lá. Não faz sentido nenhum um lugar dar em outro. Aquelas cápsulas em um porão... é muito esquisito! Eu já tinha passado pelo berçário e não tinha nenhum bebê. E outra coisa, lá não fica apenas recém-nascido? Como um bebê tão grande estava lá?

Levinse, escorado na parede em frente a ela, pensava que não tinha notado aquilo. Ainda assim sentiu-se mal por ela e tentou confortá-la.

— Este lugar não faz sentido, parece um filme de terror. Não sei se estou delirando ou isso tudo realmente é real.

— Eu sou real — Briana o interrompeu.

— Eu sei — disse Levinse, olhando para baixo.

Antes de decidirem o que fazer, ficaram ali em silêncio por uns dez minutos.

CAPÍTULO 5

QUE LUGAR É ESTE?

Em um lugar como aquele, era de se esperar algo similar, mas Levinse parecia estar surpreso com a descoberta. Para ele, já não fazia mais sentido entrar nos quartos apenas por entrar, mesmo que não houvesse outro lugar para ir. A escolha de abrir a porta para ir além do desconhecido era algo excêntrico. Não era muito certo, mas o fato de ter uma suposta saída poderia ser animador, se não estivesse em cima de todas as portas.

Assim que terminou o seu cigarro, Levinse se sentou no chão e encostou-se na porta de número 3. Ficou imaginando os mais diversos lugares horríveis que cada quarto poderia lhe mostrar. Desse modo, pensou: *"Este lugar está me deixando louco! Eu não posso apenas abrir porta em porta até encontrar a saída."*

— Levinse, está tudo bem? — perguntou Briana, indo a seu encontro e se sentando ao seu lado.

— Eu não sei o que fazer.

— Sempre existe uma saída, Levinse. Sempre.

— Nesse caso, existem bilhões — disse ele de cabeça baixa, tentando ser irônico, mas sem nenhum sucesso.

Levinse refletiu por um momento sobre o que Briana disse. Ele admirava sua coragem e resiliência em meio ao caos que os cercava.

"Não sei o que fazer. Não sei se prossigo, não sei se posso confiar nela, mas sei que se eu ficar aqui parado, não chegarei a lugar nenhum. E aconteça o que acontecer, vou encontrar a saída, nem que eu morra tentando. Afinal, eu já perdi o meu melhor amigo; o que poderia ser pior? Mas é claro que eu não vou brincar com isso, porque sempre dá merda", pensou Levinse.

— Briana, vamos entrar nesse quarto — disse ele decidido, apontando para a porta de número 4.

Levantou-se e ajudou Briana a se levantar. Levinse sentiu a mão fria dela, mas não questionou, apenas seguiu para a porta com confiança e decidido a explorar quarto por quarto. Quando Levinse abriu a porta, surpreendeu-se novamente.

O que encontrou do outro lado era de espantar qualquer pessoa de capacidade intelectual mediana. Era um lugar estranhamente bonito e almejado, trazendo uma estranha sensação de que já havia visto o local antes.

— Levinse, aqui é uma cidade. Será que conseguimos?

— C-cidade? — gaguejou ele, pois estava um pouco distante no momento. Mas ao perceber que realmente era uma cidade, surgiu instantaneamente um sorriso em seu rosto. — Como é possív... — Levinse não completou a frase, porque algo maior chamou a sua atenção. — Espera, o que é aquilo?

De súbito, Briana soltou um grito e correu para ficar atrás dele.

— Levinse, o que é isso? — perguntou ela, assustada.

A atmosfera estava carregada de tensão e mistério quando algo perturbador se manifestou nos céus, desencadeando um estranho e assustador fenômeno. O som de rachaduras ecoou no ar, provocando arrepios na espinha de quem o ouvia. Ao olharem para cima, Levinse e Briana testemunharam um evento sobrenatural: enormes nuvens se transformavam em pedras, que caíam em pedaços e se desintegravam em uma poeira azulada ao tocar o solo.

A cidade inteira foi subitamente envolvida por essa estranha metamorfose, transformando-se em um cenário absurdo e caótico. Carros ganharam vida, seus pneus se tornando braços humanos vigorosos, enquanto árvores flutuavam no ar, suas folhas apontando para o chão e suas raízes dançando de forma descontrolada. As pessoas ao redor, inicialmente petrificadas, transformaram-se em borboletas que se dispersaram rapidamente.

O tempo perdeu todo o seu significado, mesclando dia e noite em uma confusão surreal. O sol e a lua compartilhavam o mesmo céu, ocupando espaços separados, criando uma paisagem desorientadora. Levinse e Briana perceberam que não poderiam mais voltar para o corredor apenas abrindo uma porta; agora, a busca pela saída começava dentro do próprio local.

Enquanto a cidade se adaptava à sua nova realidade distorcida, Levinse e Briana permaneceram paralisados diante da porta batendo ao fundo, cientes de que estavam presos em um labirinto de loucura e mistério, sem saber o que os esperava adiante.

Levinse refletiu por um momento, seus pensamentos mergulhados em um mar de incertezas enquanto observava as árvores que desafiavam a gravidade.

— Eu já vi essa cidade em algum lugar — murmurou ele, franzindo o cenho.

— Como assim, Levinse? Você já esteve aqui? — indagou Briana, sua voz carregada de apreensão.

— Não, eu acredito que não.

Um arrepio percorreu a espinha de Briana enquanto observava seu entorno, seus olhos examinando as ruas distorcidas e os edifícios peculiares.

— Não gosto daqui. Podemos voltar para o corredor e tentar outra porta, não é? — sugeriu ela, esperançosa.

— Impossível. A porta sempre se tranca — explicou Levinse, sua expressão sombria enquanto enfrentava a dura realidade. — Nossa única opção é procurar por outra saída.

Ele deu alguns passos hesitantes, ansioso para começar a busca, mas notou que Briana não o seguia de imediato.

— Ei, nós vamos sair daqui. Eu prometo — tranquilizou Levinse, sua voz carregada de determinação.

— Como você pode ter certeza? — questionou ela, sua voz trêmula de incerteza.

— Já saí de três quartos terríveis. Espero que este não seja pior — respondeu ele, tentando transmitir confiança.

Os dois caminharam pelas ruas da cidade surreal, cada passo uma jornada rumo ao desconhecido. Levinse estava mergulhado em dúvidas, enquanto Briana mantinha viva a chama da esperança, mesmo diante da angustiante realidade que os cercava.

Enquanto exploravam, uma sensação estranha os envolveu, uma mistura de paz e agonia que permeava o ar. Era como estar preso em uma mente enlouquecida, onde a busca pela compreensão se transformava em uma obsessão.

Com o passar do tempo, suas necessidades básicas começaram a surgir, anunciadas pelo rosnar do estômago de Briana.

— Levinse, estou faminta — confessou ela, interrompendo o silêncio.

— Eu também. Deve haver um mercado por aqui. Afinal, isso é uma cidade — observou Levinse, ponderando sobre as peculiaridades do lugar.

— Não acho que seja hora para fazer compras — retrucou Briana, preocupada.

— Não vamos fazer compras, apenas pegar algumas coisas para comer — explicou ele, tentando tranquilizá-la. — E se algo acontecer, corremos e nos escondemos. Estamos de qualquer maneira encrencados.

— Este lugar é tão estranho. Como tudo isso pode caber dentro de uma casa? — questionou Briana, confusa.

— É uma pergunta que gostaria de poder responder — concordou Levinse, observando o céu peculiar. — Vamos procurar um mercado ou qualquer lugar onde possamos encontrar comida.

— Tudo bem, vamos lá — concordou Briana, seguindo-o com determinação.

E, assim, seguiram os dois em meio à rua, observando toda aquela insensatez. Uma loucura coerente desprovida de razão. Não havia alternativas a não ser aceitar e seguir em frente.

"*A esperança é a última que morre*", lembrou Levinse, em pensamentos, pegando o seu maço e seguindo em pequenos passos ao reconhecer uma mercearia.

Pequena e emporcalhada era sua situação, porém, ao percorrer o espaço, encontravam-se diferentes tipos de enlatados, pacotes plásticos, algumas verduras escurecidas e frutas estragadas. O lugar estava em ruínas. As prateleiras estavam reviradas, vários objetos espalhados e muito sangue estava respingado. Alguma coisa havia acontecido por lá, é incontestável, porém a questão era: poderia estar ali a coisa que causou tudo aquilo?

Levinse não se preocupou muito com isso. Por outro lado, ele estava bem tranquilo e percebeu vários maços de cigarro no balcão.

— Caramba! O que aconteceu aqui? — perguntou Briana, que estava agarrada ao seu braço.

— Não faço a menor ideia, mas sei que aqui não é um bom lugar para se ficar por muito tempo. Pegue tudo que puder levar e vamos sair daqui — disse ele, enquanto ia para o balcão.

— E você? — questionou ela, ainda parada.

— Meu cigarro está acabando — respondeu Levinse, olhando para vários maços de cigarros que estavam espalhados por ali.

Levinse separou alguns, quando sentiu chutar alguma coisa por baixo do balcão. Ele se abaixou e viu uma mochila rosa com vários ursinhos estampados. Levinse pegou a mochila e colocou sobre a mesa levemente amassada do guichê. Ao abrir, encontrou apenas cadernos escolares que pareciam nunca terem sido usados, tanto é que estavam encantadoramente novos. Porém, já na primeira folha, havia diversos números e letras incompreensíveis. E o mais estranho era a sua ordem de escrita que nunca mudava. Então, ele folheou várias vezes, mas só o que encontrava era o estranho código: "**R4N1G4M1D33X13D34CNUN**".

Sem entender, Levinse deixou o caderno de lado, pegou apenas um maço de cigarro e foi ao encontro de Briana, que carregava vários pacotes de salgados.

— Bri, guarda essas coisas nessa bolsa — disse ele, entregando a mochila para ela.

— Onde você encontrou?

— Embaixo do balcão.

— É bonitinha — disse ela, colocando vários salgadinhos lá dentro.

Ele caminhava para fora do mercado quando foi afetado por alguma coisa que o deixou um pouco atordoado. Sem saber ao certo o que estava acontecendo, apoiou-se sobre um poste de luz e por lá ficou, enquanto Briana caminhava sem perceber a apreensão que ele sentia. Algo estranho começou a ocorrer. Ela colocava a mochila nas costas quando percebeu a feição incomum do amigo.

— Levinse, você está bem? — perguntou Briana, percebendo a estranha expressão no rosto do garoto.

Internamente, Levinse debatia-se com sua condição, tentando encontrar uma resposta que não assustasse Briana.

— Ei, Levinse! Você está sentindo alguma coisa? — indagou ela, preocupada.

Enquanto tentava manter-se calmo, Levinse sentia como se estivesse sendo esmagado por um peso invisível. Sua mente era um turbilhão de imagens surreais e sensações avassaladoras. A visão de Briana atropelada por um carro veloz foi como um golpe, deixando-o desnorteado e assombrado pela ideia.

— Levinse, você está bem? — repetiu Briana, agora saindo do pequeno mercado com uma garrafa de suco na mão.

O som de sua voz trouxe Levinse de volta à realidade, mas as imagens perturbadoras ainda ecoavam em sua mente.

"*O que foi aquilo?*", questionava-se enquanto se sentava na calçada e acendia um cigarro.

Briana, notando sua perturbação, aproximou-se dele, preocupada.

— Aconteceu alguma coisa? — perguntou ela, tocando levemente seu braço.

— Tudo bem, Bri. Acho que só vi coisas estranhas — respondeu ele, tentando afastar os pensamentos sombrios.

Briana olhou para a cidade ao longe, seus cabelos grisalhos balançando suavemente no vento. Apesar de sua aparente calma, Levinse podia perceber a tensão em seu olhar.

— Você tem medo? — perguntou ela, tentando quebrar o silêncio tenso.

— Sim, tenho medo de que isso tudo seja real — confessou Levinse, sua voz carregada de incerteza e temor.

— Seu amigo morreu, não é? — Briana perguntou, tocando em um assunto delicado.

Levinse ficou surpreso com a pergunta, pois nunca havia mencionado a morte de Mike para ela. No entanto, decidiu não contestar, respirou fundo e confirmou a trágica história de seu amigo.

— Sim, ele se foi. Como você sabia? — perguntou Levinse.

— Quando você veio aqui para fora, gritou: "Mike, você não pode morrer!", então eu liguei os pontos. Eu quero te ajudar, Levinse. Você foi um anjo que apareceu para mim. Eu estava quase desistindo — explicou Briana, com um olhar reconfortante.

Levinse sentiu um calor reconfortante em seu coração ao ouvir as palavras de Briana. Era revigorante saber que ele não estava sozinho naquele lugar estranho e assustador.

— Obrigado, Briana. Significa muito para mim — respondeu ele, sentindo-se grato por ter encontrado alguém como ela.

— Eu acho que estou cansada — disse ela, bocejando.

— Eu também estou — concordou Levinse, bocejando em resposta. — Vamos procurar um lugar seguro para descansar?

— É uma boa ideia — concordou Briana.

Combinado o plano, os dois seguiram em frente em busca de um refúgio temporário. Enquanto caminhavam, observavam o cenário surreal ao seu redor: árvores flutuando, nuvens se transformando em pedras, carros estranhos estacionados nas ruas. Passaram por um metrô subterrâneo, onde avistaram um homem misterioso sentado em uma cadeira de balanço, mas sua figura estava envolta em sombras, tornando impossível distinguir seus traços.

— E se encontrarmos a saída antes? — sugeriu Briana, tentando manter a esperança.

— Seria ótimo. Mas como você disse, são milhões e milhões de quartos. Poderia levar anos para encontrarmos a saída, se tivermos sorte — respondeu Levinse, consciente das dificuldades.

Enquanto conversavam, avistaram um unicórnio vermelho correndo em sua direção pela rua. Levinse ficou momentaneamente atônito, incapaz de articular uma palavra.

— O que foi, Levinse? — perguntou Briana, preocupada com sua expressão atônita.

Levinse apontou para o unicórnio se aproximando, deixando Briana igualmente surpresa.

— O que é aquilo? — murmurou Briana, agarrando Levinse.

O unicórnio passou por eles sem dar atenção, como se não os visse, deixando Levinse e Briana perplexos com a estranha criatura que acabaram de presenciar.

— Levinse, isso foi real? — perguntou ela, com os olhos arregalados de espanto.

— Nos últimos tempos, eu nem sei mais o que é real — respondeu Levinse, com um tom de incerteza em sua voz.

Enquanto ele tentava entender o que tinham acabado de testemunhar, Briana fixou seu olhar em uma pequena padaria chamada Padaria

Ézzio, cujo letreiro de madeira era praticamente a única estrutura ainda intacta na rua.

— Talvez seja um bom lugar para descansarmos, o que você acha? — sugeriu Briana.

Levinse virou-se para olhar a padaria e concordou com a cabeça, sentindo uma dor de cabeça latejante ao ver o nome do estabelecimento. Mesmo assim, concordou com Briana, que parecia exausta.

— Sim, pode ser uma boa ideia. Vou verificar se está vazio lá dentro — disse Levinse.

Enquanto entrava na padaria, Levinse recordou-se de uma frase que costumava dizer a Mike sempre que invadiam algum lugar desconhecido. No entanto, ele afastou a lembrança de sua mente, focando-se na dor pulsante em sua cabeça e na estranha presença do unicórnio. Ao adentrar a padaria, foi recebido pela atmosfera de abandono: janelas quebradas, móveis empoeirados e certificados pendurados nas paredes.

Após explorar o lugar por alguns minutos, Levinse subiu ao primeiro andar, onde encontrou apenas duas salas vazias e uma varanda que dava acesso às escadas de emergência. Decidiu então voltar para chamar Briana, que estava concentrada em um celular.

— Você tem um celular? — indagou Levinse, surpreso.

— Estou tentando encontrar sinal — respondeu ela, erguendo o aparelho repetidamente.

— E está conseguindo?

— Sim, mas é estranho. Aqui mostra que a bateria está sem sinal, não a rede — explicou Briana.

Levinse, que não entendia muito sobre celulares, achou aquilo peculiar.

— Deixe eu dar uma olhada — ofereceu-se.

No celular, a imagem de fundo era uma foto descontraída de Briana com a língua para fora. Levinse notou que havia quatro mensagens enviadas, mas o celular indicava constantemente que a bateria estava sem sinal. Intrigado, ele considerou a possibilidade de o estranho tempo que envolvia o lugar interferir no funcionamento do aparelho.

— Clássico — murmurou Levinse ao devolver o celular para Briana. — Vamos entrar na loja, está vazia.

Assim que entraram, Levinse fechou a pesada porta e acendeu outro cigarro. Enquanto observava o maço amassado que havia pegado na venda e o novo, que ainda estava intacto, Briana, apoiada em um dos criados-mudos, observava Levinse com afeto.

Ela sabia que ele era seu único amigo verdadeiro, não apenas por causa dos eventos recentes, mas porque jamais havia se aproximado tanto de alguém antes. Era um segredo guardado profundamente em seu íntimo. Seus olhos se desviaram para a janela sem fecho e algo a perturbou.

— Levinse, acho melhor cobrirmos essas janelas — disse ela, com um tom de apreensão.

— Ham? S-sim, é uma boa ideia — respondeu ele, distraído.

Após algum tempo, com todas as janelas devidamente protegidas, Levinse vestiu novamente sua camiseta. Ele havia se despojado dela devido ao calor enquanto trabalhava para fixar as tábuas. Briana, por sua vez, estava encostada em um canto, quase adormecendo. Levinse aproximou-se e sentou-se ao seu lado, sentindo-se exausto e suado. Preparando-se para descansar, ele sentiu um leve tremor quando Briana começou a falar, baixinho:

— Levinse, você nunca me contou como chegou aqui.

— Encontrei esta casa com o meu amigo...E você, por que fugiu? — tentou ele mudar de assunto.

— Meu padrasto costumava me agredir, e minha mãe sempre dizia que se eu não obedecesse, acabaria encontrando meu pai mais cedo do que imaginava.

— Como assim?

— Meu pai faleceu quando eu era criança.

— Me desculpe por isso — disse Levinse, rememorando a própria mãe.

— Tudo bem — respondeu ela, finalmente abrindo os olhos.

— Sinto muito, Bri — expressou Levinse, quando viu Briana começar a chorar.

— Às vezes, não sei o que é pior: estar aqui ou lá fora.

— Ei, ei, calma! Nada está perdido, e quando sairmos daqui, resolveremos o seu problema, certo?

— Está bem.

"Como ele poderia resolver isso? Ele mal me conhece, isso não faz sentido", pensou Briana, sentindo um arrepio percorrer sua espinha, eriçando os pelos de seus braços.

— Briana, você está tremendo? — perguntou Levinse, notando sua condição.

— Não, estou bem — mentiu ela, não querendo alarmar Levinse ainda mais, considerando as circunstâncias difíceis em que se encontravam.

— Você deve estar com frio. Se não se importar, posso me aproximar? Assim, ficaremos mais quentes — ela olhou para ele, e aqueles cinco segundos pareceram uma eternidade. Sem uma palavra, ela aceitou o abraço e logo adormeceu. Levinse, mesmo relutante em admitir, estava completamente exausto, e num piscar de olhos, adormeceu profundamente.

Enquanto dormia, seus pensamentos eram tumultuados. Flashes de luz e vozes ecoavam em sua mente. Externamente, seu corpo suava, seu punho cerrado denotava tensão. Lentamente, ele despertou.

— Onde estou? — murmurou Levinse, ainda atordoado.

"Está frio aqui. Que barulho é esse? Parece que há pessoas correndo", pensou, olhando em volta.

Um calafrio percorreu sua espinha, e ele se sobressaltou ao sentir terra úmida sob os dedos. A pergunta ecoou novamente: *"Onde estou?"*.

Levinse se levantou, deixando sua jaqueta cair. Seus dedos estavam rígidos pelo frio intenso.

— Há quanto tempo estou aqui? — questionou, cerrando os punhos.

O lugar estava envolto em trevas, mal conseguia enxergar à sua frente, apenas a névoa sombria que obscurecia a luz azulada do luar. Sem saber para onde ir, ele começou a andar, seu corpo vibrando de medo e desconforto na escuridão. Tentando desviar das árvores, ele se agarrou a elas para não se perder completamente.

— Estou louco? Talvez seja um sonho... Mas isso parece muito real para ser apenas um sonho — pensava, forçando-se a continuar. — Este lugar é assustador, melhor eu me apoiar nas árvores, não quero ter surpresas desagradáveis.

Levinse estava perdido, sem rumo, constantemente virando-se para verificar se algo o seguia na escuridão. Ao ouvir sons de galhos quebrando, seu coração acelerou, mas antes que pudesse reagir, percebeu que estava sobre um formigueiro. Correu até a próxima árvore, tentando afastar as formigas que subiam por suas pernas. Ao olhar para cima, deparou-se com um par de olhos amarelos fixos nele. Sem hesitar, Levinse correu, sem saber ao certo para onde estava indo. O medo era tão avassalador que conseguia desviar de cada árvore no caminho, mas ao tentar olhar para trás, tropeçou em uma raiz, caindo desamparado.

Levinse se levantou com a mão sobre a cabeça, sentindo a dor do tombo. Seu rosto contorcia-se com o desconforto, enquanto ele tentava entender onde estava e como chegara ali. Sua mente estava confusa, e a visão de uma luz verde brilhante entre as nuvens nebulosas não ajudava a clarear seus pensamentos. Era como se estivesse preso em um cenário surreal.

Enquanto caminhava, Levinse continuava a se questionar sobre sua situação. *"Onde estou? Como vim parar aqui?"*, pensava ele, com uma veia pulsando de frustração em sua testa. Seus passos ecoavam no silêncio da paisagem sombria, e ele não podia evitar procurar por sua amiga, Briana, mesmo sabendo que não era ela quem estava ali.

Minutos se passaram desde que acordara naquele estranho lugar, e a escuridão persistia, impedindo-o de enxergar com clareza. Levinse começou a sentir como se estivesse preso em algum tipo de punição ou pesadelo interminável. Cada passo era incerto, e ele tropeçou novamente, caindo no chão.

"Será que estou morto?", pensou Levinse, enquanto se levantava com raiva. Sentindo-se frustrado com sua situação, ele continuou a caminhar, tentando encontrar algum sentido naquela escuridão implacável. No entanto, ao tropeçar novamente e cair sobre algo macio, ele percebeu que estava andando em círculos o tempo todo.

Com um sentimento de desânimo, Levinse se ajoelhou e examinou no que havia pisado. Reconhecendo o símbolo do OM em sua jaqueta, ele percebeu que estava perdido em seus próprios pensamentos e medos. Desapontado consigo mesmo, ele decidiu acender um cigarro para acalmar os nervos.

Com o isqueiro Zippo em mãos, Levinse acendeu o cigarro, e por um breve instante a chama iluminou seu entorno. Ele finalmente pôde ver onde realmente estava, mesmo que por apenas alguns segundos.

— Droga! Parece que realmente estou no meio de uma floresta, mas como, como? Como eu vim parar aqui? — Da boca de Levinse saía fumaça, misturando-se ao ar úmido da floresta. — E como vou sair daqui? — Com a visão embaçada, a escuridão ao seu redor parecia ainda mais densa, enquanto o contorno do breve fogo do isqueiro dançava em sua periferia.

Seu cigarro estava na metade quando desejou com esforço uma lanterna. Levinse sentiu o isqueiro permanecer morno em sua mão. A ideia de usar o fogo como luz parecia brilhante em sua mente, então ele o acendeu com esperança. No entanto, quando a luz iluminou continuamente, o que viu o deixou apavorado.

Uma cena macabra se revelou diante dele. Em todas as árvores, ao menos uma pessoa estava enforcada. Levinse quase caiu no chão com o choque do terrível vislumbre. Ainda tremendo de medo, pegou sua jaqueta e tentou correr o mais rápido que pôde. Correndo na escuridão, o isqueiro se apagou, deixando-o novamente na total escuridão. O medo o consumia tanto que ele preferia não arriscar.

No entanto, uma luz prateada, embora fraca, começou a filtrar-se através das nuvens. Eram as nuvens se desmanchando no céu e revelando uma lua cheia. Parecia um sinal de esperança, uma intervenção divina. Na sua frente, uma clareira se abria, e Levinse correu em direção a ela.

Com o brilho da lua iluminando a clareira, a floresta se revelou em toda a sua densidade e melancolia. Ao caminhar mais adiante, encontrou um abismo que parecia não ter fim. Pequenas pedras caíam na borda da queda, mas Levinse recuou, sentindo uma vertigem assustadora. Sempre teve medo de altura.

De repente, uma angústia inesperada o envolveu. Ouvia vozes recitando inúmeras vezes: *"trux morietur, trux morietur, trux morietur"*. Seus olhos se ergueram para o céu, onde milhares de pessoas vestindo mantos pretos deslizavam em direção a ele. Estava entre a vida e a morte. No entanto, uma visão horrível chamou sua atenção: sangue escorria das árvores, encharcando o solo. O cheiro metálico impregnava o ar, e Levinse sabia que algo terrível estava prestes a acontecer.

Seu desespero crescia, as vozes ficavam cada vez mais altas. Levinse desejava apenas estar em qualquer lugar do planeta, menos ali. Mas algo se movia no arbusto próximo. Seus desejos se contradiziam, seu coração batia descontroladamente. Uma mão tocou seu ombro, e um arrepio percorreu sua espinha. Ao se virar, deparou-se com a criatura que perseguira Briana no hospital.

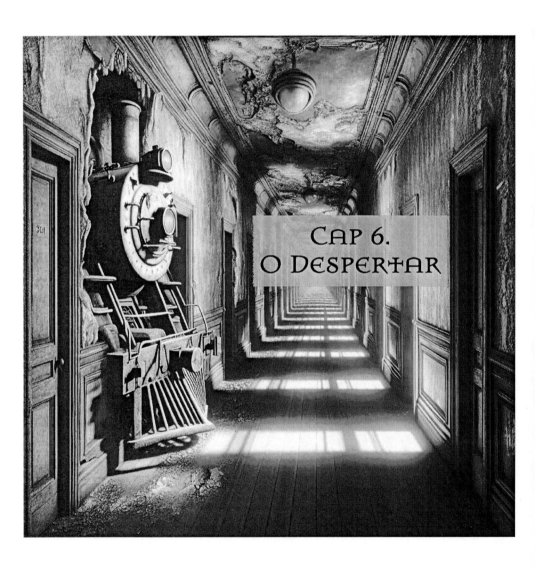

Cap 6.
O Despertar

CAPÍTULO 6

O DESPERTAR

Seu rosto estava desgastado e irreconhecível, seus sentimentos em conflito, como numa batalha interna. Diante da criatura, Levinse não sabia se sentia pânico ou piedade. Por um instante fugaz, seus olhos se encontraram num movimento espelhado, e em um tom baixo, sua voz grave e rouca pronunciou:

— *Trux morietur.*

Os olhos do garoto se fecharam, aguardando a morte iminente. Seu controle sobre seus próprios conceitos estava frágil. Seus músculos amoleciam e sua mente mergulhava novamente na escuridão. Enquanto seu corpo suava por fora, pensamentos se tumultuavam em seu interior. Entre flashes de luz e momentos de intolerância, uma voz suave e amigável o chamava. Um toque gélido atravessou sua pele.

"Possivelmente estou morto", pensou Levinse ao abrir os olhos e se deparar com um par de olhos azuis aço.

— Levinse, acorda! — disse Briana, de maneira clara.

— O quê? E-eu... — gaguejou Levinse.

— Desculpe. Você estava falando sozinho, então eu te acordei.

— Eu estava, mas... — Levinse começou a se remexer, fazendo movimentos estranhos no corpo.

— O que está acontecendo com você? — perguntou ela, subindo em cima de Levinse e segurando seus braços com firmeza, tentando conter seus movimentos estranhos.

— Parecia tão real — murmurou ele, olhando para o vazio.

— Como poderia ser real? Você estava aqui dormindo, eu vi. O que você sonhou, afinal?

— Estava em um lugar escuro e frio — Levinse revivia o tormento a cada palavra. — Aquela coisa no céu, as vozes... Eu vi aquela criatura que perseguia você no hospital.

A expressão tranquila de Briana desapareceu, substituído pela curiosidade ao ouvir os detalhes do pesadelo de Levinse.

— Talvez não tenha sido um sonho — sugeriu Levinse, pensativo.

— O que poderia ser então? — indagou Briana.

— Talvez um aviso. Bri, pode me soltar, estou bem agora.

Briana então soltou Levinse e se encostou na parede, recostando-se sobre a mochila. Ela observou os passos dele até perto da porta, quando retirou um pedaço de papel do bolso. Nele, estava escrito o nome de um livro: "A Verdade Até Aqui".

Ele virou o papel para verificar se havia mais alguma coisa escrito, mas estava em branco. Ao examinar os detalhes das letras, Levinse lembrou do dia em que Mike disse que finalmente tinha terminado um livro.

"*Deve ser do Mike, pelos garranchos*", pensou Levinse.

Ele sentia falta da companhia do amigo. Só Mike entendia e opinava sobre seu lado obscuro, sempre encontrando um jeito científico de teorizar. Com os pensamentos vagando, ele olhou para um vão entre as tábuas que cobriam a janela. Como antes, a cidade estava deserta. Então, Levinse acendeu um cigarro e, descontente, em seu primeiro trago sentiu um gosto amargo que impregnou seu paladar.

— Talvez seja hora de irmos — disse Levinse, soltando a fumaça enquanto falava.

— Concordo — respondeu Briana.

— Bri, por acaso você pegou uma garrafinha de água? — perguntou Levinse, ainda sentindo o amargor na boca.

— Sim, está aqui — disse Briana, entregando a garrafa para Levinse.

Ele bebeu mais da metade da garrafa e a devolveu para Briana, que a guardou na mochila. A hidratação o fez sentir-se muito melhor, e o gosto amargo desapareceu.

Levinse estava pronto para abrir a porta e deixar o cômodo que servira bem para descansar, com Briana ao seu lado esperando para sair. Com um olhar confiante, ela sorriu, e ele fez o mesmo, abrindo a porta vagarosamente. Mas antes mesmo de abri-la por completo, Levinse pôde ver dezenas de homens altos com ternos pretos parados em frente à loja. Todos pareciam velhos e desgastados, de pele pálida e enrugada, o que os tornava apavorantes.

Se isso fosse comum, ele não sentiria medo. Se fosse apenas um, ele não recuaria. Mas ao ver inúmeros idosos de postura assombrosamente ereta, em uma formação tática perfeita, o sorriso de Levinse simplesmente desapareceu. Fechou a porta um pouco mais rápido e olhou assustado para Briana.

— O que foi? — perguntou ela, estranhando a drástica mudança na expressão de Levinse.

— Temos que procurar outra saída.

— Por quê?

— Tem mais ou menos uns quarenta velhos muito estranhos lá fora — disse Levinse, enquanto subia as escadas. — Eu não sei como, mas eles apareceram do nada. Antes mesmo de abrir a porta eu dei uma olhada entre as tábuas que preguei na janela. Como eles descobriram?

— Talvez já estivessem nos seguindo — sugeriu Briana, que estava atrás de Levinse. — Aonde você vai?

— Quando entrei para verificar se era seguro ficar aqui, vi uma escada de emergência. Podemos sair por lá — disse Levinse, parando diante de uma pequena varanda.

— Bem pensado!

Sem hesitação, eles correram até a varanda, onde encontraram a escada de emergência, tingida por uma tonalidade vermelho-alaranjada, enferrujada pelo tempo. Briana não confiava muito no ferro corroído, mas se era a única opção, não havia do que reclamar.

Levinse desceu primeiro, seguido por Briana, que precisou jogar a mochila para facilitar o deslocamento. Agora, encontravam-se em um estreito beco, sem saber para onde ir. Briana olhava esperançosa para Levinse, aguardando qualquer orientação, mas ele permanecia em silêncio, observando uma estranha fileira de duendes que atravessava a rua.

"Eu devo estar ficando louco aqui", pensou ele, enquanto acendia um cigarro.

— O que faremos agora, Levinse? — perguntou Briana, demonstrando desesperança.

— Não tenho certeza, mas é melhor continuarmos procurando e sairmos daqui o mais rápido possível. Não quero cruzar com nenhum daqueles homens.

— Tudo bem, concordo — respondeu ela, resignada.

Continuaram sem rumo e passaram discretamente pelos estranhos que os esperavam na porta. Ao atravessar de um beco para outro, Levinse procurou os duendes que havia visto, mas não teve sucesso.

— Duendes... — murmurou Levinse, tão baixo que mal percebeu as próprias palavras.

— O que você disse? — indagou Briana.

— Eu? Nada.

Certo de sua própria confusão, lançou um olhar preocupado para sua amiga, que não reagiu. Então pensou: "É, talvez eu esteja enlouquecendo."

Os becos eram úmidos e estreitos, o vento gelado balançava os cabelos grisalhos de Briana. Os movimentos em câmera lenta atraíam a atenção de Levinse. Ela era realmente diferente, ele só não conseguia explicar o que a tornava assim. Foi quando o beco teve uma reviravolta inesperada que a conversa recomeçou.

— Levinse, você tem certeza de que estamos indo na direção certa?

A pergunta despertou memórias profundas em Levinse. Diante de seus olhos, o mundo se recriou. Uma pausa e então a escuridão. Logo, eles estavam parados em uma rua movimentada, Mike e Levinse. Os dois estavam perdidos e envolvidos em pequenas discussões.

— *Levinse, você sabe o nome dessa cidade?*

— *É Warilia, ou Wallon Mari. Só sei que é algo assim.*

— *Que tipo de cidade tem um nome desses? — Mike fez uma pergunta retórica. — Cara, você só inventa!*

— *Vamos, eu sei que é por aqui — disse Levinse, seguindo um sinal.*

O entardecer pintava o céu com tons alaranjados que se refletiam nos altos edifícios da cidade. Levinse examinava cada casa, em busca daquela que procuravam. Ao seu lado, Mike estava desanimado por ter mais uma vez seguido as ideias mirabolantes de seu amigo. Mas dessa vez não foi diferente, ele observava as casas procurando pela residência de uma garota e pensando: "Como eu fui ser amigo desse cara?"

Como em Averlines, a cidade onde estavam era fria e movimentada. Talvez um pouco menor, mas o clima agradável era o mesmo para os rapazes. Levinse acendeu um cigarro diferente do que Mike estava acostumado a ver o amigo fumar. Era completamente azul e não tinha um cheiro tão forte ou impregnante como o do tabaco comum.

— Cara, que cigarro é esse? — perguntou Mike, curioso.

— É aquele que fuma — respondeu Levinse, com ironia.

— Eu sei, idiota, mas eu nunca vi você fumar esse tipo de cigarro.

— É que eu ganhei esse de um amigo.

Mike virou-se para ele e disse:

— Como assim você ganhou de um amigo? Eu sou o seu único amigo!

— E você nunca me deu um cigarro assim.

— Isso é porque eu quero que você pare de fumar, infeliz! Quer saber? Esquece. Seria mais fácil se você perguntasse para alguém — aconselhou Mike, tentando mudar de assunto.

— Perguntar o quê?

— Você sabe onde ela mora?

— Sei — disse ele, de imediato. — Não, na verdade, não.

— Caramba, Levinse! Você me obriga a vir para outra cidade com você para conhecer uma garota, e você mal sabe onde ela mora. Talvez essa nem seja a cidade certa. Onde vocês se conheceram mesmo?

— Pela internet.

— Agora tudo faz sentido — disse Mike, balançando a cabeça negativamente.

— Melhor irmos para Averlines, não é?

— É claro! Mas vamos pegar o metrô ou ir de ônibus? — perguntou Mike, contando alguns trocados que retirou do bolso. — Acho melhor ir de ônibus. Não é mais rápido, mas é barato e estou com pouca grana aqui.

— Eu também.

— Você sabe onde fica a rodoviária?

— Não.

— Droga, Levinse!

— O que você esperava? A gente veio de metrô, e não de ônibus. Como vou saber onde fica a rodoviária?

— Você é uma anta — disse Mike, dando pausas a cada palavra.

— Deixa eu perguntar para alguém no caminho — disse Levinse, tentando tranquilizar o amigo.

O Sol estava se pondo quando eles voltaram a caminhar pela cidade. Agora, à procura da rodoviária, mal viram o céu escurecer, pois mesmo estando literalmente ferrados, era divertido estar em uma cidade diferente.

Enfim, já era noite. A cidade, que parecia pequena, ficou enorme a cada quarteirão trilhado. Mike já estava preocupado, pois não podia ficar muito tempo fora de casa. Os dois, já impacientes com tamanha ignorância de não conseguirem achar uma rodoviária, deram uma troca de olhares e não foi preciso o aviso de Mike para Levinse procurar ajuda.

Uma mulher encontrava-se ao longe, não havia opções. Ela era a única pessoa na rua nesse horário da noite, então os dois caminharam até ela, totalmente esperançosos de que receberiam ajuda.

— Oi. Você sabe onde fica a rodoviária? — perguntou Levinse, com educação, para não assustar a mulher que já parecia desgostosa.

— Indo para a avenida Donato Pirre — respondeu ela, indesejada.

Eles agradeceram, indo para Deus sabe onde.

— Ajudou muito! — disse Mike, indignado.

— Seu celular não tem GPS?

— Tem, mas estou sem internet.

— Vamos voltar para o metrô e lá a gente pergunta. Já estamos perto — disse Levinse, acendendo um cigarro.

— É, vamos lá — concordou Mike, que observava o estranho cigarro.

Não demorou muito até chegarem lá, porém, por má sorte, o lugar estava vazio. A não ser um gato pardo que revirava o lixo. Levinse se sentou em um dos bancos que havia no local, não queria olhar para o seu amigo, porque sabia que ele estava muito irritado.

Por mais algumas horas eles permaneceram no metrô, até que Levinse se levantou e foi para o outro lado em um estreito corredor. Cercados por arbustos, ele estava apertado e precisava urinar. Quando estava quase terminando suas necessidades básicas, ouviu barulhos constantes de buzinas. Por efeitos primitivos da curiosidade, Levinse caminhou à frente até conseguir ver o que era. Para sua surpresa, a rodoviária se encontrava atrás do metrô, e ao longe ouviu Mike gritar:

— Cara, no metrô tem mapa. Vamos dar uma olhada aqui!

Pois foi assim que a ideia surgiu: como um clarão revelando suas lembranças. Talvez seja a falta que faria o amigo em momentos difíceis como aqueles. Em seu coração, carregava uma grande culpa, pois foi mais uma das suas estúpidas ideias que trouxe a ele o descanso eterno.

— Um mapa — disse Levinse, pensativo, enquanto Briana olhava para ele com animação.

— Sim, um mapa é uma boa ideia. Já que estamos em uma cidade, deve haver algum mapa, mas em qual lugar?

— No metrô sempre tem mapas, tanto do estado como da cidade. Não há motivos para aqui ser diferente.

— Então vamos — disse Briana, disparando à sua frente.

Ao saírem do beco e voltarem para as ruas, novamente sentiram estranheza ao verem o desleixo do lugar.

"Será que Deus não está vendo isso?", pensou Levinse, enquanto observava algumas árvores flutuando e algumas nuvens caindo. Os braços sanguinários que saíam dos carros e o céu surpreendentemente diferente eram insanos demais para se aclimatar.

Os passos seguintes foram bem mais rápidos, logo estavam andando pela frente da venda. Apanharam alguns salgados, água e outro maço de cigarro, não demoraram muito para chegarem no metrô, tanto que conseguiam ver a estação a umas duas quadras.

Um vento gelado bateu com força em Levinse. Briana imediatamente olhou para ele, pois também sentiu o ar frio roçar o seu rosto. Foi quando de repente a rua foi bloqueada por inúmeras zebras que estavam saindo de um açougue, estranhamente conservado, sobrepondo a singularidade do lugar. O bando continuava crescendo a cada segundo, quando por fim as ruas estavam completamente tomadas por preto e branco. Foi então que as zebras começaram a fazer algo bizarro. Em total sincronia, começaram a roer o chão e estavam praticamente pastando o asfalto.

— Mas que porra é essa? — ridicularizou Levinse, ao ver aquela coisa jamais vista.

— Levinse, o que é isso?

No momento em que Briana fez a pergunta, tudo ao seu redor tremeu com violência. No céu, algo maior que o Sol e a Lua se mexia. Aquilo era como um sinal dizendo: *"Você está maluco!"*. Um carimbo da insanidade, um verdadeiro destruidor de mentes exagerado.

"Por tudo que é sagrado!", pensou Levinse ao ver uma cabeça colossal de tartaruga cortar o céu.

A cada movimento, o chão balançava. Não eram tremores vigorosos, mesmo assim dificultava manter-se de pé, porém, foi o último que fez com que a terra aparentasse partir-se ao meio. Briana se agarrou em um sinaleiro junto de Levinse, e por lá esperaram a agitação passar.

— Bri?

— O quê? — indagou Briana, esforçando-se para não cair.

— As zebras — apontou para o bando. — Elas parecem não sentir!

Levinse observava os animais mastigarem o asfalto. Conseguia ver também o sangue sair de suas bocas e narinas. Sua visão vagarosamente era escurecida e em sua mente tudo aquilo já não fazia mais nenhum sentido.

"Preto com branco ou branco com preto", pensou Levinse. Caminhando em meio à confusão, estava lá ele mesmo, de olhos pretos e cabelos brancos. Fumaças negras eram sua companhia. Os seus movimentos eram rápidos e insólitos, a sua pele subia ao céu como folhas em chamas. Foi como um eco que cravou em sua cabeça: *"trux morietur"*. Lágrimas caíam, e junto a elas os estalos de ossos se partindo. Os animais torturados já estavam mortos.

— Levinse! Levinse! — gritou Briana, desesperada.

— O-o que aconteceu? — gaguejou Levinse, com a mão sobre a cabeça, sem entender absolutamente nada.

— Levinse, você não se lembra de nada? — perguntou ela, tentando entender o colapso de seu amigo.

— Não. Na verdade, estava tudo tremendo. As zebras... — Levinse não conseguiu concluir a última frase, pois estava com dificuldade para se lembrar. Briana, ouvindo tudo aquilo, recusava-se a acreditar. Mesmo que nessa altura do campeonato tudo poderia realmente ser possível e palpável, seu rosto expressava horror.

— Não, Levinse. A gente só veio até o metrô, não aconteceu nada disso — disse ela, apontando para o metrô.

Ele se levantou com muita dor de cabeça, tentando compreender o que poderia ter sido aquilo, já que Briana disse que não foi real. Os seus olhos se encontravam com diferentes intenções, mas a alguns passos estava o mapa da cidade, e bem ao lado, o do estado, como Levinse havia dito. Ele caminhou até a imagem e a observou, forçando sua atenção, procurando algum lugar que possivelmente poderia ser a saída. Briana se aproximou dele para tentar ajudá-lo.

— Então, Levinse, o que você acha?

— Não tenho certeza — disse ele, em dúvida entre os dois lugares. — Talvez a prefeitura ou talvez aqui.

Os dois observavam a cidade e tentavam chegar a uma conclusão. Já haviam se esquecido do que esperar ao seu redor, pois seus olhares estavam fixos no mapa. Levinse e Briana ficaram surpresos ao ouvirem uma voz.

— O que procuram? — perguntou um senhor que estava sentado por perto.

Os dois se entreolharam com medo, pois não sabiam o que esperar do senhor. Em pouco tempo, Briana teve uma estranha impressão de semelhanças entre Levinse e o velho. O contorno dos seus rostos era muito parecido; um pouco mais velho, é claro, mas com o mesmo olhar penetrante que Levinse possuía.

— A gente quer sair daqui — disse Briana, sem medo algum.

— É claro que querem, todos nós queremos. — Quando Levinse notou suas semelhanças, quase soltou um grito. — Isso não quer dizer que podemos — continuou o velho.

— Você está preso aqui também? — perguntou Briana.

— Estou. Há mais tempo do que posso contar — disse o senhor, sentando-se em um banco de espera.

— Por favor, só queremos sair deste lugar.

— E da casa? Não querem sair da casa? Cuidado, menino. Está correndo um grande perigo — disse o senhor, fazendo Levinse se sobressaltar de repente. — Não gastem saliva comigo, eu estou prestes a morrer. Se querem sair deste lugar, basta pegar o trem. E, garoto, abra os seus olhos.

Naquele momento, o alto som motorizado de uma locomotiva se aproximou. Levinse e Briana se olharam, tentando trocar informações sobre algo estranho que acontecia. O trem que chegou no metrô certamente era algo esperado em um lugar como aquele. A cabeça de Levinse logo parou de doer, deixando-o mais tranquilo e esquecido do ocorrido.

Foi ele o primeiro a embarcar, seguido por Briana. Segundos antes das portas se fecharem, ela olhou para trás. A tentativa de ver pela última vez o rosto familiar do senhor não foi bem-sucedida, pois o velho havia desaparecido.

Cap 7.
De volta ao Pesadelo

CAPÍTULO 7

DE VOLTA AO PESADELO

Um estrondo ecoou pelo corredor sombrio, quando a locomotiva irrompeu pela porta de número 4 da casa, reduzindo-a a destroços. Levinse e Briana se desviaram habilmente dos escombros, enquanto observavam atentamente o cenário transformado. À esquerda, um corredor pontilhado de portas sombrias, à direita, paredes quebradas revelavam vislumbres da cidade desconhecida de onde haviam emergido. O calor emanava do bico da locomotiva, sugerindo uma conexão peculiar entre a casa e a estranha cidade. Era como se cada quarto fosse uma porta para um mundo real, uma realidade perturbadora que podia desencadear consequências imprevisíveis.

Briana parecia perplexa, como se estivesse revivendo o encontro aterrorizante com o homem misterioso que a assombrava no hospital.

— Levinse, aquele homem no metrô... — murmurou Briana, quase tropeçando em uma pedra solta.

— Eu sei, ele se assemelhava a mim de uma forma perturbadora, mas o que isso significa? Se você está insinuando que ele sou eu, deve estar brincando — respondeu Levinse, igualmente atordoado.

— Não, claro que não. Provavelmente é apenas uma coincidência, afinal, como alguém poderia ser você? É absurdo.

Levinse dirigiu-se à porta de número 5, ponderando sobre a estranha semelhança entre ele e o homem misterioso. Será que sua presença ali significava que ele não havia conseguido escapar? E Briana, onde estaria ela?

— O que faremos agora? — indagou Briana, segurando firme sua mochila.

— Continuaremos. Preciso descobrir o que se esconde atrás desta porta — respondeu Levinse determinado.

Ele colocou a mão sobre a maçaneta. Pouco antes de girá-la, um grito ecoou pelo corredor. Briana deu um salto assustado quando uma sombra passou por ela. Trocaram olhares e sorrisos nervosos, encontrando um leve consolo no humor em meio ao caos.

Briana segurou a mão de Levinse e disse:

— Tem certeza de que é uma boa ideia?

— Não tenho certeza... Mas algo me diz para prosseguir. Sinto que precisamos explorar, apenas espero não estar errado. Tenho medo do que podemos encontrar, mas não temos outra opção senão seguir em frente.

— Concordo. Não nos resta outra escolha — concordou Briana, firme.

Levinse girou a maçaneta e adentrou o quarto junto de Briana. O ambiente era gélido, com o som dos passos ecoando no piso de madeira. Um pequeno corredor se estendia à frente, com portas em ambos os lados. Levinse tentou abrir a porta à esquerda, mas estava trancada. Não havia motivo para tentar a outra. Em frente a eles, uma velha mesa de madeira sustentava um lampião e uma caneca de lata. Ao lado, uma janela empoeirada oferecia uma visão turva do exterior, enquanto uma chaminé e uma mesa de cabeceira surrada completavam a decoração. Por fim, uma porta danificada, quase caindo aos pedaços, talvez servisse como uma passagem para entrar e sair do local.

Levinse observou pela janela, tentando ver o que tinha lá fora. Foi um ato totalmente malsucedido, pois a vidraça estava imunda.

— Onde você acha que estamos? — perguntou Briana, que abria e fechava o lampião.

— Parece uma cabana, mas... — falou Levinse, enquanto tentava limpar um pouco a poeira da vidraça. — Queria saber em que lugar fica essa cabana.

— Vou ver se dá para voltar para o corredor — disse Briana, indo até a porta por onde entraram.

Levinse encostou na mesa olhando para a janela, examinando a escuridão. Retirou o seu maço do bolso, pois nele ainda havia seis cigarros, já que o sétimo estava aceso em sua boca. A fumaça deixava os seus pulmões e desaparecia no ambiente. Ele ouviu a voz de Briana e perguntou:

— E então, nós estamos com sorte? — Trocaram olhares penetrantes.

— Sim. A porta se transformou em um banheiro, estava apertada mesmo — disse ela, respirando fundo e dando um sorriso de compreensão.

— Banheiro? — questionou Levinse, olhando para ela.

— Sim, por quê? Não é normal virar outra coisa? — perguntou Briana, com seriedade.

— Não que eu saiba. Bom, de qualquer forma, já estamos aqui e não podemos voltar pela mesma porta. O jeito é esperarmos até amanhecer, está muito escuro lá fora para sair procurando uma porta com um número entalhado.

Briana concordou com um balanço positivo de cabeça, sentou-se no chão, ao lado da mesa de cabeceira, retirou um fone de ouvido de um dos seus bolsos e conectou no celular. Ela ouvia "Koda The Last Stand", música que ela adorava ouvir quando se encontrava sozinha em casa. A diferença era que naquele momento ela estava perdida em um lugar que mais parecia um pesadelo do que um fato da realidade. Acreditava que, talvez, ouvindo música conseguiria esquecer os tormentos por algum momento. Controlando bem os seus pensamentos, poderia manter a distância.

Levinse sentou-se na única cadeira disponível no lugar, mergulhando em seus pensamentos enquanto manipulava o lampião. Reflexões sobre suas visões perturbadoras o assaltavam, especialmente o momento em que testemunhou Briana morrer. Além disso, a figura do senhor do metrô, possivelmente ele mesmo do futuro, também ocupava sua mente.

"Talvez eu não consiga sair daqui e este seja meu destino futuro, aprisionado para sempre nesta casa. Será que esta cidade seria um lugar adequado para envelhecer? Não, é impossível! Mas afinal, o que não é possível para mim?", ponderou Levinse.

— Ouviu isso? — perguntou ele subitamente, mas Briana estava imersa em sua música e sequer escutou suas palavras.

"O que foi isso? Será que estou ficando louco ou foi apenas minha imaginação?", questionou Levinse a si mesmo, ciente de que não seria a primeira vez que tal pensamento o assaltava.

Após algum tempo, Briana percebeu a testa franzida de Levinse, mas não se alarmou. Ela estava concentrada na mesa de cabeceira de seis gavetas, ajoelhada, abrindo uma a uma enquanto ainda ouvia sua música.

Enquanto isso, Levinse brincava com seu isqueiro, imerso em pensamentos variados. Inclinado sobre a mesa, observava um pequeno besouro se movendo em direção à caneca de lata. Seus olhos se voltaram para Briana ao vê-la segurando um livro de capa grossa e estranha. Era marrom escuro, e ela virava suas páginas enquanto ainda escutava música, balançando-se levemente em um ritmo inocente. Levinse fez um gesto para chamá-la, e ela prontamente retirou os fones para ouvi-lo.

— O que está ouvindo? — perguntou ele, tentando puxar assunto.

— Electus Kensho Chillstep. Infelizmente não conheço muitas pessoas que curtam.

Ela pensou consigo mesma: "*Na verdade, quase não conheço pessoa alguma*", sentindo-se um pouco entristecida.

— Na verdade, você conhece — disse ele, abrindo um sorriso no rosto.

— Você ouve Chillstep? — perguntou ela.

— Sim, muito bom. Me traz uma paz quando eu ouço — disse Levinse, ainda sorrindo.

— Sério? Como foi que você conheceu?

— Sério. Não me lembro muito bem, acho que foi acessando um blog. Eu me lembro de ter me assustado — Briana sorriu enquanto ouvia ele falar. — Sabe, eu nunca entrei em um site que tocava música, só que eu gostei e baixei várias em meu notebook.

— Legal! Eu gosto porque meu pai gostava de escutar quando dirigia. Ela me traz boas lembranças.

— Bri, onde encontrou esse livro? — disse Levinse, mudando de assunto e apontando para o livro que estava no chão ao lado dela.

— Este? — ela o levantou. — Estava dentro da gaveta.

— E o que tem nele? — fez ele a pergunta, muito curioso.

— Não sei direito, o meu latim não é muito bom.

— Você sabe latim? — perguntou ele, com tom de surpresa.

— Mais ou menos. Eu aprendi um pouco lendo livros de capa preta e de feitiços, pode me chamar de louca, mas eu gosto dessas coisas, é interessante a magia.

Percebendo uma possível conexão entre eles, Levinse pensou que talvez fosse isso que tinham em comum: a magia. Algo oculto, sempre o estranho gato defeituoso em cima do muro. Por esse motivo ele gostava tanto dela, pois ela era como ele.

— Você é louca!

Furiosa, Briana desgrudou os dentes.

— Eu não faço bruxaria, só gosto de ler — disse ela, alterando-se.

Mas logo ela percebeu que Levinse estava rindo.

— Só estou brincando, Bri — disse ele, sentando-se ao lado dela. — Então, eu posso ouvir música com você?

— Pode — ela entrega um dos fones para ele.

Levinse praticamente pegou no sono enquanto Briana explorava o estranho livro. Suas folhas eram amareladas e por muitas vezes parecia querer desmanchar a qualquer momento. Havia várias imagens nele sobre demônios e espíritos malignos. A cada imagem, um pequeno texto, alguns dizendo como invocá-los, e outros como evitá-los. A grande maioria era sobre feitiços com base na necromancia. Havia também várias páginas dedicadas ao submundo, mas Briana apertou com toda força a mão de Levinse quando viu aquela criatura.

Era aquele que corria atrás dela no hospital. O livro parecia se dividir entre uma variedade de assuntos e tudo sobre ele. Ela não hesitou em acordar Levinse para que ele visse aquilo.

— Levinse, Levinse! Acorda! Você tem que ver isso! — disse ela, balançando-o inúmeras vezes.

— Ver o quê? — perguntou ele, bocejando logo em seguida. A sua voz era de sono.

— Olha, Levinse. Neste livro está tudo sobre aquela criatura que me perseguia no hospital — disse ela, fazendo gestos estranhos enquanto apontava para o livro. — Está tudo aqui, olhe!

Levinse viu o desenho borrado que estava ilustrado à direita do livro. Realmente era a aberração que perseguia Briana no hospital, e que também surgiu em seu sonho. À esquerda do livro, havia textos e rabiscos, com datas e fatos históricos. A cada página, uma imagem e descrição. O latim não era o forte de Levinse, mas sim de Briana. Foi quando ele viu e não acreditou, mas estava lá a imagem da casa.

— A casa, é ela mesma, a que estamos agora.

— Onde? — perguntou ela, puxando o livro para si.

— Aqui, olha — disse Levinse, apontando para a imagem. — Você consegue ler?

— Quase tudo, mas existem palavras neste livro que eu nunca vi. Não sei se vou interpretar da maneira certa.

— Melhor impossível — disse ele ao se levantar. — Você consegue, Bri, eu sei que consegue. Pode ser que tenha coisas úteis aí.

Ele a ajudou a se levantar. Briana se sentou na cadeira e colocou o livro sobre a mesa, iniciando a leitura. Por vários minutos, o pequeno cômodo permaneceu em silêncio, exceto pelos sussurros de Briana, que interpretava o texto de forma cuidadosa. Ouvia-se ela dizer palavras como *"mortuum"*, *"ínferos"* e *"sanguinem"*, seguidas por várias outras. Levinse a observava. O seu rosto fino, os seus lábios macios, os seus olhos azuis aço, a sua pele pálida e os seus cabelos absolutamente brancos. Ele a observava com desejo.

— Você é linda — disse ele, por impulso.

Briana olhou surpresa para ele. Suas bochechas ficaram vermelhas e um sorriso vergonhoso apareceu em seu rosto.

— Você acha? — perguntou ela.

Quando Levinse percebeu o que tinha dito, já era tarde demais. Sentiu-se totalmente sem jeito e desviou o olhar, enquanto Briana sorria timidamente, também constrangida com a situação. Após o momento inesperado, ele tentou se concentrar novamente na leitura, enquanto Briana explorava o livro.

"Droga, por que eu disse aquilo? Onde eu estava com a cabeça? Queria saber no que ela está pensando agora", pensou Levinse, perturbado pela própria indiscrição.

— Levinse, acho que encontrei alguma coisa — anunciou Briana, interrompendo seus pensamentos.

— Deixa eu ver — pediu ele.

Briana virou as páginas do livro até encontrar uma seção que mencionava informações sobre o misterioso homem e a casa. No entanto, havia várias páginas arrancadas, especialmente aquelas que explicavam como sair.

A notícia não agradou Levinse, que se afastou de Briana e foi até a janela para acender outro cigarro.

— Como vamos sair? — indagou ele, frustrado.

— Não sei, mas descobri várias coisas sobre o Necromancer, então não fique assim — respondeu Briana, voltando a olhar para o livro.

— Quem é esse? — perguntou Levinse, aproximando-se novamente dela.

— É o nome daquela coisa. Na parte que fala sobre ele no livro, diz que foi ele próprio quem removeu as páginas que explicavam como sair da casa. Ou seja: suspeito que...

— Esse livro seja o diário dele — completou Levinse.

— É um grimório, Levinse... E mais, as páginas estão aqui na casa. Só não sabemos em qual lugar — explicou Briana, fechando o livro.

— Não acredito. Como um ser daquele pode ter um diário?

— Bem, Levinse, há muito tempo, os bruxos antigos costumavam fazer anotações e depois transformá-las em livros. Talvez ele esteja fazendo o mesmo — sugeriu Briana.

— E o que mais você descobriu sobre ele? — indagou Levinse, ansioso por mais informações.

— Várias coisas do tipo como invocá-lo, como bani-lo. Aqui diz também que ele é criador desse lugar, e o pior... — disse Briana, abrindo o livro novamente. — Anjo da tortura, irmão da morte, senhor e mestre da dor e do sofrimento, devorador de sangue, inimigo mortal de Lord Lúcifer, banido do inferno, e hoje, príncipe do submundo.

— Esse cara não é coisa boa, não — disse Levinse, arqueando uma sobrancelha com preocupação.

— É, pelo jeito não. Tem mais coisa, presta atenção: *"Sanguine venenos, pingere terra, consurget Necromancer et cum"*.

— O que você está falando aí? — perguntou Levinse, sua voz carregada de ansiedade e inquietação.

Briana deu uma risadinha leve, quase imperceptível, e disse:

— Sangue dos mortos pintará a terra putrefato, será quando Necromancer surgirá e... — Levinse a interrompeu, um calafrio percorrendo sua espinha.

— Espera, isso quer dizer que, quando vemos muito sangue, é ele que está por perto? — perguntou Levinse, sua expressão uma mistura de terror e fascínio, como se estivesse prestes a desvendar um mistério milenar.

— Parece que sim — confirmou Briana, fechando o livro com um baque suave.

Os pensamentos de Levinse voavam em um turbilhão de incertezas. Seria aquele ser sinistro presente desde o início, assombrando seus sonhos e agora sua realidade? Por que ele os teria trazido para essa casa macabra? E, acima de tudo, como escapariam dela?

Uma sensação de desamparo o envolveu enquanto ele encarava a porta, suas mãos tremendo ligeiramente. Era como se estivessem presos em uma teia de aranha, cada tentativa de fuga apenas os levando mais fundo no labirinto sinistro que era essa casa.

Briana, percebendo a agonia estampada no rosto de Levinse, colocou uma mão reconfortante em seu ombro, um gesto simples que transmitia mais conforto do que mil palavras poderiam expressar.

O medo palpável no ar foi interrompido por um leve tremor, sacudindo suavemente o chão sob seus pés. Era como se a própria cabana estivesse viva, um organismo maligno pulsando com uma energia sombria e antiga.

Levinse sentiu uma onda de desespero crescer dentro de si. Era como se estivessem encurralados, uma presa nas garras afiadas de um predador invisível.

"Com tanta gente no mundo, por que logo eu?", pensou Levinse, sua mente ecoando com perguntas sem resposta.

Um som estranho ecoou no ar, rompendo o silêncio opressivo da casa. Levinse e Briana trocaram olhares, seus corações batendo em uníssono, cada um buscando respostas nos olhos do outro.

— Você ouviu isso? — perguntou Levinse, sua voz soando frágil em meio ao caos crescente ao seu redor.

Tudo mergulhou em um silêncio ensurdecedor, quebrado apenas pelo arfar de Briana enquanto um arrepio percorria sua espinha. Um vento gélido serpenteou entre seus braços, envolvendo-a em uma sensação perturbadora e intrigante. Em seguida, outro som estranho ecoou pelo ambiente, fazendo com que Levinse girasse nervosamente para avaliar a situação. O mundo ao seu redor parecia desacelerar, cada movimento se desdobrando em câmera lenta diante de seus olhos alarmados.

Um gosto metálico e desagradável invadiu a boca de Levinse, acompanhado por uma sensação de vazio que ecoava em suas entranhas.

Incapaz de articular as palavras para descrever o que sentia, ele se viu estranhamente atraído por essa experiência incomum.

Gemidos distantes ecoaram, preenchendo o ar com uma aura de desespero, enquanto um odor nauseante de carne em decomposição impregnava o ambiente. Antes que Levinse pudesse processar o que estava acontecendo, viu o chão de madeira começar a se manchar de vermelho, como se o próprio sangue estivesse fluindo das tábuas.

Uma fumaça negra e densa serpenteou pelo chão, trazendo consigo murmúrios sinistros e gritos abafados. Cada respiração parecia trazer consigo um som mais agudo, mais lancinante do que o anterior.

Briana estava petrificada, seus olhos fixos no corredor escuro de onde a fumaça se erguia. As paredes ao redor pareciam pulsar com vida, veias escuras se contorcendo e bombeando uma substância desconhecida entre elas.

A fumaça tomou forma diante de seus olhos, revelando a figura grotesca do Necromancer. Vestindo roupas sombrias e desgastadas, sua face deformada estava adornada com costuras onde deveriam estar seus olhos e boca. Sua pele pálida parecia uma cera derretida, contrastando com o imenso machado que brandia com violência.

— Caralho! Corre, Briana, corre! — gritou Levinse, agarrando-a pela mão e puxando-a em desespero.

O Necromancer rugiu furiosamente, perseguindo-os com uma determinação assustadora. Levinse arrombou a porta, não olhando para trás enquanto uma explosão iluminava o céu noturno com uma intensa luz azul.

Algo caía do céu em uma velocidade vertiginosa, mas Levinse não se deteve para descobrir o que era. Ele só queria fugir, afastar-se o máximo possível daquela ameaça implacável. Guiando-se pela fraca luminosidade, ele se lançou na densa floresta, seus pés batendo firmes contra o solo úmido e frio. O medo o impulsionava para a frente, enquanto a incerteza sobre o destino os aguardava, uma questão sem resposta pairando no ar como um enigma a ser desvendado.

CAPÍTULO 8

O JARDIM DOS MEUS SONHOS

Enfim, Levinse e Briana se afastaram o bastante para poderem caminhar. Não era realmente um alívio, afinal, estavam presos em uma floresta na qual, por fatos definidos, não havia portas para voltar à casa. O clima permanecia tenso entre eles, sempre preocupados olhando para os lados, suspeitando que alguém estava acompanhando seus passos.

Briana estava apreensiva e mais pálida do que o normal. Pelo jeito, não tinha sido um prazer rever aquela coisa. Levinse olhava os detalhes do lugar e percebia que algo não estava certo. Além dos seus conceitos traçarem uma batalha constante para juntar peças, era como sentir remexer o seu estômago, como um café da manhã que não o fez bem.

— Estranho... — começou Levinse.

— O que é estranho? — perguntou Briana, caminhando a passos medianos.

— Não sei, acho que estou tendo um déjà vu.

— Faz tempo que não tenho isso. Aliás, eu nunca gostei de ter. É um pouco esquisito, não é?

— Sim, parece que já estive por aqui — disse ele, boquiaberto. — É o mesmo do sonho! — berrou Levinse. — Eu sabia! — continuou ele. — Tipo, esse lugar, a floresta... tudo se encaixa, mas é claro, está diferente — disse ele, frangindo a testa. — Está muito mais iluminado, menos frio e mais real.

— Certamente — concordou Briana, olhando em volta.

— Se realmente for o mesmo lugar que eu sonhei, é bom sairmos o mais rápido possível daqui.

Briana lhe lançou um olhar pavoroso, mas continuou caminhando pisando firme sobre os galhos e folhas úmidas. O lugar era estranhamente tranquilo, ainda mais para uma floresta. Não ouviam sequer um grilo roçando suas pernas, apenas os passos de uma dupla que, quando parados, reinava o silêncio, e aquilo era perturbador.

— Você não acha estranho? — perguntou Briana. — Esse sonho que você teve está acontecendo agora mesmo?

Levinse a olhou surpreso, não esperava que ela fosse fazer essa pergunta.

— Nem tanto, eu tenho sonhos assim a vida inteira. Bom, não assim como essa floresta, mas é muito parecido. Desculpe, você não está entendendo nada, não é? — disse ele, percebendo a expressão de Briana.

— Hum... mais ou menos.

— Eu tenho visões estranhas. Antes de entrar nessa casa, eu tive um sonho, mas não me lembro dele. Foi o único que sonhei e não me lembro. Então, chamei o meu amigo. Ele conhecia a minha história e sabia que meus sonhos sempre acabam acontecendo, de um jeito ou de outro.

— Você está querendo dizer que sonhou com essa casa? — perguntou Briana, desviando de uma pedra enquanto caminhavam.

— Não tenho certeza, porque não me lembro de quase nada. Eu só lembro de ter visto algumas folhas e... — Levinse deu uma pausa antes de continuar.

Ele parou subitamente e olhou para cima, sentindo um arrepio percorrer seu corpo. A lua brilhava com fulgor em um amplo céu estrelado, com poucas nuvens movendo-se lentamente para o sul, destacando a luz azul-acinzentada que passava entre os grandes troncos das árvores. Era algo diferente do sonho: havia luz na escuridão. Mesmo podendo ver o caminho, não sabiam para onde ir, apenas seguiram em frente, entre as árvores imponentes. Mas o que lembrava do sonho que teve antes de entrar na casa o fez tremer.

— Levinse! — gritou Briana, preocupada.

— Estou bem — respondeu ele.

— O que aconteceu?

— Você ainda está com o livro? — perguntou ele.

— Sim, eu guardei na mochila antes de sair — disse ela, apertando os laços da bolsa.

— Acho que sei onde está uma folha.

Briana olhou para ele assustada, parecendo incrédula.

— Mas, Levinse, como você poderia saber?

— Não sei. Eu não tenho certeza se estou certo, mas acho que uma das folhas está no próximo quarto.

Eles ficaram em silêncio, refletindo sobre a teoria. Ele tinha uma sensação de conhecimento do lugar, como se já o tivesse visto antes. Aos poucos, os detalhes do seu sonho voltavam à mente. Seria realidade? Seu destino era descobrir o porquê.

Caminharam em silêncio por longos minutos. As estrelas já haviam mudado de posição. Ambos ansiavam por sair da floresta o mais rápido possível, mas parecia impossível. Foi quando Briana avistou uma estranha clareira à distância, com construções em ruínas visíveis.

— Vamos examinar — sugeriu ela, chamando Levinse, que estava olhando para cima com os lábios trêmulos e uma expressão apavorante.

— Levinse? — chamou, seguindo o olhar do amigo.

— Está acontecendo como no meu sonho — Levinse falou.

Briana soltou um grito involuntário ao ver centenas de pessoas enforcadas penduradas nas árvores. Algumas pareciam ainda estar vivas, movendo-se vigorosamente. Era uma cena impossível de testemunhar, mas difícil de ignorar. A cada árvore, abaixo do topo, um ser humano torturado, pendurado e mutilado, exposto como enfeites de Natal para uma mente perturbada.

— Isso passou dos limites — disse Levinse, vendo Briana com os olhos intensamente molhados.

Era visível que o desespero estava estampado em sua testa. Ele agarrou a amiga, que deixou o braço descansar na nuca do rapaz, e continuaram em frente sem olhar para trás, muito menos para cima. Não demorou muito e Levinse também avistou as pequenas construções em decadência, pareciam estar ali há séculos.

— O que você acha que era este lugar? — perguntou Briana, ainda com os olhos trincados e a voz rouca, tentando esquecer o que viu.

Levinse a observou com afeto. Ele não gostava de vê-la assim. Mesmo que na maioria das vezes fosse evidente a sua feição de tristeza, não era do seu agrado. Mirando as ruínas, tentou imaginar algo.

— Poderia ser uma lenharia.

Os dois trocaram olhares cintilantes por frações de segundos.

— Não, acho que não — disse ela, como se tivesse acabado de engolir o choro, apontando para um amontoado de pedras no alto da construção. — Está vendo? Tem grades, acho que poderia ser uma prisão.

Olhando com mais atenção, realmente aparentava ser uma prisão. O terreno aberto era enorme e junto estavam as ruínas de um lugar esquecido.

— Mas como poderia? Estamos no meio de uma floresta, isso é estranho demais! — ponderou Levinse, continuando a andar.

— Talvez tenha uma cidade aqui por perto e a gente não saiba — sugeriu ela, dando passos largos para acompanhá-lo.

— Eu duvido muito. Essa casa é perigosa, ela engana a gente. Você viu agora há pouco como isso afeta a mente. Mesmo que tenha uma cidade por perto, com certeza deve ser ainda mais louca que a anterior. — Suas palavras saíram rapidamente, pois ele não estava se sentindo bem. Sua boca estava seca, a visão começou a embaçar e uma horrível dor de cabeça começou de repente. Briana ficou quieta por um momento, pois sabia que Levinse estava certo sobre o assunto, então o deixou terminar sem interrompê-lo.

À medida que avançavam, tornava-se cada vez mais comum ver construções em decadência, pequenos cômodos espalhados por toda parte. Encarar as árvores ainda era desagradável, pois em algumas ainda havia corpos pendurados, deteriorando-se e sofrendo uma morte solitária.

Um som estranho começou a ecoar à distância. Levinse e Briana se sobressaltaram, olhando rapidamente para trás. O calafrio, o medo... instintos em guerra, gritando e se retorcendo em uma tentativa desesperada de alertar que algo estava errado. Ao redor dos dois, regressava o vento congelante. As folhas que estavam no chão se levantaram por um momento e logo tudo voltou ao silêncio.

— O que foi isso? — perguntou Briana, assustada.

Levinse não disse uma palavra, apenas observava a ampla e assustadora floresta, aguardando algo acontecer. Briana, que estava um pouco afastada, aproximou-se e segurou sua mão. O som de passos pesados amassando as folhas quebrou o pleno silêncio: estava próximo, mas invisível.

Um estardalhaço horrível atingiu como uma bomba o peito dos dois. Era algo parecido com raízes de árvores sendo arrancadas, e logo depois, o trovejar. O chão estremeceu, o cenário da vasta floresta foi invadido por incontáveis pessoas correndo de uma árvore para outra, como cães avançando para uma briga. Levinse puxou a mão de Briana e correu para dentro das ruínas de uma construção.

— Está muito escuro aqui — murmurou ele, descontente. — Tenha cuidado.

Briana segurou um dos braços de Levinse, aproximando-se o suficiente para sentir o leve aroma de tabaco misturado ao perfume impregnado em sua jaqueta, algo que lembrava café, madeira e conhaque. O lugar onde entraram era úmido, mofado, imerso em uma escuridão densa, exceto por alguns buracos na parede que permitiam a entrada da luz azul-acinzentada do luar.

— Vamos — sugeriu ele, avistando uma abertura do outro lado. Parecia que a parede havia desabado séculos atrás. Ao redor, havia um amontoado de blocos cobertos de musgo e fungos crescidos.

A dor de cabeça parecia piorar. Calafrios percorriam seu corpo, e um impulso indesejado despertava nele. Seus olhos encontraram-se com o de Briana, que, cintilantes, pareciam brilhar na escuridão. Por um momento fugaz, Levinse viu uma sombra, ou talvez sua própria projeção astral, refletida como se em um espelho. No entanto, algo contraditório chamou sua atenção: os olhos completamente negros da visão, com faíscas de movimentos minúsculos que pareciam nuvens brancas em seu interior. O rosto da figura transbordava ódio. Levinse sentiu uma raiva semelhante e sem hesitar, avançou na visão, desejando destruí-la. Mas tudo foi tomado por uma luz branca e intensa que o cegou.

Ele se viu diante de inúmeras grades de ferro em um corredor, um homem alto caminhando enquanto segurava um livro. Pessoas gritavam, sacudiam as grades, algumas brigavam até a morte. O homem retirou uma página do livro, amassou-a e jogou dentro de uma das celas, fazendo com que os homens lá dentro simplesmente explodissem.

Ouviu alguém chamá-lo pelo nome:

— Levinse! Levinse!

Uma agitação tomou conta de seu peito. Alguém o balançava enquanto seu nome ecoava cada vez mais alto. Seus olhos se abriram lentamente, encontrando o rosto bonito de Briana, com seus olhos azuis aço observando-o e seus cabelos brancos se agitando ao vento frio da noite.

— Está tudo bem? — perguntou ela, ajudando-o a se levantar.

Ele se limpou, observando a floresta, e então perguntou:

— O que aconteceu comigo?

— Você desmaiou — disse ela, olhando pensativa para o chão. — De novo.

— Acho que tem alguma coisa errada comigo, Bri — Levinse revirou seus bolsos. — Eu não sei bem, mas acho que estou vendo coisas.

— É muito sério? — perguntou Briana, aproximando-se das raízes de uma árvore que estava logo atrás.

— Não sei, talvez sim. Bom, toda vez que isso acontece, eu acabo desmaiando. Estranho mesmo foi o que eu vi. — Briana se sentou em uma das raízes, abraçou os seus joelhos e ficou bem atenta olhando para Levinse. Ele estava de pé bem a sua frente e acendeu um cigarro. — Talvez seja grave, mas o que me preocupa é o que eu sinto antes de desmaiar — ele deu um trago em seu cigarro. — Não é nada poético... Afinal, o que aconteceu enquanto eu estava desmaiado?

— Você não se lembra?

Suas palavras trouxeram de volta trinta minutos de desespero. Lembrou ela de quando Levinse simplesmente se encontrava paralisado. Sentia como se tudo em sua volta estivesse morto, sentia o frio congelar seus ossos, sentia a esperança ser drenada como se não houvesse ar em seus pulmões. Ao complementar, a escuridão parecia sufocá-la, ela gritava por Levinse, mas ele simplesmente a deixou sozinha naquele lugar. Depois, perdida em um labirinto em ruínas, tomada por desespero, corria por todos os cantos em busca de ar, quando enfim conseguiu sair, viu a imagem de seu amigo mutilado nas folhas de carvalho. Os olhos de Briana se encheram de lágrimas e ela começou a chorar, de joelhos o seu nome ela chamava. Foi como mágica ver os ferimentos sumirem.

Como poderia ser possível? Talvez agora ela experimentasse o gostinho da loucura, mas do que adiantaria toda essa encenação se de qualquer forma já estavam ferrados? A esperança morreria outra vez.

Levinse acendeu um cigarro, enquanto Briana, ainda sentada, abraçava os joelhos com expressão preocupada.

— Não foi nada — disse ela, passando a mão sobre seus olhos. — É que eu estou com medo, estou com raiva e não sei se vou sair daqui, não sei nem se quero sair. Eu estou confusa, com medo, em desespero e com raiva — disse ela, voltando a chorar.

— Ficaria surpreso se não estivesse — Levinse se aproximou dela, buscando confortá-la. — Como você pode sentir tanta coisa de uma vez só? — ele indagou. Briana respondeu com um sorriso trêmulo, incapaz de compreender suas próprias emoções. — Olha, quer saber? Eu vou ficar sempre perto de você, eu sempre vou te proteger e não vou deixar nada te acontecer — prometeu Levinse, envolvendo-a com seu braço.

Briana, sentindo-se reconfortada, apoiou a cabeça em seu ombro, observando-o com seus olhos azuis aço. Levinse, por sua vez, percebeu pela primeira vez os detalhes delicados de seu rosto, hipnotizado pela sua beleza.

— Acho que está ficando constrangedor — murmurou Briana, ao sentir o olhar prolongado de Levinse sobre si.

— Me desculpe — foi tudo o que ele conseguiu dizer, enrubescendo.

Mesmo assim se aproximaram ainda mais, e seus lábios finalmente se encontraram num beijo inocente que logo se tornou intenso. Levinse deslizou a mão pela nuca de Briana, sentindo a forte respiração dela misturar-se com a sua. Por um momento, tudo ao redor pareceu desaparecer, até que um desconforto súbito os interrompeu. Dezenas de mãos emergiram das raízes, acariciando seus corpos seminus. Com agilidade, eles se vestiram e saíram correndo, trocando olhares e risadas.

Após o episódio, nenhum deles mencionou o ocorrido. Talvez já estivessem acostumados com a loucura da situação, ou talvez preferissem se enganar. Não havia razão para explicar, apenas seguir em frente. Ao amanhecer, Levinse conduziu Briana pela floresta, em busca de novos mistérios, sua confiança mútua crescente a cada passo.

— Como isso foi acontecer? — desacreditado, Levinse questionou.

— Eu não queria, foi muito por impulso que acabei cedendo, mas tudo bem. Para ser sincera, eu até gostei — respondeu Briana, surpreendendo o garoto.

A conversa sequer tomou continuação quando avistarem uma pequena clareira à frente. Vultos pretos moviam-se freneticamente, como sombras dançando. Imediatamente, Levinse se abaixou ao lado de um arbusto, seguido rapidamente por Briana. O estranho silêncio permaneceu, envolvendo-os em uma atmosfera de expectativa.

— O que está acontecendo? — perguntou Briana, preocupada.

— Eu não sei, parece que vi pessoas — disse Levinse, mirando os olhos de Briana.

A troca de olhares assustados continuava, enquanto aguardavam, preparando-se para o próximo passo. Curiosa, Briana segurou a mão de Levinse e ergueu-se um pouco para observar além do arbusto. Sua mão foi apertada com força ao fazer isso.

— O que você está fazendo? — perguntou Levinse, tentando puxá-la de volta.

Briana, assustada, abaixou-se rapidamente e mirou Levinse com os olhos arregalados.

— Eu vi quatro pessoas — disse ela. — Estavam todos de preto.

Levinse sentiu seu coração bater com vigor, lembrando-se do estranho sonho que tivera antes de estarem ali. As figuras permaneciam escondidas, enquanto o amanhecer se aproximava. Uma tempestade começava a se formar no céu, envolvendo-os em um clima de apreensão.

— Eu também vi uma porta com o número 6 atrás deles — acrescentou Briana, enquanto Levinse permanecia pensativo.

— Podemos voltar para casa, se conseguirmos chegar lá.

— Não, acho que não. O quarto que entramos era de número 5 e teria que ser o mesmo número para voltarmos para casa. Os outros eram assim, não faz sentido. Tem certeza de que você viu o número 6?

— Não sei, talvez eu esteja errada.

— Fique abaixada — disse ele, fazendo um sinal com a mão.

Levinse ficou de joelhos e tentou ver acima do arbusto, mas o que visualizou não foi adorável. Quatro pessoas, como Briana disse, estavam como em seu sonho: usando um manto preto da cabeça aos pés e com eles estava uma garotinha morena de olhos azuis. Ela estava alegre e brincava de girar sem sair do lugar. Levinse tentou ver além deles e lá estava a porta com o número 6 bem visível acima dela, e ao mirar a maçaneta, sentiu uma dor terrível seguidas de flashes e cenas horríveis em sua mente. Ele balançou um pouco a cabeça e colocou a mão em sua testa. Briana ficou agitada, pois parecia que também sentia alguma coisa.

A porta se abriu e de lá saiu o Necromancer coberto de sangue. Ele segurava um machado de quase três metros. As entranhas de Levinse reviravam, ele até ouviu Briana vomitar ao seu lado, mas não conseguiu parar de espionar. Queria saber o porquê de tudo aquilo estar acontecendo. Queria saber por que estava preso naquela casa. Eram tantas perguntas que nada mais fazia sentido.

Foi então que viu algo mais estranho acontecer. Os quatro sujeitos cobertos com o manto preto literalmente começaram a flutuar em volta da menina. A menina, que antes brincava cheia de energia, parecia estar cansada e fraca. Foi quando o Necromancer se aproximou dela e a levou para o quarto número 6. Levinse cometeu um grave erro com sua curiosidade. Uma daquelas pessoas percebeu a sua presença, e ainda flutuando, deu um rugido e apontou diretamente para ele.

— Vamos, Bri! Corre, corre! — gritou Levinse.

Era tarde demais. Briana já estava desacordada. Levinse tentou arrastá-la de todas as formas possíveis, mas não era rápido ou forte o suficiente. Ele olhou novamente por cima do arbusto para ver o que eles estavam fazendo e, assustadoramente, observou Necromancer a quase um metro de distância correndo em sua direção. Levinse sabia que estava ferrado.

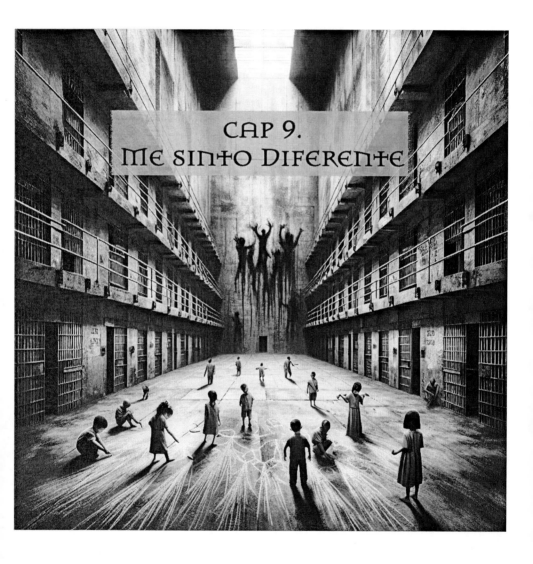

CAPÍTULO 9

ME SINTO DIFERENTE

Mais uma vez, Levinse acordou atordoado, sem ter certeza do lugar em que se encontrava. Com sua visão embaçada e seus sentidos tumultuados, sentia a terra deslizando sob seu corpo, enquanto dores lancinantes latejavam em seu pulso. Para aumentar a aflição, ele se sentia sendo arrastado brutalmente. Foi desesperador ouvir seu nome ser gritado.

Seu corpo tremia, arrepios e calafrios se entrelaçavam numa confusão inextricável. Foi então que ele teve a aflição de vislumbrar Necromancer. Dessa vez, não era uma utopia alucinante criada por sua mente; era real. Levinse teve a certeza naquele momento de que era Briana quem gritava.

— Levinse! Levinse, ele está nos levando para aquela porta! — ecoou a voz de Briana, embora não fosse fácil entender o recado. Com mais cuidado, Levinse observou ao seu redor e viu os quatro sujeitos encapuzados parados. Uma mão da criatura os arrastava, enquanto a outra segurava um machado descomunal, repleto de ódio. Uma fumaça escura e opressiva fluía do corpo da criatura. Sangue fresco gotejava das lâminas do machado, criando poças viscosas no chão. Enquanto isso, Necromancer caminhava em direção à porta.

Briana tentava dizer algo, mas suas palavras se mesclavam com choro, tornando-se incompreensíveis. Algo a feria profundamente; a expressão de dor em seu rosto era inacreditável. Levinse não demorou a perceber a corda extremamente apertada em seu pulso. Com gestos rápidos de uma mão livre, ela apontava para a mochila que carregava, deixando claro o que queria: o livro que estava lendo na cabana. Com agilidade, Levinse alcançou a bolsa e agarrou o livro, abrindo-o rapidamente na página marcada. Com palavras altas e claras, iniciou a leitura.

— *Ego tibi pro Jesu Christi*, leu Levinse.

Necromancer imediatamente parou de andar, lançando um olhar fulminante que foi suficiente para deixar Levinse paralisado de terror.

Mas ver Briana sofrendo, o sangue escorrendo de seu braço, foi como um soco no estômago; não havia espaço para descrença. Cansado daquele sofrimento, ele continuou a ler:

— *Revertere ad portandum eam et ad inferos regni sui sanguine mortuus ligatus odio prae e de morte, inquit, Deus, inter abeuntis. Princepe exempla cruciatusque edere nondum tempus pugnae et victoriae luci quia etsi maior Christo et deo sunt. Sic fiat.*

Levinse terminou a estranha leitura e percebeu que cada palavra atingia a criatura. Deixou cair a corda e a arma que segurava. A sólida terra que Necromancer pisava pouco a pouco o engolia, revelando desespero em suas ações. Ele vibrava de raiva, enquanto o sangue fluía do chão, borbulhando em resposta àquela invocação. Uma fumaça negra e pesada o envolvia, fazendo-o contorcer-se e soltar um rugido horripilante. Tudo parecia prestes a ruir.

Sem demora, Levinse agarrou Briana, e os dois correram até a porta, ainda amarrados. Usando a lâmina do machado, ele conseguiu libertar-se das cordas. Quando finalmente pareciam livres, Necromancer já se afogava na mistura de terra com sangue, e os quatro sujeitos surgiram dispostos a matar os jovens em fuga. Levinse segurou o machado com as duas mãos, preparado para o combate, quando subitamente sentiu ser puxado para a escuridão total.

— Levinse? — ela o chamou, enquanto tentava orientar-se no breu.

— Briana? Você está bem? — perguntou ela, preocupada.

— Eu não sei, está doendo muito e eu não consigo ver nada.

— Espera, vou pegar o meu isqueiro.

Ao acendê-lo, Levinse avistou Briana encostada em uma parede imunda, segurando seu pulso ensanguentado. Correu até ela em desespero e a abraçou.

— Deixe-me ver — disse ele, examinando o braço dela. O pulso estava aberto, com um leve corte em meio às marcas vermelhas deixadas pelas amarras. — Temos que lavar isso, pode infeccionar.

A pequena chama do isqueiro iluminava parte do local, revelando um lugar extremamente escuro e apertado, com paredes úmidas e surradas. Era estranho perceber que no pequeno quarto havia duas portas. A que acabaram de entrar era de aço e já havia se trancado. A outra parecia impecável, com algumas grades na altura da cabeça de um homem adulto. O ambiente era frio, úmido e fedorento, com odor de mofo e excrementos.

Enquanto Levinse cuidava do pulso de Briana, ela começou a questionar o misterioso lugar. Não demorou muito para juntar as peças e, teoricamente, acreditar que estavam presos em algum lugar além do convencional, imersos em um universo fantástico e desconhecido.

— Levinse, será que estamos presos? — perguntou Briana, baixinho. Ele não parecia ter ouvido. — Levinse! — ela insistiu.

— Oi — respondeu ele, enfim.

— Acho que estamos presos em algum tipo de prisão mágica.

Levinse não sabia ao certo o que estava sentindo. Após passar alguns segundos olhando para Briana, ele acabou a beijando.

— Você está bem? — perguntou Briana, estranhando aquele comportamento.

— Tem algo estranho em mim. Eu me sinto tão só, como se estivesse separado do mundo — disse ele, encostando-se na parede.

— Você não está sozinho, eu estou aqui e você prometeu que...

— Eu sei o que prometi — interrompeu Levinse de forma agressiva, enquanto Briana olhava para um objeto no chão. — Eu vou cumprir a minha promessa, custe o que custar.

— Levinse, aquele machado no chão — disse ela, apontando.

Ele sentiu um calafrio nas costas, jogou um olhar assustado para Briana e correu até o machado. Ao fazer isso, deixou o fogo do isqueiro apagar, deixando tudo escuro novamente.

— Eu usei para cortar as cordas — falou ele, ao reacender o isqueiro. — Droga! Esse machado é do Necromancer!

— Do Necromancer! — complementou Briana. — Você viu o livro? Lá dizia algo sobre o machado — disse ela, procurando o guia.

— Estava em minha mão, acho que deixei cair quando você me puxou.

— Aqui — disse Briana, ao encontrá-lo em um canto do quarto. Enquanto isso, Levinse segurava o machado, tentando lembrar do que aconteceu. — E o que você vai fazer com isso? — perguntou ela, referindo-se a o que Levinse segurava.

— Não vou deixar aqui. Pode vir a ser útil, não acha?

— Estranho, ele parecia ser maior na mão do Necromancer — disse ela, sem dar atenção para ele.

Levinse observou o machado e não viu diferença no tamanho, mas sentiu diferença em seus pensamentos. Sentiu-se completo ao tê-lo. Briana olhava para a outra porta no quarto, parecia impossível abri-la. Nela havia um pequeno retângulo com grades, e por lá dava para ver o outro lado. Levinse acendeu um cigarro e, sem querer, queimou a mão no isqueiro, apagando o fogo. Mas manteve o cigarro aceso enquanto ficava encostado na parede.

— Levinse, como vamos sair daqui? — perguntou Briana.

— Você está certa. Estamos presos, só que em uma solitária — disse ele, friamente.

Briana olhou assustada para ele. Era estranho vê-lo falar com tanta confiança, mas se sentiu aliviada por ele compreender o que ela queria dizer, já que estavam em um lugar pequeno e isolado. Foi quando ele pediu para ela se afastar da porta; seu comportamento foi um tanto ignorante. Briana percebeu isso, porque era evidente que ele estava diferente, agindo de forma estranha desde o momento em que passou pela porta do quarto. Assim que viu que ele estava com o machado em mãos, arregalou os olhos.

Com toda a sua força, ele acertou a porta, fazendo com que o machado se cravasse nela. Briana deu um pulo para trás e viu uma das coisas mais inesperadas acontecer: a porta – que parecia maciça e resistente – em instantes foi tomada por uma ferrugem inexplicável e se desmanchou, apenas com o simples ato de Levinse retirar o machado.

— Como você fez isso? — berrou Briana, sua voz ecoando pelo corredor sombrio.

Levinse virou-se para ela e disse, com uma calma perturbadora:

— Não sei, simplesmente aconteceu.

— Você está diferente... — disse ela, recuando instintivamente diante da aura estranha que envolvia Levinse.

Briana já havia percebido algo sinistro antes. As ações de Levinse eram agora obscuras, seu olhar carregado de malícia; não como na floresta, onde sua presença trazia conforto, mas naquele momento ele se assemelhava a uma sombra sinistra. Acima de tudo, ela lamentou ter mencionado isso, temendo as consequências de sua observação.

Levinse a encarou, seu semblante uma mistura de choque e confusão.

— Bri, sou eu, o Levinse — disse ele, sua voz soando como um eco distante.

Briana se aproximou, tentando fixar seus olhos nos dele. Sua reação foi de puro horror. Aqueles olhos, outrora tão familiares, estavam agora completamente negros, com um brilho sinistro no centro.

"Pode ser o machado... Deve ser o machado! Como ele poderia ter feito isso?", questionou-se Briana, sua mente em tumulto.

— Levinse, você precisa largar isso agora! — insistiu ela, com uma ponta de desespero em sua voz.

— E por que eu faria isso? — indagou Levinse, já seguindo em frente pelo corredor sombrio.

— Isso é perigoso! Você não vê? — exclamou Briana, sentindo um arrepio percorrer sua espinha.

— Não vejo nada de mais. Vem, vamos. — respondeu Levinse, sua voz soando distante e indiferente.

Briana se conteve, temerosa de pressioná-lo ainda mais. Guardou o livro em sua mochila e seguiu atrás de Levinse, observando cautelosamente os detalhes macabros do lugar: um corredor estreito, mal iluminado, com marcas de sangue e detritos espalhados pelo chão. Ratos e baratas corriam freneticamente ao longo dos cantos sombrios. À medida que avançavam, passavam por celas vazias, com grades enferrujadas e quebradas, testemunhas silenciosas do abandono e da decadência do lugar.

Era perturbador ver Levinse carregando o machado com tanta naturalidade. Briana não se sentia segura perto dele, apenas o seguia à distância, cautelosa e apreensiva.

— Levinse — chamou ela, em um sussurro tenso. — Por favor, deixe isso de lado.

— Xiu! — silenciou Levinse, parando diante de uma das celas vazias.

Briana engoliu em seco, temendo o pior. Mas, para sua surpresa, Levinse fez um gesto com a mão, indicando para ela se afastar, e entrou na cela. Lá dentro, encontraram um homem encolhido num canto sombrio, vestindo apenas trapos e exalando um odor nauseante.

"Pobre alma! Tão fraco que mal pode sustentar seu próprio peso...", pensou Levinse, observando-o com compaixão.

Levinse levantou o machado sem maldade, porém o homem sentiu-se ameaçado e voltou-se para a parede. Ao fazê-lo, Levinse pôde avistar outro rosto na parte de trás da cabeça dele. Seus olhos estavam fechados e a pele do rosto em decomposição. Seria dali que emanava o cheiro de morte? Então o moribundo começou a escrever algo na parede, usando a pequena poça de sangue e excremento sobre a qual estava.

Subitamente, tudo se obscureceu e, mais uma vez, ele ouviu seu nome sendo gritado. Aquilo já o perturbava, pois não era a primeira vez e nem seria a última. A voz de Briana ecoava no local, então ele abriu os olhos e ela se afastou bruscamente, levando a mão à boca.

— Meu Deus! — exclamou ela, com os olhos fixos nos dele.

— Desmaiei de novo? — perguntou Levinse.

— Agora entendi como você fez aquilo — disse Briana.

Levinse se levantou, fitando os cabelos dela, tentando compreender o que ela queria dizer.

— O que eu fiz? — indagou ele, tirando um cigarro do maço e o acendendo.

— Você acertou a porta com esse machado e ela apodreceu, Levinse. Simplesmente virou pó.

Ele olhou rapidamente ao redor. Ao perceber que não havia saído do lugar, sentiu-se estranho, olhou para o chão e apanhou o machado. Não sabia no que acreditar, apenas encarou Briana e dirigiu-se até ela.

— Não me toque — disse ela, com rancor.

— Sou eu, calma.

— Não, Levinse, não é você. Esse machado é amaldiçoado. Isso é parte do Necromancer e você agora também é.

— Como você pode ter tanta certeza assim? — perguntou ele, olhando para o machado.

— Seus olhos mudaram, e lá na cabana eu li algo sobre o machado naquele livro. Dizia que isso é a arma que o Necromancer usa para fatiar e torturar seus prisioneiros. Isso aí está coberto de morte, e agora é um problema, porque você não consegue largar isso. No início eu achei que o livro era bobagem, mas quando você recitou aquelas palavras e jogou ele de volta para o lugar de onde veio, pude ver que estava enganada.

Levinse ficou boquiaberto com o que ela disse. Ele realmente se sentia diferente ao possuir o machado, mas ainda era ele. Seus pensamentos não eram maldosos, ainda queria proteger Briana a qualquer custo, mas como protegeria ela do medo se agora ela o sentia dele?

Sem saber o que fazer, Levinse se ajoelhou diante dela, deixando o machado repousar ao lado no chão escuro do quarto. Ele começou a falar com uma sinceridade tangível:

— Me sinto verdadeiramente diferente, mas não desejo causar mal a você. Se tudo o que disse for verdade, seguirei o caminho sozinho. Mas, me perdoe, pois fiz uma promessa, e ainda que tenha mudado, ainda que esteja sob posse e carregando uma arma sinistra do demônio, jamais te prejudicarei.

Houve um breve momento de silêncio antes de Briana responder, seu sorriso lateral confiante:

— Está equivocado.

— O quê? Como assim?

— Necromancer não é o demônio — afirmou ela, pulando nos braços de Levinse em um abraço reconfortante. — É estranho, eu sei, mas acredito em ti. Devo admitir que, conforme o que lia no livro, é praticamente impossível uma pessoa manter seu controle após possuir aquilo — ela apontou para o machado. — Tenho apenas medo de ficar só ou de te perder.

— Não tenha medo, jamais te farei mal — afirmou Levinse com convicção.

— Promete mesmo? — perguntou ela.

— Claro que si... — Levinse mal terminou a frase antes de ser interrompido por um beijo apaixonado de Briana.

Tudo parecia estar em harmonia entre eles. Briana começava a compreendê-lo melhor, e surpreendentemente o machado não tinha tanto impacto quanto descrito no livro. Levinse pegou o machado e dirigiu-se à antiga passagem que antes era uma porta emperrada, chutando o pó de ferrugem que se acumulava ali enquanto aguardava Briana recuperar sua mochila de um canto do quarto.

— Bri, posso te fazer uma pergunta? — indagou Levinse quando ela se aproximou.

— Claro — respondeu ela.

— Tem certeza de que desmaiei depois de atacar a porta? — perguntou Levinse, fixando o olhar nela.

— Sim, caiu duro como uma pedra. Logo após ver o machado ao teu lado, eu torcia para que não tivesse prejudicado tua mente. Por quê?

Levinse olhou para o corredor sombrio do presídio, uma sensação desagradável surgindo em seu peito. Ele não compreendia o que havia visto antes, nem entendia por que acontecera, mas recordava vividamente cada detalhe. O estranho prisioneiro solitário na cela e as palavras rabiscadas na parede ("Me ajude. Cuidado. Doutor") eram muito reais para serem meras fantasias.

"Doutor... O que ele quis dizer com isso?", indagou-se Levinse, com dúvidas pairando em sua mente. Ele seguiu o corredor ao lado de Briana, ainda segurando o machado, agora compreendendo plenamente o seu valor. Enquanto passavam cela após cela, Levinse procurou o estranho rabiscador, mas sem sucesso.

"Será que foi real?", questionou-se Levinse, reconhecendo que talvez jamais descobrisse a verdade.

O corredor mergulhava cada vez mais na escuridão à medida que avançavam. Levinse sentiu o desejo de acender um cigarro, mas resistiu à tentação, percebendo que não era o momento adequado. Logo adiante, depararam-se com um grande portão antigo e enferrujado. Acima dele, quase apagado, estava escrito em branco o nome "Bloco B". Briana adiantou-se para abrir o portão, que rangeu alto, ecoando pelos corredores vazios, dissipando o silêncio por um momento.

Dentro do Bloco B, pouca coisa diferia do restante do presídio. Era um corredor comprido, com celas enfileiradas em ambos os lados, as paredes e o chão marcados pelo tempo. No entanto, algo chamou a atenção deles e os fez hesitar antes de prosseguir: no meio do corredor, uma cadeira de rodas maltratada girava incessantemente, sem que ninguém a tocasse.

— Levinse, o que é aquilo? — indagou Briana.

— Não sei, nunca vi algo assim antes — respondeu Levinse, perplexo.

Levinse observou a cadeira movendo-se estranhamente, até que notou algo no assento que se assemelhava a um bilhete. Ele se aproximou, pegou-o e constatou que se tratava de uma carta.

— É uma carta. — Subitamente, a cadeira parou de girar.

"Estranho", pensou Levinse, apoiando-se em uma das colunas ao lado de uma cela, enquanto Briana se aproximava.

Ao ler o bilhete, Levinse se surpreendeu com a profundidade da mensagem ali contida. Quem teria escrito algo tão intrigante?

CAPÍTULO 10

O BILHETE

É inacreditável as coisas que acontecem aqui quando as luzes se apagam. Nada mais parece fazer sentido para mim. Eu odeio este inferno. Você e eu sabemos que não foi culpa minha. Nossa filhinha, foi ele que a sequestrou, aquele doutor maldito. Eu irei matá-lo por ter usado de tanta maldade com a minha filha. Isso não ficará assim.

Com muito amor,

Erick.

Levinse observava o lugar, franzindo a testa enquanto tentava entender o motivo de estar ali. Qual seria o significado de tudo aquilo e por que ele se sentia minimamente à vontade em um lugar como aquele? Eram perguntas complicadas para as quais não tinha respostas.

Em sua mão direita, segurava o machado que havia tomado de Necromancer. Onde estaria ele agora? Depois de praticamente exorcizá-lo para sabe-se lá onde.

Briana segurava a carta com uma das mãos, aguardando que Levinse saísse de seu transe mental. Ela mexia e remexia os cabelos grisalhos, ajustava a mochila que carregava nas costas e, por um momento, sentiu vontade de vasculhar o estranho livro que encontraram na cabana. Observou Levinse balançar o machado. Aquilo lhe causava arrepios constantes. Ela sabia que não era totalmente o Levinse de sempre, mas preferia acreditar que parte dele permanecia ali.

— Vamos, quero sair daqui logo — disse ele, retomando o caminho.

— E onde vamos encontrar a porta? — questionou Briana.

— Espero que ela nos encontre.

Briana o encarou com curiosidade. *"Como se a porta tivesse vida"*, pensou, achando graça na ideia.

— Você está se sentindo bem? — indagou ela, preocupada.

— Acho que sim — respondeu ele, de maneira arrastada, parando subitamente. — Está tudo acontecendo tão rápido que não sei se consigo processar tudo aqui — finalizou, apontando para a cabeça.

Briana se aproximou dele e o examinou atentamente. Ele parecia abatido e preocupado, meio distante, mas não se importava com o olhar crítico dela. Ela tentou pegar o machado, mas Levinse se desviou, movendo-se rapidamente, e continuou a caminhar logo em seguida.

— Levinse, você não pode perder a cabeça agora. Eu preciso de você — disse Briana, apressando o passo para acompanhá-lo.

Estava tudo tão quieto naquele corredor sombrio. Outro portão já podia ser avistado à frente. Em uma tentativa inocente, Briana segurou a mão de Levinse, mas o gesto foi o suficiente para ele parar de andar abruptamente. Um arrepio percorreu a espinha de Briana quando viu o olhar fixo e perturbado de Levinse, seus olhos agora esbugalhados, parecendo mirar para o nada. Aqueles olhos negros, com centelhas brancas dançando em seus centros, enchiam-na de desespero.

— Levinse! Levinse, você está bem? Diga alguma coisa! — ela clamou, nervosa, enquanto observava a tensão tomar conta dele, uma veia pulsando em seu pescoço.

— Ele está vindo, ele está furioso comigo — murmurou ele com voz tensa, os olhos perdidos em algum ponto distante.

— Quem está vindo? — gritou Briana, preocupada.

Mas era tarde demais. Um ruído estridente irrompeu subitamente pelo corredor. Os portões de todas as celas se abriram com um barulho ensurdecedor. Briana estava apavorada, olhando para todos os lados com medo do que estava por vir. Levinse segurava o machado com ambas as mãos, encarando o corredor com determinação. Ele sabia o que estava acontecendo, sentindo cada vez mais a presença ameaçadora se aproximar. Foi quando percebeu algo se movendo em uma das celas.

Uma figura se contorcia no interior, emitindo gemidos de dor de uma forma grotesca e completamente inumana. Briana deu um grito ao ver outra criatura emergir da cela ao lado. Levinse apertou os lábios, mantendo os olhos fixos na cena diante deles.

Em um piscar de olhos, estavam cercados. Criaturas pálidas com olhos luminosos saíam de todas as direções. Suas reações eram repugnantes, com rostos desprovidos de boca ou nariz. Em um movimento rápido e desajeitado, uma das criaturas avançou na direção de Levinse. Ele não hesitou, desferindo um golpe certeiro com o machado, partindo o corpo da criatura ao meio. Briana gritou desesperada, buscando abrigo atrás de um pilar próximo.

Logo, todas aquelas entidades se lançaram na direção deles. Levinse, empunhando o machado, lutava ferozmente contra as criaturas, retalhando e golpeando uma após a outra. Mas eram muitas, incontáveis, uma maré incessante de pesadelos que não cessava de surgir.

Foi então que uma das criaturas se lançou sobre Briana, fazendo-a bater a cabeça contra o pilar. Um som seco ecoou pelo corredor, e Briana desabou no chão. Levinse, tomado pela fúria, agarrou a criatura pelo pescoço e a arremessou contra a parede com uma força devastadora, esmagando-a e fazendo seu sangue jorrar sobre seu rosto. Seu corpo tremia, e a cor de seus cabelos oscilava entre o branco e o preto em uma dança insana.

Era evidente que Levinse estava se transformando em algo aterrador. Seria o machado o responsável por aquilo, ou isso é quem ele realmente era? Briana se mexeu, parecendo recobrar a consciência, com sangue escorrendo por seu rosto, tingindo de vermelho parte de seus cabelos platinados. Levinse, diante dela, continuava sua investida implacável contra as criaturas. O corredor cinza agora estava tingido de verde escuro pelo sangue podre, testemunha da carnificina que se desenrolava ali.

— Levinse, pare! — gritou Briana, temerosa.

A última criatura foi desmembrada por Levinse, cuja jaqueta estava encharcada de sangue. O machado, agora uma extensão de sua própria existência, gotejava o líquido viscoso em um padrão macabro. Levinse tremia de raiva, os dentes cerrados e as veias do pescoço pulsando com intensidade. Imóvel, em um estado de transe profundo, ele segurava o machado firmemente, seu olhar fixo em um ponto vazio do corredor. Ele o aguardava, sabia que o momento estava próximo.

Então, os litros de sangue que inundavam o chão e seu próprio corpo se uniram, tingindo todo o corredor de um vermelho vívido. Um fenômeno estranho ocorreu, e partes desconexas foram juntadas para formar uma figura sinistra. Finalmente, uma fumaça negra surgiu, e dela emergiu o temido Necromancer.

— Briana, corra! — gritou Levinse, sua voz ecoando pelo corredor.

Briana não hesitou, fugindo em direção a um portão aberto. Levinse não desviava o olhar de Necromancer, pronto para o embate. Talvez, matando o Necromancer, ele pudesse recuperar sua liberdade? Cada passo da criatura parecia pisar em poças de sangue, a fumaça envolvendo-o como uma mortalha macabra.

"Ele está chegando mais perto...", pensou Levinse, antes de ouvir o grito de Briana.

— Corra, Levinse!

Um estrondo ensurdecedor fez o portão se fechar atrás de Briana. O som reverberou pelo corredor.

Chegara o momento da batalha. Necromancer estava a poucos metros de Levinse, que avançou com o machado, desferindo um golpe poderoso. No entanto, Necromancer deteve o ataque com sua mão negra e ossuda, segurando a lâmina do machado como se fosse insignificante. Seus olhos vazios se fixaram nos de Levinse, enquanto a fumaça parecia tentar envolvê-lo.

Num movimento rápido, Necromancer arrancou o machado das mãos de Levinse. Instantaneamente, os olhos de Levinse voltaram ao normal, e seus cabelos tornaram-se negros e desalinhados. Era como se ele tivesse despertado de um sonho estranho para um pesadelo cruel.

Os buracos vazios e costurados nos olhos de Necromancer inspiravam arrepios. Sua boca se estendia de uma orelha à outra, costurada em um sorriso sarcástico e maligno. Sua pele pálida e suja causava náuseas. Levinse sentiu uma dor aguda no estômago, e foi como se fosse atingido por uma força invisível, suas costas queimando de dor. Ele foi arremessado contra o portão onde Briana estava presa.

Levinse caiu no chão, segurando o estômago e lutando contra a vontade de vomitar. Briana, horrorizada, aproximou-se do portão e estendeu as mãos para ajudá-lo. Um pouco de sangue escorreu dos lábios de Levinse, e depois de algumas tosses e caretas, ele cuspiu quase um copo cheio de sangue. Ele sorriu fracamente para Briana.

— Estou bem — murmurou ele, abrindo os olhos. — Ele se foi novamente.

Briana, de joelhos, olhou rapidamente entre as grades, esperando ver um Necromancer enfurecido pronto para retalhá-los em pedaços.

Mas tudo o que viu foi uma fumaça negra se dissipando no ar. Sentiu a mão de Levinse tocando seus cabelos subitamente.

— Você está sangrando.

Briana não respondeu imediatamente. O portão se abriu com um clique, mas ela permaneceu do lado de fora enquanto Levinse o empurrava com seu peso encostado. Ela notou que os olhos castanho-claros do garoto voltaram ao seu tom natural. Teorias começaram a surgir em sua mente. Tinha certeza de que o machado de Necromancer era amaldiçoado, mas por que não afetou a mente dele? Como ele conseguia agir normalmente possuindo algo tão perigoso?

— Eu sei, mas você está pior — disse ela, limpando o sangue do canto da boca dele.

— Eu estou bem — respondeu Levinse, tossindo.

— Você consegue se levantar? — perguntou Briana, preocupada.

— Consigo — respondeu Levinse, com voz rouca.

Levinse se ergueu com dificuldade, apoiando-se nas grades do portão com a ajuda dela.

— Estou bem, a dor está passando — disse ele, endireitando-se.

O lugar estava agora silencioso, mas continuava assustador com todo aquele sangue e as criaturas mortas espalhadas por toda parte. Era realmente perturbador. Levinse e Briana não queriam ficar ali por muito tempo. Ela empurrou o portão, que se abriu facilmente, e os dois seguiram para o bloco C. O corredor estava mais calmo e um pouco mais iluminado. As celas estavam abertas, e um vento gelado trazia vida ao ambiente. Papéis e roupas rasgadas jaziam pelo chão, e em algumas celas, cobertores estavam embolados em beliches. Em vários pontos do corredor, o cheiro de queimado era insuportável, e eles logo avistaram uma cela queimada completamente. Não era algo recente; estava claro que algo sério aconteceira naquele prédio.

— Você está bem? — perguntou Briana, preocupada.

— Sim, estou. Ainda dói um pouco, mas não é insuportável. E você? — respondeu Levinse, colocando as mãos nos bolsos.

— Estou bem, foi apenas um corte. O que você acha que aconteceu?

— Talvez ele tenha vindo atrás do machado. Não sei ao certo, tudo aconteceu tão rápido — disse Levinse, com a expressão séria.

— Não estou falando disso. Quero saber o que aconteceu com você quando aquelas coisas começaram a atacar — disse Briana, com ar de perplexidade.

— Senti raiva e medo. Houve um momento em que achei que ia explodir de ódio. Não queria que nada acontecesse a você — Levinse parou de andar.

— Foi assustador! Você ficou completamente diferente, e eu não sabia o que fazer. Só não queria deixá-lo — Briana olhou nos olhos de Levinse.

— Meus olhos estão normais? — perguntou ele.

— Sim, mas antes estavam completamente pretos, com algo branco se movendo dentro deles — disse ela, apontando para seus próprios olhos.

A conversa foi interrompida quando um homem magro, vestido como um policial, apareceu subitamente. Sua mão estava coberta de sangue, e ele segurava um dos braços inteiramente mutilado. Levinse se colocou na frente de Briana, protegendo-a. O policial passou por eles como um fantasma, e em suas costas havia dezenas de buracos ensanguentados. Em um instante, ele desapareceu como se nunca tivesse estado ali.

Levinse virou-se para Briana, assustado, mas ela estava sem reação. Não havia medo em seus olhos, apenas perplexidade. Eles se abraçaram e lamentaram o que quer que tenha acontecido ali. Não precisavam explicar; apenas reuniram os fatos e entenderam, por um momento, que poderiam estar mortos agora se não fosse pelas coincidências e a boa sorte que tiveram com aquela monstruosidade. Logo, continuaram caminhando em silêncio até o próximo portão.

Um tempo depois:

— Refeitório — disse Levinse, lendo a inscrição em um canto da parede. Ele observou através das grades do portão à sua frente e viu um gramado azul estendendo-se pelo refeitório, substituindo o concreto usual.

— Nossa, que estranho! — comentou Briana, pegando um punhado de grama do chão.

— Nunca vi nada assim antes — respondeu Levinse, fazendo o mesmo.

— Será que temos uma chance aqui? — indagou Briana.

— Só vamos descobrir se tentarmos — respondeu Levinse.

Ele abriu o portão e entrou primeiro, seguido por Briana. O lugar era completamente diferente dos corredores escuros pelos quais passaram. Era misterioso e emanava uma aura estranha, com seu gramado azul incomum meticulosamente aparado. Bancos e mesas estavam espalhados pelo refeitório. A iluminação era peculiar, como se viesse de uma fonte própria, e uma brisa fria fazia o gramado ondular ocasionalmente.

— Que lugar estranho, mas bonito! — observou Briana, olhando ao redor.

Era certamente peculiar que um presídio tivesse algo assim, mas após tudo o que já haviam testemunhado, não foi difícil aceitar que ali o conceito de "normal" era relativo. Continuaram a andar entre os bancos e as mesas.

— Levinse — chamou Briana.

— Sim?

— O que você faria se isso fosse apenas um sonho? — perguntou ela.

Levinse sentou-se em um dos bancos, apoiando os braços na mesa, enquanto Briana sentava-se à sua frente.

— Não sei, aconteceu tanta coisa aqui — respondeu ele, mexendo os dedos sobre a mesa. — Perdi meu melhor amigo e me apaixonei por você. Como poderia ser um sonho? Além disso, nunca sonhei tanto tempo assim.

Briana corou por um momento, envergonhada pelo que Levinse disse. Ela olhou em volta e removeu uma lasca de sangue de seus cabelos.

— Você se apaixonou por mim? — perguntou ela.

— Sim... — gaguejou Levinse, corando, olhando para os lados.

— Tudo bem — disse Briana, segurando as mãos dele. — Eu também estou sentindo o mesmo por você.

Levinse mirou os olhos dela, apertou suas mãos e disse:

— É estranho, parece que estamos sempre conectados. Às vezes, eu apenas olho para você e já sei o que precisamos fazer.

— Acho que este lugar nos uniu de uma forma que nunca teria acontecido lá fora.

— Pelo menos algo bom surgiu em meio a todo esse caos — comentou Levinse, soltando as mãos dela. — Será que vamos realmente conseguir sair daqui?

— Levinse, você me prometeu — disse Briana, com determinação, mas logo abrindo um sorriso.

Levinse pegou um cigarro do bolso, afastou-se um pouco dela e o acendeu. Uma nuvem de fumaça cinza subiu enquanto Briana se sentava ao seu lado.

— Me dá um aí — pediu ela. Levinse olhou para ela com surpresa.

— Você fuma?

— Não, mas sei como fazer — respondeu Briana, com um sorriso.

Ele puxou o maço e tirou um cigarro meio amassado. Levinse olhou para o cigarro e logo olhou para ela, então o entregou. Briana pegou e colocou na boca. Levinse empurrou o maço do bolso e tirou um isqueiro. Com um clique acendeu o cigarro que estava na boca dela. Os dois estavam sentados em cima da mesa com os pés no banco e olhando para cima com os cigarros na boca.

— Você me lembra o Mike.

— Aquele teu amigo? — perguntou ela, soltando a fumaça na cara de Levinse.

— Sim — pigarreou Levinse. — Ele vivia falando para eu parar de fumar, mas às vezes fumava um ou outro comigo.

— É que você parece tão calmo e pleno fumando que dá vontade também — disse ela, batendo as cinzas da blusa que havia caído.

— Ficou legal teu cabelo assim — respondeu Levinse, tirando outra lasca de sangue dos cabelos dela. Ela olhou para ele com a cara fechada, mas logo sorriu novamente. Levinse, que já tinha terminado o cigarro há um tempo, agora olhava para a mão dela que tinha metade do cigarro acesso. Ela pegou no rosto dele o fazendo sentir um calafrio. O cigarro caiu no chão e os dois se beijaram.

— É estranho essa coincidência, tipo, eu fujo de casa, anoitece e com medo de ficar sozinha na rua eu entro em uma construção. Mas quando abro a porta de um dos quartos, estou presa em um hospital — disse ela, se aproximando de Levinse como se fosse contar uma fofoca. — Eu fiquei desesperada lá dentro e quando vi aquela coisa me perseguindo... — ela arregalou os olhos por alguns segundos. — Quase tive um ataque cardíaco. Francamente, acho que corri por horas antes de você chegar.

Levinse sorriu enquanto ela falava. Ele gostava de ouvi-la, gostava de ver as suas expressões, cada detalhe do seu rosto, pois tudo aquilo era diferente. Tudo que sentia naquele momento era paz, um sentimento verdadeiramente bom por sentir a presença dela. Mas aos poucos isso foi mudando... o sorriso em seu rosto foi desaparecendo, sentia algo acontecer, a brisa fria parou. Foi quando Briana apontou o dedo para a parede e Levinse viu várias imagens estranhas em um flash, antes de ver o que Briana apontava

— O que é isso? — questionou Levinse.

No alto das paredes viu-se contornos de pessoas correndo, parecia impossível, mas era como se estivessem dentro delas. Corriam desesperadas e sumiam em questão de segundos. Briana ficou assustada e apertou com força a mão de Levinse.

— E agora? — perguntou Briana, olhando para cima. Levinse viu uma escadaria. Na parede estava uma seta apontando para a escada. Ao lado dizia: "bloco D".

— Vamos subir — disse Levinse, puxando a mão dela.

— Subir? Como assim? É lá em cima que eles estão — Briana falou com ar de pavor.

Os dois saíram em disparada. Rapidamente subiram as escadas e se depararam com um corredor denominado "bloco E". Foi realmente um choque o que eles viram: o corredor inteiro estava rabiscado com giz, desenhos de vários tamanhos e de todas as cores. Levinse sentiu sua cabeça doer com intensidade e logo foi para longe. Caminhava sozinho no corredor do presídio quando viu um homem trazer com ele várias crianças vestidas a rigor. Todas elas aparentavam ter entre 8 e 10 anos de idade. O homem era estranho, alto e magro, com uma cabeleira preta lisa até a cintura. Ele pediu para cada criança se encostar na parede e erguer os braços. Levinse não entendeu, estava bem no meio deles e ninguém se manifestava, pensou até que talvez não pudesse ser visto por eles.

Foi quando sua cabeça latejou com tanta intensidade que ele temeu desfalecer. Necromancer se aproximava, segurando um livro, o mesmo livro que Briana encontrara na cabana. Observou Levinse se aproximando de uma das crianças, abriu o livro e arrancou uma página. Dirigiu seu olhar de volta para Levinse e entregou-a a um garotinho moreno de olhos negros. Os olhos de Levinse se abriram e eles se encontravam no corredor, agora completamente rabiscado. À distância, exatamente sete crianças corriam, e como por magia, todas as celas estavam ocupadas, com os presos estendendo os braços para fora das grades, tentando alcançar as crianças. O menino negro foi o primeiro a chegar, tirou um papel do bolso e entregou-o a Levinse, que o guardou no bolso da jaqueta. Briana observava com extrema dúvida. Ela estava boquiaberta, prestes a questionar, mas antes que pudesse, o alvoroço vindo das celas roubou sua atenção. Todos estavam descontrolados e furiosos. Briana ficou paralisada, em estado de choque, incapaz de compreender o que estava acontecendo. Levinse deu um passo à frente e as sete crianças se separaram, dirigindo-se cada uma em uma parede. Todas se encostaram e, em um movimento coletivo, olharam para Levinse com expressão de aflição. De repente, todos os presos ficaram em silêncio e, das paredes, surgiram patas semelhantes a pernas de cavalo, agarrando cada uma das crianças, e em seguida puxando-as para dentro do concreto.

— Levinse, o que foi isso? — perguntou Briana, com os olhos arregalados.

— Uma das páginas — respondeu ele. Briana o abraçou e tudo desapareceu. — Vem, algo terrível está para acontecer. Estamos perto da porta — chamou.

Em segundos, estavam os dois parados em outro corredor. Na parede estava escrito "cemitério". Um corredor vazio, sem celas ou portões, apenas a parede e duas portas lá no fim. Briana avistou o número 6 pregado na porta e soltou um grito.

— Como você sabia? — indagou ela.

— Não sei, estou tendo visões em minha mente.

Ao dizer isso, um ruído angustiante começou em seus ouvidos. Levinse se ajoelhava, pressionando as mãos contra as orelhas na tentativa de abafar o som, mas era inútil. Briana ficou desesperada e perguntou o que estava acontecendo, foi então que, lá no fundo do corredor, emergiu um homem de jaleco branco manchado de sangue. Ele vestiu luvas verdes de plástico, encarando-os com um sorriso macabro. Seu rosto era aterrador, seus cabelos pretos estavam perfeitamente penteados, e no corredor, entre eles, passou uma maca com uma pessoa costurada à outra. Dois rapazes passaram empurrando-a, saindo da porta e sumindo nas paredes.

"É o tal doutor. É o doutor que aquele pobre homem tentava me dizer, mas como? Não era apenas uma ilusão?", indagou-se Levinse, em pensamento.

— Levinse, o que faremos? — perguntou Briana, agarrando seu braço. Mas Levinse estava mudo. Sua cabeça latejava intensamente e o ruído só aumentava. Ele estava à beira da loucura. Foi então que viu o homem de jaleco caminhando até a porta de número 6, onde permaneceu, imóvel, bloqueando o caminho.

E, de repente, tudo cessou, deixando um silêncio macabro no local. Vários flashes e imagens de pessoas mutiladas surgiram em sua mente. De repente, no meio de um gramado com várias estátuas, Levinse viu Mike. Ele estava caído, sangue escorrendo de sua boca. Logo adiante estava Briana, suas entranhas espalhadas pelo chão. Ouviu-se uma gargalhada maligna e ofensiva. Outro flash e estava de volta ao corredor. Briana ainda segurava seu braço, mas agora com mais força.

— Corra — disse Levinse, levantando-se.

Assim que Briana começou a correr em direção às escadas, o tempo pareceu congelar. Levinse se viu frente a frente com o doutor, em uma cena que lembrava um duelo de faroeste. Ambos se lançaram em direção ao outro e as paredes começaram a tremer. Os olhos de Levinse escureceram novamente, como se a escuridão o envolvesse mais uma vez. Mas no momento do impacto, o doutor o derrubou, fazendo Levinse cair no chão. E então, o tempo voltou ao normal. Briana continuou correndo e o médico, com uma calma assustadora, seguiu ela. Levinse se levantou meio tonto e olhou para trás. O desespero o consumiu ao ver Briana no pátio, onde as gramas azuis reluziam ao vento forte. De cima das escadas, o garoto observava, já prevendo o pior. Quando o doutor avançou em direção a Briana, Levinse se jogou sobre ele, caindo sobre seus ombros. Um ruído e os dois começaram a rolar no chão. Levinse desferia golpes no médico sem piedade, mas este o lançou longe novamente. Briana tentou intervir, mas isso foi um erro. O médico lhe deu um tapa e Levinse gritou:

— Não!

As gramas tornaram-se vermelhas como uma onda. Em vota do pátio, nas paredes, várias deformidades apareceram. Ondulações em formas humanoides se moviam de um lado para o outro com muita rapidez, uma a uma foram saindo das paredes e caindo no chão, cada uma mais grotesca que a outra. Levinse arrepiou-se ao ver o homem esquelético que escrevia nas paredes das celas se aproximando. Parecia impossível que aquilo estivesse vivo. O homem chegou perto de Levinse e, com um sopro, disse:

— Salvem suas vidas.

Todas as criaturas que emergiram das paredes correram em direção ao médico. Ele tentou fugir, mas era tarde demais. Um ser humanoide pulou sobre ele, enquanto outros seres com aparência de cavalo o pisoteavam. Duas criaturas femininas, com dentes afiados como lâminas, atacaram-no. Levinse levantou-se e correu até Briana, pegando-a pela mão. Rapidamente, subiram as escadas em direção à porta 6, sem olhar para trás. Ao atravessarem a passagem, voltaram para o corredor da casa.

CAPÍTULO 11

A PORTA FICOU ABERTA?

Estavam ofegantes e cansados quando retornaram ao corredor da casa. A locomotiva ainda permanecia atravessada ali. Levinse, até então, estranhava ver a cidade entre os destroços por meio daquela parede onde antes se encontrava uma porta. Briana, por outro lado, parecia ainda mais pálida, indignada com o que acontecera no último quarto. Sentando-se perto da porta de número 6, despejou a mochila que carregava no chão e dela retirou uma garrafinha ainda cheia de água. Abriu com dificuldade, já que o seu pulso doía.

Levinse caminhou perto das portas de número 13 e 14, observando-as e imaginando o que encontraria se as abrisse. A curiosidade era enorme; ele estava louco para saber o que havia ali. Ainda lá, acendeu um cigarro, vendo um vulto passar.

— Bri, você quer? — perguntou ele, levantando o maço.

— Não, agora não. Levinse, aonde você vai? — perguntou Briana.

— Lugar nenhum, só estava pensando — disse ele, voltando.

Ele se sentou perto de Briana, olhando para a porta do próximo quarto que iria entrar, mas pensava no que tinha acontecido na prisão. Pensava sobre aquelas pessoas que ajudaram, sobre quando ficou furioso e sobre quando encontrou o doutor. Coisas estranhas aconteceram naquele quarto, coisas que não respondiam nenhuma das suas dúvidas.

— Levinse, o papel que aquele garotinho deu a você é do livro? — perguntou Briana, despertando-o do estranho mundo dentro de sua cabeça.

— Tinha me esquecido, mas acho que é sim do livro. Toma, dá uma olhada.

Briana pegou a folha com cuidado, como se fosse rasgá-la com um simples toque. Ela observava as palavras com seus formatos distintos, logo pegou o livro, verificando e falando coisas que Levinse não entendia. Ele, entediado, levantou-se e desceu as escadas, ficando no centro da sala de entrada. Ele observava os vultos e espíritos, imaginando o porquê de estarem ali, pois para ele, uma vez morto, estaria livre para seguir o caminho. De certa forma, ele não entendia aquilo.

Pouco à direita, perto de onde ficava uma porta, encontrava-se um armário. Levinse estranhou, pois não o tinha visto antes. Foi até ele com certo receio de que se arrependeria disso depois, mas quando chegou bem perto – o suficiente para abri-lo –, ouviu a voz de Briana. Ela estava chamando por ele, praticamente gritando.

— Encontrou alguma coisa? — perguntou Levinse.

— Bastante! Apesar de muita coisa também não fazer sentido. — Briana franziu a testa enquanto pensava. — Olhe, aqui diz que essa casa é uma prisão criada pelo tempo, aprisionando a pior das entidades. Aquele que não deve ser conhecido, nem mesmo lembrado. Para o bem do fim, para o bem do recomeço, para o bem do espelho frente ao mesmo. — Ela deu uma pausa para respirar. — Ele também diz... — Briana foi interrompida.

— Desculpe, mas "ele"? — indagou Levinse, com uma pitada de ansiedade na voz.

— É um diário, Levinse. É crucial que você entenda isso — Briana respondeu, com um tom grave.

— Mas aí diz quem escreveu? — A curiosidade misturava-se com uma inquietante sensação de perigo.

— Não, mas imagino que deve ter sido ele. Continuando, ele fala aqui que para sair existem cinco passos necessários — Briana prosseguiu, seus olhos varrendo rapidamente as palavras escritas.

— Quais são? — Levinse perguntou, sua voz trêmula.

— Não sei, não diz aqui — Briana respondeu, sua expressão tensa refletindo a incerteza do momento.

— Não acredito. Que droga! — Levinse socou o ar com um misto de frustração e desespero, enquanto seus olhos captavam a escuridão que se espalhava ao redor da locomotiva.

— Eu também estou indignada, mas não seria tão fácil assim, não é? Olha isso — Briana levantou o livro com mãos trêmulas. — Falta um monte de página. Eu não imaginaria que todas as respostas estariam aqui.

— É, tem razão — Levinse concordou, embora sua mente estivesse mergulhada em um turbilhão de pensamentos sombrios.

Levinse caminhou até a porta de número 7, seu coração batendo descompassadamente no peito, enquanto sua mente era assombrada por visões de horror. Ele estava cada vez mais perturbado, imaginando os terríveis desafios que aguardavam do outro lado da porta. A tensão era palpável, pairando no ar como uma sombra sinistra, enquanto Levinse permanecia parado, aguardando ansiosamente a chegada de Briana.

— Levinse, deve estar em outra página — Briana tentou acalmá-lo, sua voz soando frágil diante do desconhecido.

— E em qual lugar estariam essas páginas, Briana? Você saberia me dizer? — Levinse retrucou, sua voz carregada de desespero e raiva. — Olhe o tanto de porta que existe nesta casa, poderia estar em qualquer lugar!

— Vamos encontrar, Levinse — Briana segurou firmemente a mão dele, tentando transmitir um pouco de coragem. — Você sempre consegue encontrar. Lembra das suas visões?

Levinse não conseguia acreditar que poderiam encontrar as páginas perdidas. Sua mente estava mergulhada em um abismo de dúvidas e medos, enquanto a escuridão da casa ameaçava engoli-los por completo. Mas ele sabia que não podia desistir, não agora. Ele tinha que continuar lutando, por seu amigo, por sua própria sanidade.

— Seria incrível, não é? — Levinse tentou forjar um lampejo de esperança em meio à escuridão que os cercava.

— O quê? — Briana perguntou, sua voz ecoando no vazio do corredor.

— Se uma dessas portas fosse um mundo perfeito — Levinse murmurou, lutando para encontrar um raio de luz na escuridão.

Eles permaneceram ali por um momento, perdidos em seus próprios pensamentos sombrios, enquanto o medo os envolvia como uma névoa sufocante. Mas então, Briana apertou a mão de Levinse com firmeza, uma determinação silenciosa brilhando em seus olhos.

— Dá um pouco de medo de tentar entrar por essa porta e nunca mais sair — Levinse confessou, sua voz tremendo de medo e incerteza.

Mas eles sabiam que não podiam recuar agora. Tinham que enfrentar o desconhecido, não importava quais horrores os esperassem do outro lado da porta. Juntos, eles avançaram para o desconhecido, prontos para enfrentar o que quer que o destino lhes reservasse.

Assim, eles abriram a porta de número 7, e uma rajada de vento gelado os atingiu em cheio, como um presságio sombrio do que estava por vir. E enquanto eles adentravam o quarto, a escuridão os envolvia, ocultando segredos antigos e horrores indescritíveis que aguardavam na escuridão.

— Então... — disse Levinse, adentrando o lugar com uma cautela evidente em seus passos. — Finalmente um lugar normal.

— Hum, seria mesmo o que parece? — Briana questionou, sua voz carregada de uma inquietação palpável.

— Olha, tem uma casa bem ali — apontou Levinse para uma construção à distância.

— Não é uma casa, parece mais uma igreja — corrigiu Briana, seus olhos examinando os detalhes da estrutura.

— Hum, verdade! Tem um crucifixo no teto. Vem, vamos lá.

Apesar das dúvidas pairando no ar, Levinse avançou em direção a um cercado de grades negras e enferrujadas, indicando sinais de séculos de abandono. Briana hesitou por um momento, mas logo o seguiu. Um portão entreaberto os conduziu pelo caminho de pedras quebradas até a entrada da igreja. Entre as pedras, flores silvestres balançavam ao sabor do vento sombrio. A igreja, de aparência modesta, tinha suas portas duplas firmemente fechadas, resistindo aos esforços de Levinse para abri-las.

Briana, por sua vez, decidiu explorar os arredores da igreja, colhendo algumas flores que encontrou em um arbusto próximo. Ao se afastar, descobriu um pequeno cemitério, onde túmulos antigos se erguiam silenciosamente na encosta gramada. Chamando por Levinse, ela o encontrou ao lado de uma das lápides, examinando-a com curiosidade e um leve toque de apreensão.

— Que susto, Levinse! — Briana exclamou, seu coração ainda acelerado pelo inesperado.

— Desculpe — Levinse sorriu, mas havia uma sombra de desconforto em seu semblante. — É um bom lugar para se passar a eternidade, você não acha?

— É um lugar agradável — concordou ela, seu olhar vagando pelas lápides ao redor. Uma delas, de granito simples e gasto pelo tempo, chamou sua atenção.

— O que devemos fazer aqui? — Levinse perguntou, sua voz ecoando no silêncio do cemitério.

Briana examinou a lápide mais de perto, encontrando uma mensagem gravada em sua superfície.

Ezzil Brandão.

Aqui descansa em paz um pai, um avô, um amigo.

Você fez valer a pena cada segundo de nossas vidas.

Nascimento: 7/9/1735

Falecimento: 11/9/1800

Briana sentiu uma pontada de compaixão ao ler as palavras gravadas na pedra fria. Ao depositar as flores que havia colhido no local, sua mão encontrou algo inesperado: um pedaço de papel amarelado pelo tempo, cuidadosamente escondido entre as pétalas.

Ela desdobrou o papel com cuidado e leu o que estava escrito:

"A vida é assim, temos que aceitar como ela é. Perdi uma pessoa muito especial: você.

Você me ensinou a sorrir com os seus abraços sinceros e até mesmo com as suas piadas sem graça.

Você se lembra quando me levou ao circo? Foi um dia perfeito."

Levinse se aproximou, curioso para ver o que Briana havia encontrado.

— O que é isso? — ele perguntou, estendendo a mão para pegar o papel.

— Achei aqui — disse ela, entregando-o lentamente.

Briana sentou-se no gramado ao lado do túmulo, examinando o conteúdo do livro que encontrara na cabana. Levinse juntou-se a ela, observando as ilustrações enquanto o vento sussurrava entre as árvores. O céu, coberto por nuvens escuras, parecia prestes a desabar sobre eles a qualquer momento.

Do bolso, Levinse retirou um maço amassado de cigarros, acendendo um e observando as luzes dançantes no céu tempestuoso.

— Bri — chamou ele. — Sabe a hora que li aquele texto para distrair aquela coisa?

— Distrair? Você praticamente o exorcizou! — Briana brincou, virando-se para ele.

Levinse deu uma tragada no cigarro, seus olhos fixos no Sol que mal conseguia ser visto através das nuvens densas.

— O texto estava em latim, não estava? — ele perguntou, jogando a ponta do cigarro no chão.

— Sim, estava.

— Eu não sei latim. Como poderia ter dado certo?

— Não precisa saber, Levinse. Basta ler corretamente que funciona. Bom, pelo menos eu acho — disse ela, aproximando-se dele.

— Hum, poderia ser pior — Levinse segurava o cigarro com dois dedos para Briana fumar em suas mãos.

— Duvido muito. Tudo aquilo foi terrivelmente sincero, não sei como não morremos ainda — falou ela, soltando a fumaça pela boca e pelas narinas.

Seus ouvidos captaram cada palavra, seus olhos não podiam vê-las fisicamente, mas sua mente as visualizava vividamente. Poderia ouvir, ir e voar para qualquer lugar; em um desses momentos inventivos, foi incrivelmente fácil recordar.

Era um dia gélido em Averlines. Levinse e Mike desafiavam as alturas de um guindaste que, nos dias úteis, era usado para erguer um colossal arranha-céu na cidade. Para eles, arriscar a própria vida era tão comum quanto um passeio na praça.

— Consegue subir aqui? — indagou Levinse.

— Acho que sim — respondeu Mike, agarrando-se a uma viga de ferro.

O edifício já se erguia a 527 metros de altura, mas isso não era suficiente para os garotos. Fascinados pela adrenalina e pela emoção, a tentação de alcançar o topo do guindaste era irresistível; principalmente para Mike, mas igualmente para Levinse.

Não demorou para que os dois ultrapassassem a metade do guindaste. Os braços dos meninos doíam e ainda faltavam cerca de 15 metros para finalmente "alcançarem o céu". Averlines era conhecida por seu clima gélido, e os dois sabiam que havia chovido bastante naquela última noite. As barras de ferro nas quais os garotos se apoiavam estavam molhadas, aumentando o risco de escorregarem e caírem daquela altura. Levinse só percebeu isso quando parou para descansar e olhou para baixo.

— Cara, não olha para baixo! — alertou ele, soltando risadas.

— Falta muito ainda? — perguntou Mike, mostrando sinais de cansaço.

Levinse se inclinou para trás e olhou para cima. Um frio percorreu seu estômago ao perceber o quão alto estavam.

— Hum... não, já estamos quase lá.

Foram mais seis minutos de escalada, com conversas sobre o novo filme que havia sido lançado nos cinemas. Levinse ajudou Mike a passar pela última viga de ferro. Aquilo foi um verdadeiro alívio para os dois, pois era emocionante saber que haviam chegado ao lugar mais alto da cidade. Observando casas, carros e algumas pessoas seguindo suas rotinas lá embaixo, podiam ver estradas distantes e os contornos de grandes montanhas. Era um momento perfeito para reflexão.

Levinse ajeitou-se para evitar qualquer risco de queda, e Mike fez o mesmo, enquanto passavam mais de duas horas conversando e contemplando a grandiosidade do mundo.

— Sinceramente, Levinse, não sei como não morremos ainda — disse Mike, enquanto Levinse acendia um cigarro.

As memórias mais preciosas de uma amizade frequentemente causam dor. Levinse sentia uma imensa falta da companhia de Mike. Era angustiante saber que nunca mais o veria. Passaram momentos incríveis juntos; Mike foi verdadeiramente um amigo leal. Uma sensação de aperto em sua garganta o assolava enquanto rememorava.

Briana fechou o livro e apontou para um túmulo próximo à igreja.

— Levinse, olhe aquilo — disse ela, com uma nota de temor em sua voz.

Ele se ergueu e jogou o resto do cigarro fora. Levinse tentou enxergar o que Briana lhe mostrava, mas sem sucesso. Ela guardou o livro e o conduziu até lá. Pequenas gotas de chuva começaram a cair sobre o cemitério, e o som dos trovões indicava que a tempestade estava para piorar. Foi quando chegaram a uma lápide ornamentada.

— O que tem demais em um túmulo? — perguntou Levinse, distraído.

— Você não está vendo? — questionou ela, indignada. — É o seu nome, Levinse.

Quando dirigiu o olhar para a lápide, quase desmaiou. Sua mente trabalhava incansavelmente para compreender aquilo. Levinse sentiu-se extremamente desconcertado ao ler:

Levinse Majori

Nascimento: 1/6/0018

Falecimento: 3/3/1844

— Mas estamos em 2017 — disse ele, incrédulo. — Como posso estar morto?

— Isso é bizarro! Como você poderia ter nascido no ano 18? Levinse, aonde você vai? — Briana perguntou, alarmada ao ver Levinse se afastar.

Ela foi atrás dele, preocupada que ele pudesse fazer algo imprudente. Levinse estava perto do portão de entrada, fuçando em uma moita.

— O que está fazendo? — perguntou ela, observando Levinse.

— Procurando — respondeu ele, ao jogar uma enxada no chão.

— Levinse, não ligue para isso. Você mesmo disse que essa casa uma hora deixaria nós dois malucos — disse Briana, tentando convencê-lo a não fazer bobagem, mas ele não respondeu. — Droga, Levinse! O que é que você vai fazer?

Briana tentou se aproximar, mas decidiu recuar quando Levinse jogou um rastelo perigosamente perto de suas pernas.

"Que diabo, Levinse! No que você está pensando?", pensou ela, indo até o portão.

Briana ficou de olho nele, esperando que ele encontrasse o que estava procurando. Foi quando teve a impressão de ver uma porta aberta, a mesma porta pela qual haviam entrado no cemitério. Olhou além da porta e notou que era o corredor da casa. Imediatamente chamou por Levinse.

— Levinse, a porta está aberta! — gritou ela, correndo até ele. — A porta está aberta, Levinse! — repetiu, apontando.

— Qual porta? — perguntou Levinse, segurando uma pá em uma das mãos.

— A porta pela qual entramos, a do quarto.

— Isso não pode ser verdade — disse ele, rapidamente abandonando a pá no chão e correndo até lá.

A porta estava parada no meio de um pequeno montículo. Não havia paredes para segurá-la; era estranho olhar além dela e ver um lugar diferente do ambiente em que estavam. Levinse se apoiou no batente e espiou para dentro, vendo a locomotiva atravessada e alguns espíritos observando-o com estranheza.

— Mas como? — indagou ele, voltando-se para Briana. Segundos depois, colocou a cabeça lá dentro novamente. — Isso nunca aconteceu.

Ele fechou a porta e a abriu de novo, olhando para o corredor mais uma vez. Briana observava, achando engraçado, mas ao mesmo tempo concordando com Levinse. Se aquilo nunca tinha acontecido antes, por que aconteceria naquele momento?

— Será que essa porta é a verdadeira saída? — aventurou Briana, teorizando.

— Não, acho que não. A verdade é que eu não sei, e mesmo que fosse a saída, não quero ser um morto — disse ele, lembrando-se do túmulo, e voltou para o cemitério.

Levinse voltou a fuçar nas moitas e saiu de lá com uma pá. Ele caminhou até o túmulo onde supostamente fora enterrado, observou seu nome na lápide de pedra e, sem hesitação, começou a cavar. Briana o acompanhou apenas observando-o realizar seus julgamentos. Preferiu ficar em silêncio e deixá-lo fazer o que achava melhor. A chuva ameaçava cair mais forte, e as gotas agora pareciam bolas de golfe. Ventos fortes deixavam seus cabelos brancos rebeldes, e Levinse continuava a cavar.

Em menos de cinco minutos, Levinse sentiu a ponta da pá tocar algo que parecia ser madeira; sem dúvida, era o caixão.

— Achei que estaria mais fundo — disse ele, com ar de conquista.

Era hora de abrir e descobrir se seu corpo realmente estava apodrecendo ali. Uma gota de suor escorria em seu rosto. Briana parecia apreensiva, quase não querendo presenciar o próximo passo. Ela olhava com horror enquanto Levinse se esforçava para abrir o próprio caixão, mas logo usou a pá para acelerar o processo.

O caixão foi aberto, mas ao fazê-lo, Levinse sentiu uma dor insuportável na cabeça. Por um momento, desejou a morte em vez de sentir aquilo. Apavorado, virou-se para trás à procura de Briana, mas viu algo que o deixou ainda mais aterrorizado. Como se voltasse para a morada em ruínas que encontraram na floresta, como se o tempo regressasse para atormentar sua mente, viu-se novamente; era como olhar para um espelho. Exceto pelas larvas que saíam de um ouvido, pelos olhos negros, pela pele pálida e pela expressão perversa, seriam idênticos.

Levinse pensou em fugir, mas não conseguiu se mover. Estava em estado de choque, incapaz de sentir se era dor ou medo. Então, tudo ficou escuro. Imaginou que sua cabeça tivesse se rachado. Sentiu seu corpo cair sobre uma superfície dura e ouviu inúmeras batidas.

Quando acordou, tudo ainda estava escuro e apertado. Com o passar dos minutos, começou a sentir desespero.

"Droga! O que aconteceu? Será que estou sonhando? Que inferno!", pensou ele, tentando se mover, mas o espaço era muito apertado.

Horas se passaram até que tentou abrir os braços. Sentia-se angustiado, e a cada minuto que passava, perdia a esperança de que fosse apenas um sonho.

Finalmente, decidiu pegar seu isqueiro para ver onde estava. Com dificuldades, acendeu-o e a luz o cegou. Diversas cenas surgiram diante de seus olhos, incluindo uma em que Necromancer se aproximava de Briana em algum tipo de abismo. Levinse tentou se aproximar para ouvir.

— Não se pode brincar com o desconhecido. Você realmente acha que pode sair? — perguntou Necromancer.

— Você nos persegue, brinca conosco, por que simplesmente não nos deixa ir? — retrucou Briana.

— Deixarei uma pessoa sair, afinal, esta prisão é apenas para um — concluiu Necromancer, empurrando-a no abismo.

Sem tempo para reagir, Levinse sentiu um baque, como se tivesse caído de uma grande altura. Então, uma mão gelada tocou seu rosto e uma gota fria caiu em sua testa. Abriu os olhos e viu Briana, de olhos fechados, acariciando suas bochechas. Percebeu que estava deitado sobre o caixão que abrira e, quase um minuto depois, que Briana estava de joelhos sobre a terra úmida.

— Bri — chamou Levinse, fazendo-a se assustar. — Eu vi coisas.

Completamente exausto, Levinse sentiu a dor em sua cabeça diminuir lentamente. Briana não disse nada, apenas se afastou para que ele se levantasse. Voltou a chover quando ela lhe ofereceu metade de uma garrafinha de água.

— Obrigado — agradeceu ele, devolvendo a garrafa. — Não estou com sede.

— O que aconteceu? — perguntou ela, levantando-se e limpando os joelhos. Briana sentiu um pouco de dor em seu pulso machucado ao fazer isso.

Levinse contou tudo o que viu enquanto os dois caminhavam até a porta de número 7, que, por sinal, permanecia aberta. Ele relatou todas as visões, exceto a parte em que viu Necromancer falar com ela. Pensou que não era algo que ela precisava saber naquele momento, e havia muitas razões para isso que poderiam surgir com o tempo. Um pensamento sombrio cruzou sua mente, mas ele preferiu não dar atenção. Continuou falando sobre sua experiência no caixão enquanto passavam pela porta.

— Levinse, isso me preocupa — disse Briana, indignada.

— E você acha que não me preocupa? — respondeu Levinse, abrindo a porta para que Briana passasse.

— Mas você se lembra do que aconteceu?

— Não, só me lembro de estar dentro do caixão por horas. Foi horrível, uma das piores experiências que já tive! — disse ele, agarrando a mochila que Briana carregava.

— O que você está querendo? — perguntou Briana,

— Estou com fome — respondeu ele, tirando um pacote de barrinhas da mochila.

— Não foi bem assim que aconteceu. Você abriu o caixão e caiu lá dentro. Eu já sabia que você estava tendo essas visões estranhas, então só esperei você acordar.

— Esse negócio de ficar desmaiado não está legal — disse ele, com a boca cheia de barras de chocolate.

De volta ao corredor da casa, Levinse jogou o embrulho vazio das barrinhas em um canto e abriu outro maço de cigarros. Um que havia encontrado no quarto número 4, que mais parecia uma cidade completamente maluca. Briana estava sentada no chão, tentando se secar com a própria mochila. Depois de um tempo, ela jogou a mochila de lado e tirou a blusa para torcer e tirar um pouco da água. Levinse corou e se virou imediatamente, ficando um pouco envergonhado.

— Sabe que não precisa fazer isso, não é? Esqueceu o que você me fez fazer na floresta? — perguntou Briana, vestindo a blusa.

— Eu não te obriguei a nada, você quis fazer — respondeu Levinse, enquanto verificava se também estava muito molhado.

— Que frio! Por favor, fecha essa porta — pediu Briana, agarrando Levinse.

— Aliás, Bri, por que você é tão fria? — perguntou Levinse, surpreendendo Briana com a pergunta.

— Você deve ter percebido que minhas mãos e meus braços são bem mais gelados do que o resto do corpo, não é? Sei lá, o meu pai também era assim. Acho que é de família.

— Sim, mas mesmo assim é um pouco estranho — disse ele, colocando suas mãos quentes entre a blusa dela, acariciando suas costas.

— Ainda bem que você está aqui para me esquentar — respondeu ela.

Levinse corou novamente, mas estava sorridente. Briana deu um beijo nele e se afastou para pegar a mochila, sentou-se no chão e abriu a bolsa. Parecia estar procurando algo quando de repente um celular começou a tocar; era o dela. Ela olhou para Levinse assustada. Ele, que já estava fumando, transmitiu o mesmo olhar para ela.

O celular continuou a tocar quando ele disse:

— Atende.

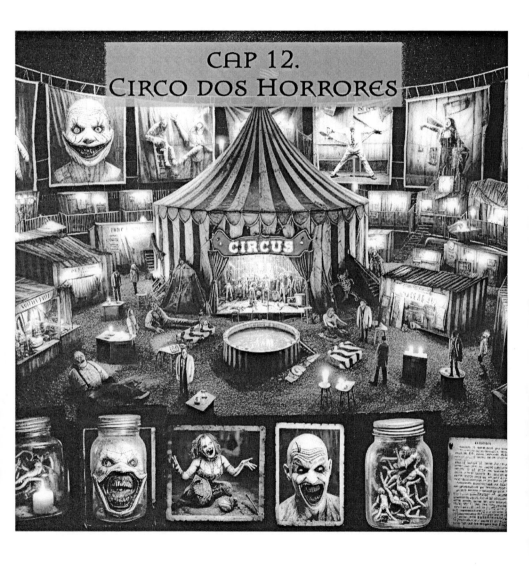

CAPÍTULO 12

CIRCO DOS HORRORES

O celular tocou mais duas vezes antes de Briana atender.

— Alô? Alô? — disse Briana, com uma expressão de incerteza.

Levinse olhou para ela com apreensão. Ele tinha motivos para ficar preocupado, pois desde que Mike morrera, Briana era a única manifestação humana normal que ele encontrou.

— Quem é? — sussurrou ele.

— Não sei, não responde — murmurou ela, mantendo o telefone próximo ao ouvido. — Alô?

Briana ouviu uma respiração calma do outro lado da linha e fez um gesto para que Levinse se aproximasse.

— Acho que ouvi alguma coisa. Alô? Tem alguém aí? — Ninguém respondeu.

Eles ficaram em silêncio por um momento, encarando um ao outro, esperando algo acontecer. Foi quando ouviram novamente a respiração tranquila da pessoa do outro lado. Levinse sentiu uma leve vontade de tomar o telefone das mãos dela, mas preferiu se controlar.

— Mãe? — arriscou Briana, muito baixinho, como se apenas mexesse os lábios sem emitir som algum. Levinse olhou para ela com receio. Encarou os olhos azuis de Briana e sentiu pena dela.

"Talvez ela esteja em seu limite também", pensou ele.

Então, um chiado horrível começou. Briana afastou o celular do ouvido em um sobressalto, e Levinse deixou seu cigarro cair com o susto. O que aconteceu em seguida foi ainda mais estranho: o celular de Briana congelou instantaneamente, transformando-se em uma barra fina de gelo seco, muito mais fria do que o normal. Briana soltou o celular e apertou a mão contra o peito, sentindo uma pequena queimadura. O aparelho caiu no chão e se despedaçou como vidro, liberando uma fumaça branca.

— O que foi isso? — perguntou Levinse, tremendo.

Briana olhou para os pedaços do celular no chão, perplexa. Ela sentiu uma sensação estranha em seu estômago e percebeu que sua outra mão também doía.

— Que estranho! — disse ela, virando-se para Levinse. — Isso não deveria acontecer.

Levinse também estava confuso e não conseguia entender como aquilo era possível. Ele abriu a boca para dizer alguma coisa, mas ficou em silêncio quando não conseguiu encontrar as palavras.

Então, eles ouviram um baque e sentiram um vento frio passar por seus corpos. A porta de número 7 se abriu novamente. Estava chovendo forte no quarto, e Levinse sentiu-se grato por já ter saído de lá. O vento gélido passou por eles, fazendo os cabelos grisalhos de Briana se agitarem. Ela os ajeitou a tempo de ver os pedaços de seu celular serem levados pelo corredor. Levinse pegou a mochila do chão e entregou para ela, fechando a porta do quarto 7 e abrindo a que estava em sua frente: número 8.

— Levinse, espera! — disse Briana, fechando a porta. — Vem aqui comigo.

Levinse, sem entender nada, seguiu Briana até as escadas da casa. Ela colocou a mochila ao lado antes de se sentar em um dos degraus, e ele se sentou ao seu lado.

— Olha, temos que acertar algumas coisas antes de continuar — disse ela.

— Tipo o quê? — perguntou Levinse, um pouco surpreso. — Não é sobre o que aconteceu na floresta, é?

— Também tem a ver com isso. Não me entenda mal, Levinse, mas há coisas sobre mim que você não sabe. Essa nossa relação está estranha.

— Foi muito rápido, não é? — ele comentou.

— Um pouco — admitiu Briana, suspirando.

Levinse se afastou um pouco dela e apoiou os braços nos joelhos, pensativo. Briana percebeu que ele estava abalado com aquela conversa e tentou explicar melhor a situação.

— Não é que eu não goste de você, na verdade é porque estou gostando muito de você — disse ela, aproximando-se.

— Que tipo de coisa sobre você eu não sei? Tem algo a ver com este lugar? — perguntou Levinse.

A pergunta dele surpreendeu Briana, que ficou em silêncio por um momento antes de responder.

— Que tipo de coisa, Briana? É sobre a casa? Porque se for, é melhor falar logo — insistiu Levinse, levantando-se e ficando de frente para ela, com os braços cruzados.

— Sobre a casa, eu já falei tudo o que sei e como cheguei aqui. Você pode acreditar ou não — respondeu Briana, virando o rosto para o lado.

Levinse desceu as escadas e foi até o armário que ocupava o lugar da porta de entrada da casa. Ele pegou um cigarro e ficou encostado, fumando, enquanto observava Briana sentada nas escadas, com a cabeça baixa.

Ele já tinha pensado sobre isso antes, quando saiu do último quarto. A relação entre eles tinha evoluído muito rapidamente, mas como poderia se culpar por isso? Briana era uma garota atraente e cativante, e ele acabara de perder seu melhor amigo. Parecia que ele precisava mais da presença dela do que ela da dele, mas algo estava errado, algo que ela estava escondendo.

— Olha, me desculpa, Levinse. Isso é complicado para mim — disse Briana, com sinceridade.

Levinse soltou a fumaça do cigarro enquanto a observava, sem dizer nada.

— Eu não costumo me abrir assim para qualquer um que aparece, entende? — explicou Briana.

— Qualquer um? — questionou Levinse, finalmente. — Até onde sei, estamos na mesma situação.

— Desculpa, não foi isso que quis dizer. É que... — ela se levantou e foi até ele, mas uma figura estranha passou entre eles enquanto ela caminhava.

— Tudo bem, eu já entendi. Foi tudo muito rápido e você é uma pessoa cheia de segredos. Por mais que a gente já tenha passado por tudo isso aqui, você ainda não confia em mim — concluiu Levinse, afastando-se dela e caminhando até as escadas, onde se sentou ao lado da mochila.

Uma entidade passou rapidamente por ele, lançando um olhar tenebroso antes de desaparecer.

— Tudo bem. Sente aqui e explique — disse ele, fazendo um gesto com as mãos, indicando o outro lado do degrau. Briana se aproximou e sentou-se ao seu lado.

— Ok. Tudo o que eu te contei é verdade. Eu fugi de casa uma noite e entrei em uma casa que estava em construção, e de repente estava aqui. Meu pai... ele... — Briana começou a explicar.

— Ele te batia? — interrompeu Levinse.

— Não, esse é o meu padrasto. Estou falando do meu pai de verdade.

— Ah, entendi — respondeu Levinse, jogando a bituca do cigarro para o lado.

— Meu pai mexia com umas coisas — continuou Briana, em tom baixo.

— Drogas? — perguntou Levinse.

— Não, Levinse. Caramba, deixa eu falar! — respondeu ela, um pouco irritada. — Ele mexia com magia, era um mago muito poderoso. Pelo menos foi o que a minha mãe me disse. Ele gostava muito de fazer experiências, até que um certo dia ele cometeu um erro. Meu pai explodiu toda a garagem de casa e desapareceu. Todo mundo acredita que ele morreu, mas eu não acredito nisso.

Ficou um total silêncio no local, até Levinse tomar a iniciativa de falar:

— Sabe que essa história é horrível, não é? Porque se você está tentando me enganar, essa é a pior desculpa que eu já ouvi.

— É verdade, droga! — respondeu ela, com muita raiva. — Você não queria ouvir a verdade? Essa é a verdade.

— Ok, vamos supor que isso seja verdade. O que tem a ver com você e com a gente?

Briana respirou fundo e olhou para os lados, observando os espíritos por um breve momento, pensando em como falar o que queria dizer para Levinse.

— Tem a ver com o seguinte: antes de sumir, meu pai me contou o que estava tentando fazer. Disse que tentava acessar uma dimensão nova, onde conseguiria muito mais poder, e que esse lugar era terrível e cheio de segredos. Ele disse que era como uma casa, cheio de quartos.

Levinse olhou sério para ela. Poderia ser verdade o que ela contava?

"Como poderia? Uma história ridícula sobre magia e poder", pensou Levinse.

Ele não sabia se acreditava nela ou se a caçoava; pensava que, por outro lado, aconteceu tanta coisa com ele também. Mesmo fora da casa, os pesadelos que ele viveu, os sonhos que se tornaram realidade, e agora, dentro daquele lugar, as coisas que ele fez... Poderia dar uma chance a ela, porque quando ele falava as coisas estranhas que aconteciam com ele para sua mãe, sua tia e seus outros amigos, todos o zoavam, o chamavam de louco; só o Mike acreditava nele. Então, como ele poderia caçoar de outra pessoa sabendo como ela se sentiria?

— Certo, tudo bem. Eu acredito em você, mas ainda não respondeu sobre nossa relação. Afinal, o que somos? Amigos, um casal ou amigos com benefícios? — perguntou ele, sorrindo. Briana corou, olhando para ele com um sorriso no rosto.

— Eu gosto de você, ninguém nunca me tratou assim como você me trata. Mesmo acontecendo tudo tão rápido e mesmo a gente não se conhecendo tão bem, se você não se importar, podemos ser namorados. O resto a gente resolve quando sair daqui.

— Tem um problema nisso.

— O quê?

— Não tenho alianças de compromisso.

Os dois se abraçaram e se beijaram muito, até aquele espírito aparecer entre eles, começando a se manifestar a cada minuto. Briana pegou a mochila e os dois subiram as escadas, caminhando até a porta 8, com dificuldade para atravessar a locomotiva que estava no caminho. De mãos dadas, Levinse girou a maçaneta. O lugar era completamente escuro, então os dois se olharam, e Levinse atravessou primeiro.

Encontraram-se em extrema escuridão. Mal entraram e o corredor da casa já havia desaparecido. A penumbra fez com que eles ficassem perambulando à procura de alguma luz, até que um barulho de batida forte aconteceu.

— A porta se trancou — disse Briana tentando abrir, mas sem sucesso.

— Normal — respondeu Levinse, andando com cuidado.

O lugar era muito quente e muito escuro, não conseguiam ver nem a ponta do nariz à sua frente.

— Ai! — disse Briana, de repente.

— O que foi? — perguntou Levinse, baixinho.

— Bati em alguma coisa — respondeu ela, esfregando a mão no joelho dolorido.

Levinse continuou procurando alguma porta ou qualquer coisa que pudesse lhe mostrar o caminho. Ele sentiu um leve desespero ao se lembrar do caixão onde esteve preso por mais de cinco horas e desejou eliminar aquela lembrança. Ainda no escuro, esticava as mãos na tentativa de que com o tato pudesse identificar alguma coisa para onde poderia se dirigir. Foi um raciocínio inteligente, pois logo acertou algo parecido com uma lona bem grossa.

Um silêncio desconfortável pairou no ar até Levinse tomar a iniciativa de quebrá-lo.

— Espere — disse ele rapidamente, agora com os ouvidos firmemente pressionados contra a lona. — Você ouve isso?

— Hum... Não, o que é? — perguntou Briana, tentando se aproximar.

— Não sei, parece aquelas musiquinhas... Aquelas, sabe... — disse Levinse, contornando o lugar e esfregando suas mãos sobre a lona, tentando encontrar alguma abertura.

— Estou ouvindo... Parece música de circo — disse ela, franzindo a testa.

— Isso!

— Você não acha que estamos em um, né? — perguntou Briana, pensativa.

— Não. — Um clarão invadiu o pequeno espaço onde estavam. — Tenho certeza — disse Levinse ao abrir uma fenda que encontrara.

A música que ouviam ficou ainda mais alta quando saíram da barraca onde estavam. Havia várias trilhas de terra que, por suas sinuosidades, pareciam levar a qualquer lugar. Observavam inúmeras tendas cobertas por uma lona colorida; uma vendia pipocas doces, outra era de jogos da sorte, onde você pagava por três bolinhas e tentava derrubar uma pequena pirâmide de lata. Também viam muitas pessoas perambulando entre as barracas, algumas segurando um grande algodão-doce, outras comendo pipocas e carregando seus filhos. O estranho era que nenhum deles sorria, e Briana percebeu isso. Sabia logo de cara que esse lugar não era a saída.

— Levinse, não estou gostando desse lugar... — disse ela, segurando o braço dele, que sorriu ao ver um palhaço saltitando e fazendo suas palhaçadas.

— Achei divertido. Sempre fui ao circo da minha cidade — disse ele, lembrando-se de Mike, mas preferiu ignorar a lembrança.

— Não vou a um faz anos. Nunca gostei — falou ela, olhando para o palhaço e sentindo-se apavorada.

Os dois pegaram uma trilha e começaram a caminhar entre as tendas e pessoas.

— Hum... Eu me lembro de sempre pegar o metrô da cidade e ir com Mike para o circo em alguns fins de semana. Era legal, sabe... — Houve uma pausa, então Briana percebeu que Levinse sentiu quando disse aquilo.

— Você viu aquilo? — perguntou Briana, tentando mudar de assunto, apontando para a foto de uma mulher com uma longa barba preta sob o letreiro "Mulher Barbada".

— Interessante! — respondeu Levinse, aproximando-se das placas que anunciavam as atrações.

Além da "Mulher Barbada", ele observou outras atrações como "Devorador de Espadas", "Respirando Chamas", "Mulher Camelo" e "Homem Machado".

Briana olhou ao redor, sentindo-se cada vez mais desconfortável. Para ela, aquele ambiente despertava medo e insegurança. Por outro lado, Levinse parecia estar se divertindo, embora seu sorriso escondesse uma falsa alegria, como se estivesse tentando encontrar algo positivo em meio ao desconhecido.

— Levinse, podemos nos sentar em algum lugar? — pediu Briana, com um tom de desgosto em sua voz.

— Claro, ali na frente tem uns bancos. Vamos lá. — Levinse guiou Briana até os bancos, notando olhares hostis direcionados a ele ao longo do caminho. Ele apertou firme a mão de Briana, que estava gelada, como se não pertencesse àquele lugar. Ela caminhava olhando para o chão, claramente perturbada por algo.

Quando finalmente se sentaram em um dos bancos, Briana se aproximou e descansou o rosto na jaqueta de Levinse, impregnada com um aroma amadeirado de tabaco. Seus olhos se encheram de lágrimas, mas ela não chorou. Levinse a abraçou, acariciando seus cabelos e notando uma pequena lasca de sangue seco em sua pele. Ele não entendia completamente o que estava acontecendo, mas sentiu-se triste ao ver Briana daquele jeito. Não podia mais fingir que tudo estava bem. Se ela não conseguia encontrar conforto ao seu lado, ele não insistiria mais.

— Como você está se sentindo, Levinse? — Briana perguntou, com a voz abafada pelo abraço.

Ele não sabia como responder. Sentia como se toda a sua felicidade estivesse sendo sugada. Levinse observou as pessoas ao redor, notando suas expressões sofridas e desoladas. Logo percebeu que não havia nada de bom naquele lugar. E, por um instante, jurou ter visto mais de uma pessoa o encarando com olhos vazios, virando a cabeça na direção oposta.

— Eu sei que essas pessoas não são reais, mas será que este lugar está nos tirando a felicidade? — perguntou, enquanto tentava afastar os pensamentos sombrios.

— Talvez estejamos apenas percebendo que estamos tristes de verdade — Briana respondeu, afastando-se um pouco para encarar Levinse.

— Uma coisa que você disse me deixou pensativo. — Levinse começou, visualizando o fim da praça, onde o horizonte se estendia sem fim visível.

— O que foi? — Briana perguntou, curiosa.

— Você mencionou que seu pai estava tentando acessar este lugar em busca de poder. Que tipo de poder ele esperava encontrar aqui?

Briana refletiu por um momento, incapaz de encontrar uma resposta.

— Não faço ideia. É algo em que pensei apenas uma vez e não consegui encontrar uma resposta — ela admitiu, voltando-se novamente para os braços de Levinse.

A atmosfera que antes parecia acolhedora agora revelava sua verdadeira natureza. Até a música de circo que tocava ao fundo tornava-se cada vez mais sinistra. Levinse observou um carrinho de pipocas ao seu lado e percebeu que os vendedores exibiam sorrisos perturbadores. *O que está acontecendo aqui?*, ele se perguntou.

A reflexão foi interrompida pela voz animada do locutor:

— Respeitável público, o espetáculo está prestes a começar!

Uma multidão se formou ao redor das diversas atrações, enquanto o pátio esvaziava lentamente. Levinse se levantou, pronto para enfrentar o que quer que estivesse por vir.

— Aonde você vai? — perguntou Briana, notando um casal que passava, lançando olhares intimidadores na direção deles.

— Imagino que devemos entrar — disse ele, acendendo um cigarro, quase arrependido ao fazê-lo, pois algumas pessoas que passavam lançaram-lhe olhares reprovadores assim que deu a primeira tragada.

Briana ficou de pé, encarando Levinse com um olhar aborrecido. Ela não estava nada ansiosa para entrar no circo, mas acabou seguindo Levinse quando percebeu que quase todos estavam se dirigindo ao local do show.

— Ei, e se a porta não estiver lá? — sugeriu Briana a Levinse.

— Então continuamos procurando, como sempre — respondeu ele, jogando o cigarro no chão e pisando nele ao ver uma placa de proibido fumar.

Levinse olhou para as placas das atrações antes de entrar e viu uma que chamou sua atenção: uma imagem de um rapaz com apenas dois dedos nas mãos, sob o título "Garoto Lagosta".

"Que diabos é isso?", pensou Levinse, enquanto adentrava o circo de mãos dadas com Briana.

O lugar estava lotado. Todas as cadeiras da arquibancada estavam ocupadas, então Levinse e Briana se aproximaram o máximo que puderam, apoiando-se em uma pequena mureta que separava o palco da plateia. A música tocava mais alto ali dentro, agora adquirindo uma melodia sinistra que ecoava pelos corredores.

Levinse observou o palco, que estava repleto de adereços estranhos, como uma piscina, duas macas, uma mesa com pinças e bisturis, quatro jaulas grandes, um pequeno ringue de luta, três cadeiras e duas mesas.

No centro do palco estava o Locutor, vestindo um traje preto a rigor riscado de giz e uma cartola média vermelha. Ele aparentava ter uns 32 anos, era branco e tinha duas verrugas no queixo e um nariz muito largo.

— Muito bem! Sejam todos bem-vindos ao Circo Estrela da Manhã.

— Está mais para o Circo dos Horrores — comentou Levinse para Briana, que soltou uma risada nervosa.

O Locutor olhou para os fundos do palco, onde uma grande cortina vermelha amarrotada cobria o cenário. Parecia estar falando com alguém que estava atrás dela, quando, de repente, seu olhar se fixou em Levinse.

O gesto foi tão inesperado que Levinse se sobressaltou. O homem fez um aceno com a cabeça em resposta a algo que pareceu ouvir e voltou a falar.

— Hoje veremos coisas incríveis e surpreendentes, também veremos algumas das pessoas... bom... veremos — disse ele, com um sorriso sinistro no rosto.

O homem desapareceu atrás das cortinas vermelhas e amarelas que cobriam todo o palco. Um silêncio pesado caiu sobre o ambiente, enquanto todos os olhares se voltavam para Levinse e Briana. Ela se mexeu desconfortavelmente, tentando chamar a atenção do amigo, mas ele fingiu não perceber. Passou o braço em volta da cintura dela e a puxou para perto, concentrando-se no palco como se estivesse prestes a testemunhar algo de grande importância.

Após um minuto, o Locutor retornou, com o mesmo sorriso sinistro, olhando para o público e, em seguida, para os dois.

— E agora, com vocês, o Homem Esqueleto!

As cortinas se abriram alguns centímetros, revelando um homem tão magro que parecia impossível que estivesse vivo. Seus olhos eram fundos e escuros, com um pouco de cabelo grisalho na cabeça. Sua pele amarelada parecia envolver seus ossos, que se destacavam claramente. Ele caminhou meio desajeitado até o centro do palco, parando ali para encarar a plateia, que permanecia imóvel diante de sua presença. Briana, por sua vez, parecia petrificada, observando o homem que mais se assemelhava a um esqueleto vivo. De repente, ele começou a tirar suas roupas, começando pela camiseta e depois as calças, ficando nu em poucos instantes. As pessoas que assistiam aquilo não demonstravam surpresa ou reação, apenas observavam, impassíveis.

— Levinse, vamos sair daqui — cochichou Briana em seu ouvido, ansiosa para escapar do ambiente perturbador.

Mas Levinse sentia uma estranha curiosidade, algo dentro dele o impedia de simplesmente ceder ao desejo de Briana e sair dali.

— Espera mais um pouco. Isso está estranho e eu quero saber o que vai acontecer — respondeu ele, evitando olhar diretamente para a garota.

O Homem Esqueleto dirigiu-se a uma das gaiolas enquanto o Locutor a abria para ele entrar. Ambos se encararam por um momento antes do homem extremamente magro se enfiar na gaiola, enquanto a multidão inerte observava.

— Vejam! Vejam como essa criatura é inútil — declarou o Locutor, apontando para o homem preso na gaiola.

— Isso é horrível — murmurou Briana, seus olhos fixos no homem.

Enquanto isso, Levinse sentiu um gosto metálico na boca e virou-se para o lado, longe do olhar de Briana, cuspindo um pouco de sangue. Surpreendeu-se ao notar dois espectadores encarando-o com desprezo, tentando ignorar a preocupação com o sangue, talvez associando-o à lesão no estômago causada pelo ataque do Necromancer. Ele voltou sua atenção para o palco, onde o Locutor continuava seu discurso.

— E agora, com vocês, o Menor Homem do Mundo.

Então, um homem miúdo entrou no palco vestindo trapos velhos e sujos, seu rosto marcado pela angústia e os olhos cheios de desespero enquanto encarava a multidão. Era verdadeiramente pequeno, mal alcançando os joelhos do apresentador. O Locutor deu-lhe um chute, fazendo-o cair de cara no chão.

— Vá, sente-se naquela cadeira — ordenou ele.

E o pequeno homem obedeceu.

Briana ficou ainda mais espantada, enquanto a plateia permanecia imóvel, sem demonstrar qualquer reação. Levinse também não demonstrou surpresa; para ele, após tudo o que passara, aquilo que assistia ao vivo já não fazia diferença alguma. Ele virou-se para o lado e cuspiu mais um pouco de sangue, sentindo a dor latejante em seu estômago. Lembrou-se do presídio, imaginando mais uma vez como seria se estivesse com o machado.

"O que teria acontecido se aquela coisa não tivesse aparecido? O mais estranho foi que eu a senti chegando. Por que eu a senti chegando? Isso me lembra o sonho que eu queria contar para o Mike antes de tudo isso acontecer", pensou Levinse.

— E agora, vou chamar aquilo que vocês mais gostam de ver sofrer. Apareça, Mulher Quadripé! — anunciou o Locutor, estendendo ainda mais aquele sorriso macabro.

Levinse fez uma pergunta retórica: *"Mulher Quadripé?"* Apertou os olhos, tentando imaginar como seria essa mulher.

Quando a cortina se abriu, Briana levou um susto. Parada ali estava uma mulher com a cabeça baixa, seus cabelos encaracolados e sujos escondendo seu rosto. Usava um vestido preto rasgado, revelando quatro pernas tortas cobertas de feridas, algumas delas abertas e amareladas.

O Locutor a chamou com um gesto, e ela se aproximou, mantendo a cabeça baixa. A plateia sorria.

— Olhe para mim! — ordenou o Locutor, erguendo sua cabeça.

Levinse pôde ver seu rosto; apesar das cicatrizes, ela era deslumbrante. O Locutor soltou o microfone e agarrou seus cabelos com as mãos, forçando-a a olhar para ele. Ela se debatia e gritava, demonstrando o que era capaz de fazer com suas pernas machucadas. O homem a beijou à força e a jogou no chão, enquanto a multidão voltava a assumir suas feições horrendas e desprezíveis.

— Levinse, por que ele está fazendo isso com ela? — perguntou Briana, com voz baixa e assustada.

— Não faço a menor ideia — respondeu ele, sinceramente.

A mulher se levantou, sentando-se um pouco no chão, seus olhos lacrimejando enquanto lançava olhares furiosos, ocasionalmente dirigindo-se ao Locutor. Ele se aproximou, pegando o microfone.

— Leve-a para a gaiola — ordenou ele, limpando a boca. — Depois eu brinco mais com você.

Do canto, dois homens idênticos e carecas, com características típicas da Síndrome de Down, emergiram. Vestindo macacões vermelhos e sandálias marrons, correram até o centro do palco e agarraram as pernas dela, arrastando-a até uma das gaiolas. O Homem Esqueleto permanecia agachado em um canto, aparentemente alheio ao que ocorria ao seu redor.

O vento começou a soprar lá fora. Briana olhou para trás e quase gritou de susto ao ver um Levinse assustadoramente pálido, de olhos completamente negros. Com algumas cicatrizes no rosto e vestindo um sobretudo preto, ele caminhava em direção a Levinse e Briana. Ela se virou rapidamente para a frente, desesperada para encontrar o verdadeiro Levinse. Aliviada, seus olhares se encontraram. Ela, ainda abalada, aproximou-se dele e cochichou em seu ouvido, devido às centenas de olhares que agora os observavam.

— O quê? — gritou ele, olhando para trás e não vendo nada.

— Mas eu vi, eu juro que vi você, Levinse! — sussurrou ela, agora baixando o tom da voz, esperando que Levinse fizesse o mesmo.

— Briana, não brinca com isso. É sério mesmo que você me viu naquele estado? — perguntou ele, olhando novamente para trás.

— Eu juro por tudo que é mais sagrado que vi — confirmou Briana.

— E agora, com vocês, o que diríamos deleitoso. O Vermelho Prevalece — anunciou o Locutor do circo.

Levinse voltou sua atenção para o palco, tentando não acreditar no que Briana acabara de lhe falar. Até então, só ele via a si mesmo daquela forma; como ela poderia ver? De certa maneira, ele agora tinha certeza de que não estava delirando e vendo coisas sem sentido, mas por outro lado, o discurso do Locutor parecia ainda menos sensato.

"Poderia ela também estar tendo alucinações como eu? Droga, mas como ela poderia? Nunca a vi desmaiando. Talvez ela não desmaie, talvez apenas veja as coisas, mas não apague como eu", ponderou Levinse, virando-se para Briana com curiosidade.

— Ai, meu Deus! — exclamou ela de repente, levando as mãos à boca e olhando fixamente para o palco.

Quando ele se virou para o palco, viu um palhaço horroroso usando uma maquiagem pesada, com uma roupa muito degradada, toda rasgada e suja. Ele estava atrás de uma mesa segurando um bisturi, ao lado de um porco enorme e desacordado em cima de uma maca. O Palhaço então fez um corte perfeito, iniciado do órgão sexual do animal até a sua garganta. O farsante então olhou para o público com um sorriso inapropriado e deu uma gargalhada sinistra, voltando-se para o porco, que agora estava mutilado. Ele abriu a barriga do porco e de lá retirou uma criança recém-nascida, seguida de outra e mais outra.

Os olhos de Briana pareciam prestes a saltar para fora, e Levinse até esqueceu no que estava pensando. Aquilo era realmente bizarro, talvez mais bizarro do que tudo que tinha visto naquela casa, e o mais estranho era que o público não se comovia. Mesmo ouvindo os berros das crianças, continuavam sem expressar reação, o que estava deixando Levinse irritado. Foi quando o Palhaço pegou uma tesoura e, olhando para o povo novamente com aquele sorriso e as gargalhadas, seguiu os olhos para Levinse e cortou o cordão umbilical das crianças, soltando uma enorme gargalhada.

Briana fez cara de descrença. O Locutor aplaudiu, e o público permaneceu em silêncio. Com um sorriso de orelha a orelha, o Palhaço pegou um recém-nascido todo ensanguentado e colocou em cima da mesa. Em seguida, outras cortinas do fundo se abriram e de lá saiu algo realmente diferente: um homem e uma mulher dividindo o mesmo tronco. Levinse não acreditava no que estava vendo: um corpo com duas cabeças.

— Ai! — exclamou ele, levando a mão à cabeça e abaixando o olhar para o chão.

— O que foi? — perguntou Briana, assustada.

— Minha cabeça parece que vai explodir.

Um gosto metálico cravou em seu paladar. Ele sentia aquele gosto tantas vezes dentro da casa que já sabia que era sangue, porém era pior e mais forte. Por um momento, achou ter visto algo no chão. Briana parou de observá-lo e voltou a mirar o palco onde estava acontecendo uma série de bizarrices.

O vento soprava ainda mais forte lá fora e as lonas começaram a tremer. A dor em sua cabeça persistia e ao perceber que não ia passar, fez um esforço para aguentar o máximo que podia. Quando voltou o olhar para o palco, os gêmeos siameses estavam se beijando alucinadamente. Ao ver aquilo, sentiu vontade de vomitar. Aquela coisa era um verdadeiro show de horrores. O Palhaço saltitava, segurando o bisturi com a mão cheia de sangue, e o Locutor parecia que ia morrer de tanto rir. Havia pessoas estranhas presas em gaiolas, e ainda por cima o público continuava sem esboçar reação.

Foi quando o Palhaço parou de pular e ficou muito sério; nem mesmo sua maquiagem ilustrada de um sorriso forçado interferiu na sua fisionomia. O Locutor também fechou a cara e olhou de imediato para trás. Uma fumaça negra saiu das cortinas. O cérebro de Levinse parecia que estava em brasas, sua visão se contorceu entre um palco e um prédio desgastado. Viu também manequins e pessoas mortas. Ouviu Briana chorando e sentiu o sabor do seu beijo ao mesmo tempo. Tudo aquilo desapareceu quando ouviu algo afiado cortando o ar: duas cabeças rolavam no chão, e os gêmeos siameses estavam mortos.

No palco, uma criatura maligna segurando um enorme machado ensanguentado apareceu, enquanto uma criança chorava. Ele olhava para Levinse.

"Eu deveria saber que era você", pensou Levinse, encarando Necromancer.

— Levinse! — gritou Briana, aterrorizada.

Foi quando a criatura apareceu, encontrando Levinse frente a frente. Era horrível o cheiro pútrido que ele exalava. Sua pele pálida coberta por um sorriso costurado, seus olhos negros e profundos com pontos mal feitos davam calafrios.

— Briana, sai fora daqui — disse Levinse, entre dentes.

Ela fez uma cara de que não iria sair dali sem ele, mas ele repetiu o que disse em tom alto e ameaçador. Ela o olhou com tristeza e quando ia começar a correr, Necromancer a agarrou pela mochila, jogando-a no chão.

— Pare com isso! Deixe ela em paz! — gritou ele, assumindo uma postura feroz.

O público continuava sem reação. As pessoas estavam olhando fixamente para o palco, de onde o sangue jorrava. A criatura caminhou até Levinse e fez algo parecido com um sorriso. Levinse deu alguns passos para trás, alternando o olhar entre Briana, que se levantava, e o monstro, intimidador.

— Pense, a escolha é sua — disse Necromancer com uma voz grave e rouca, assegurando-se de falar cada palavra com clareza, os olhares de ambos penetrados.

Uma fumaça negra cobriu seu corpo e logo desapareceu.

— O que ele disse? — perguntou Briana, olhando para ele com uma expressão de quem não entendeu absolutamente nada.

— Vamos procurar a porta e sair daqui — disse Levinse, caminhando para fora do circo.

Briana logo foi atrás dele, ainda assustada com o que tinha acabado de acontecer. O tempo estava em crise, e fora do circo o vento soprava forte. Nuvens vermelhas davam uma forma ainda mais medonha ao lugar, e saquinhos de pipoca voavam com a força do vento. Estranhamente, o lugar estava vazio, sem pessoas perambulando por ali, nem mesmo os carrinhos ou as tendas de vendedores estavam no espaço. Ouvia-se apenas a brisa carregar os restos que decoravam o chão de terra.

Levinse acendeu um cigarro com dificuldade e deu um trago, desejando um belo copo de café. Parado em uma minúscula encruzilhada, decidiu qual trilha pegar. Ele sabia que a porta que procurava poderia estar em qualquer lugar, então continuou parado, incomodado por sua mente não obedecer ao que queria pensar. Estava cego e revivendo cada detalhe daquele circo, em particular o momento em que Necromancer falou: "Pense, a escolha é sua".

"O que ele quis dizer com isso? Estava se referindo à Briana? Mas eu jamais a machucaria, jamais gostaria de vê-la sofrer", pensou Levinse.

— Levinse, está tudo bem? — perguntou ofegante, pegando em sua mão.

— Sim, está, sim — mentiu ele.

— O que foi aquilo? — perguntou ela, enquanto tirava uma mecha de cabelo do rosto.

Ele deu mais um trago no cigarro e voltou a refletir, olhando para uma trilha.

"Não posso negar que às vezes sinto uma fúria e desejos estranhos, mas como ele poderia saber disso? E o que isso tem a ver com Briana? Os meus desejos insanos nunca tiveram nada com ela", pensou novamente.

Um copinho de plástico bateu em seu pé, e por um instante ele sentiu tontura e vários flashes passaram diante de seus olhos: uma escada rolante quebrada, inúmeras mesas aglomeradas e um caminho que dava até um número 8.

Quando voltou em seu estado consciente, já sabia onde estava a porta para voltar ao corredor da casa, porém seu corpo doía em todas as partes. Parecia que tinha caído de dois andares e batido de costa no chão. Levinse puxou mais um trago e tacou o resto do cigarro, que logo foi levado com a força do vento. Briana ainda segurava a sua mão, ela estava olhando para o circo com cara de dúvida. Levinse a achava tão linda, o seu rosto, os seus cabelos brancos que, despenteados com a força do vento, deixava-a tão rebelde e encantadora. Ele teve que resistir ao impulso de agarrá-la ali mesmo e começar a beijá-la.

— Vem, Bri. Eu já sei o caminho — disse Levinse, caminhando para uma estradinha de pedras soltas.

Ela se assustou com a sua voz, pois parecia que estava distraída com pensamentos distantes, logo seguiu o seu caminho em passos curtos. A cada passo que dava, o circo ia se distanciando, o vento continuava forte e as nuvens ainda mais vermelhas que antes. Foi quando uma nuvem se deslocou, mostrando uma grande pirâmide completamente negra. Levinse se arrepiou quando viu aquilo e sentiu um certo medo que jamais sentira nos outros quartos que já entrou. Olhou para o lado e, perto de uma grade, viu a porta com o número 8 entalhado.

— Hora de sair — disse ele para Briana, que também observou aflita aquela pirâmide.

— Ótimo, vamos embora daqui!

Era estranhamente agradável voltar para o corredor daquela casa. Ainda desapontados por ser só mais um quarto insano, teriam que carregar em suas mentes o grande show de horrores que ocorreu no circo.

— Eu não aguento mais — começou Levinse. — Até quando nós vamos ficar arriscando nossas vidas nesses quartos malucos? Até agora não entendo o porquê de ter a droga de uma placa escrito "saída" em cada uma dessas portas — gritou ele.

— Levinse, se acalme — disse Briana, encostada na porta que acabou de fechar.

Ele olhou para ela e depois para o chão. Sentiu-se envergonhado por ter feito aquilo e caminhou até as escadas, desviando-se de alguns espíritos que vagavam. Olhou para onde deveria estar a porta e se lembrou de Mike, o que fez com que seus olhos se enchessem de lágrimas. Era quase impossível permanecer daquele jeito, fingindo ser durão quando o seu melhor amigo morreu por sua culpa.

"E se um dia eu sair daqui, o que vou falar para os pais dele? Vou falar que ele morreu em uma casa assombrada? Isso é ridículo!", pensou ele, dando um chute no corrimão da escada. Ao fazer isso, todos os espíritos olharam para ele.

— Não olhem para mim, a escolha foi minha — disse ele, ouvindo os passos de Briana.

— Você está bem? — perguntou ela, aproximando-se.

Levinse enxugou os olhos de um modo que ela não visse.

— Sim. Só perdi o controle, essa casa faz isso com a gente — disse ele, percebendo o que fez.

"Até parece que moro aqui", pensou Levinse.

— Melhor continuar, pois temos muito ainda pela frente — continuou ele, com cara de desânimo, olhando para o corredor.

Briana concordou balançando a cabeça, o rosto exalando tristeza, e foi com ele até a porta de número 9. Os dois ficaram lá parados olhando para a porta antes de Briana começar a falar.

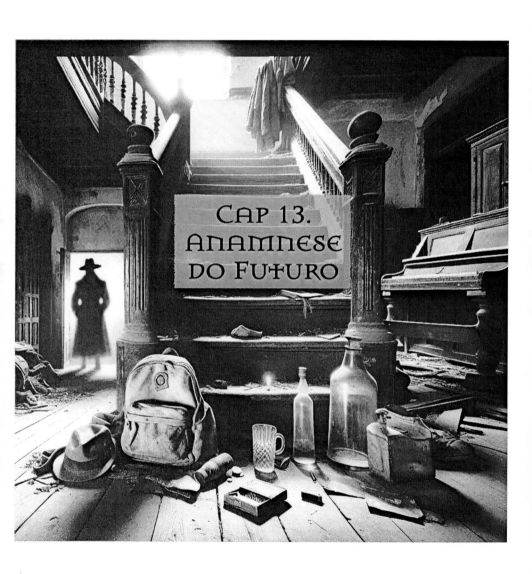

CAPÍTULO 13

ANAMNESE DO FUTURO

— Espera aí, Levinse! — disse ela, dando meia volta e caminhando até a locomotiva que apontava para fora da parede.

— Aonde você vai? — perguntou Levinse, indo atrás dela.

Briana escalou algumas pedras e se agarrou em uma janelinha da cabine do trem, tirou a mochila e entregou para Levinse.

— Tira o livro e os salgadinhos daí. — disse ela.

Levinse, ainda sem entender o que ela estava fazendo, retirou o livro, os salgadinhos e uma garrafa quase vazia de água, devolvendo a bolsa para ela, que subiu entre as fendas de onde se via uma cidade muito estranha do outro lado.

— Não vem, fica aí. Eu já volto! — gritou ela, antes de desaparecer.

Levinse, por outro lado, ficou preocupado e subiu até conseguir se agarrar na janelinha da cabine do trem. Ele apoiou outro braço na parede e olhou pelos buracos tentando ver aonde ela estava indo, mas ela já tinha desaparecido. Olhando para a cidade, viu que enormes baleias nadavam no céu e a manada de zebras olhava fixamente para elas, como se estivessem hipnotizadas. Enquanto isso, um leão enorme arrancava pedaços de uma das zebras. Um homem coberto de abelhas caminhava tranquilo, enquanto lia um jornal que se esfarelava. De repente, passou correndo um astronauta montado em um cavalo com uma galhada enorme na cabeça, até que um tipo de coruja atravessou um dos buracos e fez com que Levinse caísse de costas no corredor.

— Que loucura! — disse ele, levantando-se. — Espero que ela esteja bem.

Levinse se sentou escorado do outro lado do corredor, de uma forma que ficasse de frente para a locomotiva. Pegou um dos dois pacotes de salgadinhos e começou a comer, enquanto abria o livro. Não entendia nada do que estava ali. Ele viu desenhos estranhos e uma escrita quase ilegível,

163

já em outra página viu um tipo de criatura muito esquelética: existia um crânio de alguma animal chifrudo no lugar da cabeça. Levinse folheou mais um pouco e viu onde estavam as páginas que foram arrancadas.

— Então é isso! O que será que vamos encontrar nelas? — disse baixinho.

Quando enfiou a mão no pacote de salgadinho, já estava vazio. Resolveu deixar o outro pacote para Briana, caso ela sentisse fome. Levinse se levantou, bateu a mão na roupa tirando os farelos, olhou novamente para as fendas que davam acesso à cidade e caminhou até as escadas. Já fazia uns quinze minutos que ela entrou no quarto, e Levinse realmente estava preocupado.

Chegando nas escadas, Levinse percebeu que a quantidade de espíritos havia diminuído, mas o velho suicida ainda estava lá, apontando a arma para ele. Decidindo ignorar sua presença, o garoto desceu as escadas e adentrou o salão, onde avistou um piano antigo em um canto. Sentou-se diante do instrumento e tentou tocar uma melodia, mas ao pressionar uma tecla, a casa estremeceu e as entidades desapareceram por completo.

Observando perplexo o que acontecia, Levinse experimentou pressionar outra tecla, e o salão começou a se autorreformar, restaurando-se completamente. O buraco no teto se fechou, o lustre voltou ao lugar e as escadas danificadas recuperaram sua integridade. A poeira e os detritos que antes poluíam o ambiente desapareceram em um redemoinho. A casa voltou à sua aparência original, sem os sinais do tempo e da deterioração.

Um pensamento inquietante surgiu na mente de Levinse, fazendo-o se levantar apressadamente e correr de volta para o corredor. Para sua surpresa, a locomotiva havia desaparecido, deixando para trás apenas uma porta impecável com o número 4, indicando o quarto por onde Briana havia entrado. Ao lado, permaneciam o livro velho, os pacotes de salgadinho e a garrafa de água quase vazia.

Um calafrio percorreu a espinha de Levinse quando tentou abrir a porta e percebeu que estava trancada. O medo do que poderia ter acontecido com Briana tomou conta dele, relembrando o terrível destino de Mike no primeiro quarto. A incerteza e a angústia o dominavam enquanto se perguntava o que faria se algo semelhante acontecesse com ela.

Contemplando a porta do quarto número 6, que nunca havia sido aberta, Levinse se recordou do encontro com a porta na floresta, associando-a a um presídio. Decidido, ele se encaminhou pelo corredor em direção à porta de número 118. Ao abri-la, deparou-se com um castelo majestoso, destacando-se na montanha ao lado de um lago. O crepúsculo se aproximava, tingindo o céu com tonalidades alaranjadas, enquanto a estrada se estendia até a imponente construção.

Antes que pudesse explorar mais, um estrondo ecoou pela casa, fazendo com que uma poeira do teto caísse. Levinse voltou-se para o corredor e avistou a ponta de uma locomotiva, quase tocando a parede oposta. De dentro da cabine, emergiu um vulto branco, revelando-se como Briana. Levinse correu em sua direção, preocupado com a expressão de raiva estampada em seu rosto.

— O que você fez? — questionou Briana, colocando uma mochila pesada no chão.

— Eu... eu mexi em um piano — respondeu Levinse, gaguejando devido à falta de ar pela corrida.

— Piano? Que piano? — indagou ela, visivelmente confusa.

— Vem comigo e eu te mostro.

Os dois desceram até o salão, e Briana ficou surpresa ao ver o local completamente limpo e restaurado.

— O que aconteceu aqui? — indagou ela, tocando no corrimão das escadas.

— Lá embaixo, no canto, tem um piano. Eu apertei duas teclas e o lugar começou a se consertar sozinho. Mas e você? Como... — Levinse foi interrompido por Briana, que o abraçou apertado.

— Nunca mais me deixe fazer essas loucuras, está bem? Quase não consegui voltar... Vem aqui, fui buscar algo para você.

Levinse ficou surpreso com sua atitude e a seguiu até os destroços, de onde Briana retirou uma garrafa de conhaque, um energético e uma pequena caixa.

— Aqui, abre para mim. — disse ela, entregando a garrafa a Levinse.

— Conhaque, Bri? Sério? — comentou ele, examinando a garrafa.

— O que foi? Você não quer? Pensei que faria bem tomar um pouco, você estava parecendo muito triste — explicou ela, pegando duas latinhas de energético e guardando a caixa em um dos bolsos da blusa.

— Na verdade, não seria uma má ideia. Vamos sentar nas escadas.

Antes de se sentar, Levinse pegou a garrafa de água e deu para Briana, que a devolveu após beber. Ele então encheu metade da garrafa com conhaque e a outra metade com energético. Sentados nos degraus, Levinse acendeu um cigarro e começou a fumar, alternando entre tragos e goles da bebida.

— E você conseguiu encontrar tudo isso aqui? — indagou ele, passando a garrafa para Briana.

— Fui direto para aquele mercadinho que vimos antes. Vi as garrafas no fundo e peguei — respondeu Briana, dando um gole na bebida. — Quando estava mal com a minha família, costumava pegar uns trocados na bolsa da minha mãe, ia até a venda perto de casa, comprava uma garrafinha de bebida e saía por aí caminhando e bebendo. Foi assim que encontrei este lugar.

— Você não parece ser alcoólatra — observou Levinse.

— Porque não sou, Levinse — respondeu ela, sorrindo e passando a garrafa de volta para ele.

— É complicado, sabia? Eu e o Mike éramos mais que amigos, ele era meu irmão — confessou Levinse, dando uma tragada no cigarro. — Eu me sinto culpado pelo que aconteceu — acrescentou, soltando a fumaça.

— Mas não foi culpa sua, foi? — questionou Briana.

Levinse deu um gole na bebida antes de responder.

— Foi sim, eu que obriguei ele a vir aqui.

— Então não tem muito o que dizer, só acho que você vai carregar essa culpa para sempre.

Levinse olhou para ela e baixou a cabeça logo em seguida. De certa forma, ela estava muito correta no que disse, e aquilo o preocupava muito.

— Se eu pudesse voltar no tempo, sabe? — falou ele, dando mais um gole e passando para Briana. — Com certeza eu não entraria aqui e ele estaria vivo agora.

— Se você voltasse no tempo e não aparecesse aqui, talvez eu não estivesse viva.

— Então eu matei uma pessoa para salvar outra, não me parece muito justo.

— Acho que a vida nunca foi justa com nada — respondeu ela, dando outro gole. — Me dá um cigarro, quando eu bebo me dá vontade de fumar.

— Aqui — disse ele, entregando o cigarro. — Droga! Cadê o meu isqueiro? — ele procurou, mas só quando se levantou viu o isqueiro cair degrau por degrau e rolar até o salão. — Quer saber? Vem aqui.

Levinse, que estava com metade de um cigarro na boca, aproximou-se de Briana, que estava com um inteiro. A ponta do cigarro aceso se encontrou com a ponta do outro. Briana deu algumas tragadas e o cigarro dela se acendeu.

— Legal — disse ela, sorrindo. — Será que se a gente sair daqui, vamos sair na mesma cidade?

— Sabe que eu não tinha pensado nisso? Eu sou de Averlines, e você?

— Averlines? — repetiu ela, pensativa. — E a cidade é grande?

— Enorme. Na verdade, eu moro em uma vila distante da cidade, chamada Vila Nastri.

— Sei. Eu também sou de Averlines, moro perto do centro. Não lembro o nome do bairro, faz pouco tempo que me mudei para lá.

— Hum... está quase acabando. Quer deixar o resto da garrafa e a outra latinha para depois?

— Pode ser — disse ela, quase se jogando para cima de Levinse. — Tirando essa casa e toda essa situação, você foi bem legal comigo.

Levinse não respondeu, estava escorado com seu queixo na cabeça dela. Ele estava muito preocupado, pensava em tudo que tinha acontecido em todas aquelas portas, lembrou que deixou a porta número 118 aberta, mas logo pensou em Necromancer. Lembrou-se do machado e do quarto prisão, lembrou dos desmaios, lembrou também de como era lá fora, na sua casa e na sua mãe. Ela o questionava que já estava na hora de arrumar um trabalho de verdade, e não ficar na loja do Sr. Eillo, dizia também que quando finalmente acabassem os estudos, tinha que fazer uma faculdade, já que ele se atrasou tanto com vários anos perdidos. Levinse sentiu falta de sua mãe.

— O que foi, Le? — questionou Briana, olhando para cima.

— Estou me sentindo extremamente derrotado.

— Mas a luta nem começou, Levinse. Olha, eu sei que está difícil, sei que este lugar está quase deixando a gente louco, mas não vai adiantar nada perder a cabeça. Levinse, as coisas são assim. As pessoas aparecem e desaparecem, ninguém foi feito para viver para sempre.

— Então o que eu devo fazer para superar isso? Tentar ser forte não está adiantando.

Briana se levantou e segurou suas mãos.

— Você chora.

Quando ele ouviu aquilo, as lágrimas saíram dos seus olhos com força. Não era só pelo Mike, parecia que sua vida toda estava em lágrimas. As coisas não eram tão simples para ele lá fora também. Ele gostava de se arriscar pelo simples fato de que aquilo o fazia se sentir vivo. Sentia que todas as vezes que ele fora chamado de aberração ou de estranho se tornavam apenas palavras vazias, e que na verdade ele também tinha sentimentos. O fato de subir em um guindaste ou de arrombar casas era, de alguma forma, uma tentativa de chamar atenção. Aquele mesmo sentimento mostrava isso. Briana o abraçou forte e começou a chorar em seguida.

Ela disse para ele uma coisa que sempre quis que alguém falasse para ela. Era estranho aquilo, sentir aquilo... a verdade é que ela nunca sentiu tanto afeto por ninguém como sentia por ele.

— Tudo bem, Levinse. Tudo bem.

Depois de longos dez minutos, Levinse se recuperou, desceu as escadas para pegar seu isqueiro e voltou ao encontro de Briana, que arrumava as coisas na bolsa.

— Vamos, estou melhor agora.

Eles caminharam até a porta de número 3, passaram com dificuldade pela locomotiva e foram até a porta de número 9. Levinse viu que a porta que ele abrira lá na frente do corredor realmente ficara aberta, então correu até ela, deu uma boa olhada e a fechou. Ele voltou andando até Briana, que parecia querer falar alguma coisa:

— O que você foi fazer?

— Eu deixei aquela porta aberta, achei melhor fechar.

— Levinse, por que a gente não abre outra porta? Uma lá na frente, tipo a porta 1.000 ou a 500?

— Olha ali — apontou ele para uma plaquinha acima do número 9. — Está escrito "saída". E se uma dessas portas realmente for a saída? E se essa for a saída e a gente não precisa entrar nela?

— Certo, mas você falou que deixou aquela porta aberta. Você viu o que tinha lá?

— Hum... na verdade, eu vi.

— Então abre essa e não entramos, vamos só ver.

Levinse abriu a porta, mas não viu nada, pois estava tudo escuro.

— Acho que devemos entrar para ver — disse ele.

— Acho que devemos analisar melhor esse nosso método de explorar os quartos, mas vamos — respondeu ela, entrando logo em seguida.

Depois de alguns passos, o lugar se iluminou completamente. O quarto por onde entraram era gigantesco e ao mesmo tempo natural, talvez porque tanto ele como ela já haviam visitado algo parecido. Logo de frente para a porta sem paredes viam-se duas escadas rolantes, entre elas havia um elevador de vidro e no centro havia uma fonte em formato de árvore, de onde saía um jorro de água de alguns galhos. Também era notável a quantidade de bancos espalhados no local, muitas lojas e placas de cores vivas e chamativas coloriam o lugar.

Ouviu-se um baque e a porta se fechou atrás deles. Briana novamente tentou abrir, mas foi sem sucesso.

— É impressão minha ou estamos em um shopping? — perguntou ela, fingindo desentender.

— Parece que sim — respondeu Levinse, um pouco pensativo.

Ele observou ao redor e viu que realmente era um shopping. Levinse pensou em procurar sua entrada, pois assim poderiam sair, se fosse possível. Logo olhou atrás da porta de número 9 e estava lá a entrada daquele aglomerado de lojas. Ele se aproximou até as quatro portas de vidros e tentou enxergar o que tinha além da vidraça. O estranho é que não havia nada além da porta, mas ele podia ver claramente alguns pontos brilhosos espalhado sobre a escuridão além da porta. Apenas aquilo: a escuridão e infelizmente mais nada.

Levinse caminhou até perto de Briana, ciente e não muito surpreso de que aquilo era mais um quarto da casa. O lugar - ao contrário do circo - estava deserto, não se via um vulto perambulante. Algo anormal até mesmo para a casa, já que o shopping estava em perfeito estado e com suas lojas muito chamativas. Levinse olhou para uma delas e viu alguns perfumes, olhou para outra e viu vários objetos de coleções. Ele desejou ir lá dar uma olhada depois. Briana ainda estava surpresa com o quarto, mas ela até gostou, pois ali ela poderia achar o que precisava: um banho, roupas novas, curativos para o seu pulso e comida, pois estava com muita fome.

— Levinse, podemos usar esse lugar — disse ela, dando alguns passos para frente.

— Percebi isso — disse ele, voltando para a porta de número 9.

— Aonde você vai? — perguntou ela, com curiosidade.

— Depois da porta 7, eu quero ter certeza de que essa também não ficou aberta — falou Levinse, forçando a maçaneta para reabrir a porta.

— Eu já tentei.

A porta não abriu e ele não insistiu, pois só queria ter certeza se essa seria como a outra. Voltou ao encontro de Briana e juntos caminharam até a fonte. Eles se sentaram na mureta em volta e ficaram por lá, pensativos e agradecidos por poderem descansar. Briana colocou sua mão sobre a água, gelada e agradável, e afundou até cobrir seu pulso machucado. Deu para ver a cor avermelhada do seu pulso ir desaparecendo e revelar o pequeno corte pouco profundo.

Levinse caminhou até o outro lado olhando tudo, voltou-se para a fonte, fez um formato de concha com a mão e pegou um pouco de água para beber. Só reparou depois que Briana lavava o pulso cheio de sangue na mesma água, mas nem ligava se o sangue dela sujava o que estava bebendo. Ele já havia passado por tanto que se preocupar com aquilo seria insignificante. Logo depois afundou sua mão em um dos bolsos de sua jaqueta e pegou um maço judiado de cigarro e o isqueiro, mas na hora de acender se descuidou, fazendo com que caísse dentro da fonte.

— Droga! — resmungou Levinse, com um cigarro na boca, olhando para o isqueiro dentro da água. — Maldição, maldição, maldição! Eu queria fumar.

— Deve ter algum isqueiro em alguma dessas lojas — sugeriu Briana, com calma.

— Com certeza, acho que sei onde pode ter — disse Levinse, dirigindo-se à loja de colecionadores.

Enquanto isso, Briana permaneceu sentada, deslizando sua mão sobre a água gelada da fonte. Ela avistou o isqueiro de Levinse ao fundo, ajoelhou-se e o recuperou. O isqueiro estava encharcado, então ela o enxugou em sua blusa e tentou acendê-lo, sem sucesso.

Enquanto Briana lidava com o isqueiro, Levinse explorava a loja de colecionadores. Na porta de vidro lia-se "Loja de Penhores e Colecionadores Ocultos". Sentiu-se ainda mais atraído pelo mistério que envolvia o local. Ao entrar, deparou-se com uma variedade incrível de objetos, desde jogos eletrônicos a livros antigos e desgastados. Uma prateleira exibia esferas de cristal, enquanto atrás do balcão havia um pote de vidro cheio de unhas amareladas. Ao lado, três réplicas de cabeças encolhidas chamaram sua atenção, acompanhadas de um folheto explicativo. Na escrivaninha ao lado, uma fileira de anéis de vampiros capturou seu olhar, logo abaixo, uma fileira de isqueiros peculiares chamou sua atenção. Um deles, em especial, parecia uma pulseira de prata com detalhes dourados, com um pequeno orifício no centro para acender o fogo. Ele o pegou e acendeu seu cigarro.

Enquanto Levinse explorava a loja, Briana aguardava ansiosamente por sua volta. Ela olhava frequentemente para a porta de vidro aberta da loja, preocupada com o tempo que ele estava demorando. Quando finalmente o viu retornar, expressou alívio.

— Levinse, anda logo! — exclamou Briana, em alto tom.

Ele sorriu antes de se juntar a ela, entregando-lhe o isqueiro e o anel que havia encontrado.

— Eu peguei isso para você. Não sei se vai gostar, mas achei que sim — disse Levinse, entregando o anel a Briana, que sorriu em resposta.

— É uma aliança? — perguntou ela, surpresa.

— Não, é apenas um presente — respondeu Levinse, um pouco envergonhado.

Briana tirou uma caixinha do bolso e a abriu, revelando dois anéis.

— Não vou me ajoelhar aqui porque isso é seu trabalho — brincou ela.

Levinse corou diante do gesto, observando enquanto Briana colocava um dos anéis no dedo. Em seguida, ela explicou que o anel mudava de cor de acordo com o humor, mas que não se lembrava qual cor correspondia a cada sentimento.

— Devia ter pego um para mim — comentou Levinse, jogando o resto do cigarro na fonte.

— Se quiser, podemos voltar — ofereceu Briana.

Decidindo acompanhá-la, Levinse seguiu Briana em direção à farmácia. Enquanto caminhavam, observavam as lojas ao redor, passando por uma variedade de estabelecimentos. Briana parou em frente a uma loja de eletrônicos, demonstrando interesse nos aparelhos expostos. Logo, encontraram a porta de vidro de uma farmácia, e Briana entrou para procurar o que precisava, enquanto Levinse aproveitava para se pesar em uma balança próxima.

— Aqui, Levinse! Comprimido para dor de cabeça — disse Briana, apontando para um pote vermelho.

Ele se aproximou e pegou uma cartela cujo nome era Somedor. Surgiu em sua mente um pensamento preocupante, então mirou Briana, que estava examinando uma pastilha.

— Bri, será que é seguro usar esses remédios? Quero dizer, estamos dentro dessa casa ainda, e ela vem tentando nos matar...

— Se fosse assim, os salgadinhos e esse seu cigarro já teria nos matado — disse ela, aproximando-se com uma faixa na mão.

— Apoiado — concordou Levinse, levando um comprimido à boca.

Ela tinha razão, pois tanto os salgados como o cigarro foram pegos em um dos quartos da casa. Apesar de estranhos, ambos não fizeram mal algum, então o remédio também não iria fazer.

Eles saíram da farmácia e se sentaram em um dos bancos que havia espalhados pelo shopping. Briana pediu para Levinse enfaixar o seu pulso machucado. Ela olhava para a pedra do anel enquanto ele cuidava do enfaixamento.

— Olha, está azul-escuro — disse pensativa.

— E o que significa? — perguntou Levinse segurando um pedaço de esparadrapo na boca.

— Não lembro.

Estava tudo indo bem. Levinse olhou para ela com desejo, relembrou daquele momento na floresta. Era estranho pensar em seu relacionamento com ela, pois uma vez que entrou na casa e perdeu seu melhor amigo, não era nada esperado encontrar uma garota como ela correndo em um dos quartos.

Por mais estranho que parecesse, sentia um certo carinho por Briana. Era algo complexo demais para se queixar, e nesse momento não podia mais se conter. Ele parou de manusear a faixa e tocou seu rosto. Ela olhou para ele meio assustada, mas logo retribuiu o sorriso. Ele se aproximou dela com cuidado e iniciou um beijo molhado, ele sentia algo intenso sobre ela, não sabia ao certo o que era, mas não queria parar de beijá-la.

Algo molhado e salgado tocou seu paladar: era Briana chorando de novo. Ela se afastou dele com cuidado e enxugou seus olhos.

— Desculpe — disse ela, engolindo o choro.

— Não, tudo bem. Algum problema? — perguntou Levinse, meio atrapalhado.

— É que... eu não sei o que estou sentindo agora, não me leve a mal. Eu gosto muito de você.

— Bri, eu não posso impedir você de sentir medo — começou Levinse, que já esperava por isso. — Ainda mais de mim. Eu sei que são estranhas essas coisas que me acontecem, mas por outro lado, isso tem nos ajudado. Eu jamais machucaria você — disse ele, agora terminando de enfaixar o pulso dela.

— Eu não tenho medo de você, só disse aquilo porque parei de te beijar de repente — explicou Briana.

— Entendo, mas por que você está chorando? — perguntou ele, tentando voltar ao assunto.

Ela ficou quieta, olhando para o chão e mexendo no anel, que estava mudando para cinza-azulado, quase a cor dos seus olhos.

— Medo. Eu tenho medo de ficar aqui para sempre — disse ela, com os olhos cheios de lágrimas.

Um barulho interrompeu a conversa dos dois. De imediato, olharam para cima esperando ouvir outra vez, mas, de repente, a porta de uma das lojas se abriu vagarosamente. Briana ficou assustada e se levantou. Levinse continuou sentado olhando para a porta aberta, já esperando algo de ruim acontecer, mas alguns minutos se passaram e mais nada ocorreu. Os dois continuaram quietos, mas em alerta.

— Esse lugar só pode ser como os outros — disse Levinse, levantando-se.

— Como assim? — perguntou Briana, já prevendo a resposta.

— Com certeza vai acontecer alguma coisa aqui. É melhor nos apressarmos, pegar algumas coisas e procurar a porta.

Os dois logo se afastaram da fonte, agora sem o som reconfortante da água, apenas os passos apressados de duas pessoas assustadas ecoavam pelo espaço, carregando consigo um grande problema: como escapar daquele quarto?

Levinse sabia que cedo ou tarde iria descobrir. Havia algo estranho em sua mente, algo que sempre lhe indicava o caminho certo. Não conseguia identificar o que era, mas a cada quarto que entrava, um arrepio subia em suas costas e seu estômago se apertava. Uma mistura de fé e lembranças distorcidas o assombrava, como se desejasse voltar no tempo e fazer tudo diferente.

Os dois pararam de caminhar, observando uma loja de doces e salgados com um nome simples e chamativo: "Gostosuras Fantásticas".

Briana respirava fundo, claramente desanimada. Ela olhou para Levinse, como se quisesse dizer algo, mas se calou e fixou o olhar em seus próprios pés.

— O que foi? — perguntou Levinse, percebendo o desânimo da garota.

— Eu não devia ter saído de casa — confessou Briana, com o olhar fixo na porta da loja.

— Não se culpe, Bri. Você fez o que achou certo. — Tentou confortá-la.

— Não sei se abandonar minha família foi o certo — continuou Briana, agora fitando o chão. — Deveria ter ficado com minha mãe, deveria ter convencido ela. Sinto que sou o problema — concluiu com um olhar depressivo, semelhante ao das pessoas do circo.

— Às vezes, o destino nos prega peças — começou Levinse, pensativo, enquanto acendia um cigarro. — Nem tudo que dá errado é culpa nossa. Às vezes, simplesmente acontece — disse ele, expelindo uma nuvem de fumaça.

Briana olhou pensativa para ele. *"Talvez ele tenha razão. Eu avisei para ela não trazer aquele ogro para casa"*, pensou, sentindo-se um pouco melhor.

Levinse abriu a porta da loja, enquanto Briana observava. Ainda ecoava em sua mente as palavras dele. *"Ele está certo"*, pensou Briana. Só voltou à realidade quando ele pediu sua ajuda para carregar os doces e salgados, enquanto seus olhos lacrimejavam devido à fumaça do cigarro.

Briana encheu a mochila e, em seguida, sentou-se encostando-se em uma prateleira de amendoins de todos os sabores, pegando um de "pimenta vermelha", sem nem perceber, e começando a comer.

— Devo admitir que estou um pouco cansado — disse Levinse, espreguiçando-se.

— Também estou um pouco. Ai, ai! Está queimando! — exclamou Briana, com a boca aberta, mostrando um punhado de amendoim mastigado.

Levinse começou a rir da expressão de Briana.

— Pare de rir! — pediu ela, com dificuldades.

— Desculpe — disse ele, correndo para pegar alguma coisa para ela beber. — Aqui, tome.

Briana engoliu uma lata de refrigerante rapidamente, soltando em seguida um arroto alto. Levinse sentou-se ao seu lado, ainda sorrindo, e pegou o amendoim que ela jogou para o lado, começando a comer.

— Essa foi boa — comentou ele, com um sorriso no rosto.

— Não sei como você consegue comer isso — disse ela, com indiferença.

Eles já se preparavam para sair da "Gostosuras Fantásticas", mastigando chicletes de hortelã, decididos a procurar a sala de jogos enquanto não encontravam a saída.

O susto veio quando as portas de todas as lojas se abriram, mas o silêncio persistia. Os dois se entreolharam, aguardando que um deles tomasse alguma atitude. Foi então que um pedaço da tinta do teto se descolou, transformando-se em brasa antes de desaparecer. Logo em seguida, estalos começaram a ecoar.

"*É agora. Está começando*", pensou Levinse.

Sua intuição estava correta. O shopping se transformava a cada segundo, tornando-se cada vez mais infernal e angustiante. O chão rachou, revelando algo semelhante a ferrugem, e as lojas explodiam uma a uma, espalhando cacos de vidro e objetos por todo lado. Levinse e Briana correram em direção à fonte, mas lá encontraram um elevador descendo do segundo andar. O vidro estava trincado e sujo, com marcas vermelhas escorrendo. Dentro dele, uma criatura horrenda: uma espécie de homem com chifres, boca triangular, nariz pontudo e uma segunda cabeça quase humana saindo de onde deveria ser seu órgão sexual. As pernas peludas e os joelhos invertidos davam à criatura uma aparência grotesca e ameaçadora.

Não era nada bonito de se ver. Os dois estavam em estado de choque, observando aquele elevador descer a cada segundo, sem perceberem o quanto o lugar havia mudado ao redor deles. Estava tudo muito sujo e empoeirado, com tantos buracos no chão que era possível ver partes da encanação. As lojas estavam em ruínas, com artefatos espalhados por toda parte. O teto parecia ter pegado fogo, e através das rachaduras podia-se ver uma luz vermelho-alaranjada, dando a sensação de que estavam cercados por brasas.

Um barulho diferente ecoou pelo ambiente, além dos estalos e gemidos da criatura que descia no elevador. Briana virou-se para trás e deparou-se com uma fonte jorrando torrentes de sangue morno e fétido. O elevador bateu no chão, e Briana, num sobressalto, apertou com força o braço de Levinse.

— O que vamos fazer? — perguntou ela, desesperada.

Ele não respondeu de imediato, o que fez os cinco segundos seguintes parecerem uma eternidade. Briana virou-se novamente para ele, repetindo a pergunta. Para seu assombro, encontrou dois enormes olhos negros, com uma minúscula nuvem branca em seu centro, encarando-a. Levinse parecia bobo, com a boca semiaberta e os olhos arregalados, fitando a criatura que batia com toda força no vidro do elevador.

Briana não sabia o que fazer, então olhou ao redor, procurando pensar em algo inteligente, mas nada vinha à mente. Foi quando algo ainda mais estranho aconteceu: o sangue que jorrava da fonte parecia ganhar vida, e pequenas linhas começaram a subir sobre a mureta. Ela deu dois passos para trás e observou, atônita, tudo acontecer.

Em menos de um minuto, o sangue já estava alcançando os tornozelos de Levinse. Ele permanecia imóvel, como em transe, observando a criatura se debater e rugir com ferocidade.

— Por favor, Levinse... não me deixe agora. Não agora, Levinse! — suplicou Briana, arrepiada.

Outro estrondo se fez ouvir. Os cacos de vidro passaram a centímetros de seu rosto, seus cabelos grisalhos se agitaram, suas pernas fraquejaram e, antes que pudesse pensar em qualquer coisa, estava a meio metro do chão, lutando para respirar. A criatura apertava seu pescoço com tanta violência que ela já podia sentir o gosto da morte.

Era horrível tentar engolir a saliva, sentindo algo parecido com um cacto lutando para descer por seu esôfago. De repente, ela sentiu como se voasse a milhares de quilômetros por segundo. Mas então, ouviu-se uma batida: salgadinhos, doces e latinhas de refrigerante se espalharam pelo chão. A dor chegou sem aviso, trazendo consigo a agonia e a ânsia de gritar. Não havia ar em seus pulmões, e a última visão que teve foi de Levinse parado e olhando para o vazio.

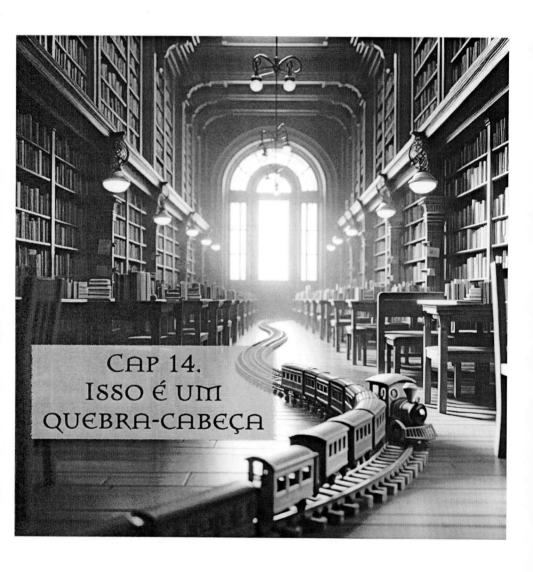

CAPÍTULO 14

ISSO É UM QUEBRA-CABEÇA

Levinse observou vários objetos em cima de uma mesa de ferro, perguntando-se qual deles usaria dessa vez. Pouco à frente, encontrava-se um corpo sobre uma mesa enferrujada, coberto por um lençol encardido e seboso. Por vezes, observava a pequena sala onde estava, um lugar completamente imundo e em ruínas, iluminado por um LED que, a cada faísca, apagava-se e reacendia segundos depois. Enfim, agarrou uma marreta e caminhou até o corpo, pegou o lençol sem sentir nojo e, quando ia retirá-lo de cima do corpo, ouviu uma voz.

— É linda, não é? — perguntou uma voz rouca e grave.

— Quem? — começou Levinse, segurando o pano e olhando para baixo. — Quem é você?

Houve um minuto de silêncio, só se ouvia uma respiração lenta e fatigada. Logo, de um canto escuro, saiu Necromancer, limpando suas mãos em um pano velho e imundo. Levinse não se assustou, apenas o encarou com desdém, como se fosse um amigo de trabalho que sempre o perturbava.

— Está quase lá, Levinse. Logo vai entender esse quebra-cabeça — disse o Necromancer.

— O que você quer dizer com isso? — perguntou Levinse.

— Abra seus olhos, seus verdadeiros olhos — disse o Necromancer, aproximando-se dele.

— Suponho que queira assistir você mesmo — disse Levinse, um tanto arrogante.

— Não seja tolo! Acorde! A hora chegará — foi tudo o que o Necromancer disse.

Sentiu algo molhado e morno subindo em suas pernas, seus dedos estavam rígidos e, com dificuldade, fez o ato de mexê-los. Mas algo congelou seu estômago, algo travou sua garganta, e mesmo com sua visão ainda embasada, não teve dúvida quando viu aquele elevador estilhaçado.

"*Briana*", pensou ele em desespero.

Viu tudo o que tinham pegado na loja espalhado pelo chão. Sua consciência já não o respondia como antes, seu medo sustentava a culpa, e a culpa alimentava o ódio. Ao encontrá-la, teve a sensação de que seu coração se recusava a bater. Não conseguia acreditar no que via. Lá estava Briana caída perto de uma parede, e uma criatura completamente insustentável se esforçava para chegar até ela.

Foi nesse momento que percebeu a gravidade da situação, entendendo talvez o que tinha acontecido e não querendo acreditar em sua ideia perturbadora de que teve uma visão. Em sua cabeça flutuava aquela imagem, quem estava naquela mesa, coberta por um lençol imundo, era ela, Briana.

"*Não! Eu não vou deixar isso acontecer!*", gritou ele em seu pensamento.

Seu corpo tremia assustadoramente. Dos seus olhos escorria alguma coisa preta e viscosa, mas antes que percebesse, estava ao lado da criatura com uma de suas mãos perfurando seu abdome. Não sentiu remorso, nem medo, apenas raiva e vontade de liquidar aquele ser asqueroso e nojento.

A criatura o olhava com horror. No meio de suas pernas, uma cabeça quase humana se contorcia aos gemidos pavorosos de medo, mas antes de Levinse retirar seu braço do corpo da criatura, aproximou-se do seu rosto, ficando centímetros dos olhos lacrimosos e quase sem vida da aberração. Com uma voz rouca e grave, ele disse:

— *Trux morietur.*

A criatura imediatamente entrou em estado de decomposição, não de uma forma normal e lenta, mas de um jeito completamente rápido, quase instantâneo, deixando apenas larvas sebosas em sua mão.

Estranhamente, todas as coisas foram voltando para seus devidos lugares. Os buracos no chão foram se tampando, as paredes, as lojas e o teto foram se reconstruindo, e tudo rapidamente voltou ao normal, mas Levinse ainda sentia algo apertar seu estômago, e a causa disso estava ali na sua frente, era Briana.

Ele limpou seus olhos com a manga da jaqueta, olhou assustado para o que tinha nela, mas deixou isso de lado e se agachou para ver Briana. Ela estava caída de bruços, novamente o sangue pintava seus cabelos de vermelho. Levinse foi até seu rosto e tentou ouvir algum sopro de vida; ela respirava, estava muito fraca, mas ainda respirava. Com cuidado, ele virou a garota, viu que o sangue escorria do seu nariz. Sem saber o que fazer, sentou-se ao lado dela e olhou para a fonte, que ainda jorrava sangue em vez de água. Levinse sentiu-se novamente sozinho, sem defesas para deter a angústia que o dominava.

Estava com tanta raiva de si mesmo. Como pode deixá-la se machucar daquele jeito? Por que teve que apagar logo naquele momento? Era por sua culpa que ela estava sangrando e talvez gravemente ferida. Contudo, não podia deixá-la naquele estado, tinha que fazer alguma coisa. Ao se virar para ela, seus olhos se encontraram. Ele ficou surpreso e tentou disfarçar, mas sem muito sucesso.

— Levinse — disse ela, com dificuldade.

Ele não conseguia responder, sentia tanta culpa que sua vontade era de se afastar dela, ficar sozinho e se torturar por sua falta de responsabilidade.

— Levinse — disse ela, agora se levantando. — Você está bem? Seus olhos, o que aconteceu? Uau... Como tudo se concertou?

— O que tem meus olhos? — perguntou Levinse.

Os dois se olharam por mais alguns segundos.

— Estão... bom, daquele jeito — respondeu Briana.

Sua raiva passou, trocando rapidamente para curiosidade, e por um momento sentiu as engrenagens de sua mente trabalhar. Inúmeros pensamentos vinham e iam. Olhou para suas mãos por um momento e então virou-se para ela e perguntou:

— Está sentindo dor em algum lugar do corpo?

— Não sei... meu rosto está doendo, acho que realmente dei de cara na parede — disse ela, tocando os dedos no sangue que ainda escorria pelo nariz.

— Só o rosto? Você tem certeza? — perguntou Levinse ao se levantar. — Vem, tente se erguer.

Levinse a ajudou a se levantar, ainda estava preocupado com seu estado, queria verificar se ela realmente estava bem antes de fazer perguntas e tentar adquirir mais peças para o enorme quebra-cabeça que montava em sua mente.

Ela se levantou e estalou alguns ossos, não parecia gravemente machucada, apesar do seu nariz parecer quebrado.

— Hum... acho que estou bem, tirando algumas dores no rosto — disse ela, estalando o pescoço.

— Vem aqui — Briana se aproximou dele com uma certa preocupação no olhar. — Vai doer um pouquinho.

Ouviu-se um estralo seguido por um gritinho de dor e mais sangue escorreu sobre o rosto de Briana.

— O que você fez? — perguntou ela, colocando a mão sobre o nariz.

— Espera, tira a mão. — Levinse se abaixou um tanto para dar uma olhada. — Acho que acabei de pôr seu nariz no lugar.

— Que droga, Levinse! — disse ela, em um tom irritado.

Briana fixou seus olhos nos dele, era difícil não perceber aquele olhar escuro e distante. Ele fez um gesto com os ombros e deu um sorriso, e ela retribuiu.

Ele desistiu de fazer as perguntas, pois ao repassar o ocorrido em sua mente, conseguiu deduzir com clareza o que aconteceu. Era até simples: ele apagou, e aquela coisa do elevador foi atrás dela. A única coisa que não entendia e para a qual não conseguia achar respostas era o porquê de tudo naquela casa querer matar Briana.

Outra coisa que também achava estranho era o modo como ele matou a criatura. Realmente não era normal, lembrava-se claramente do sonho que teve e do Necromancer chegando cada vez mais perto, das vozes dizendo "*trux morietur*" inúmeras vezes. Por qual motivo ele falou aquilo e por que deu certo?

Percebeu que quem devia explicações do que aconteceu era ele, e não ela. Então a ajudou a pegar todas as coisas que caíram na mochila e quando terminou, foi até ela.

— Bri, desculpe por deixar isso acontecer — começou Levinse.

— Bobagem, Levinse. Aquela coisa era horrível, poderia ter nos matado. — Briana foi parando de falar e jogou um olhar desconfiado para Levinse. — Levinse, onde está ele? Como tudo voltou ao normal? E afinal, por que os seus olhos ainda estão negros?

Parecia que a ficha dela havia caído agora, tudo aconteceu tão rápido que foi difícil digerir. Talvez o fato de ela ter batido com a cabeça na parede a tenha deixado avoada por um momento, mas agora recuperava seus sentidos e sua capacidade de perceber que perdeu uma parte importante da história.

— Na verdade, aconteceu uma coisa comigo.

Levinse contou-lhe toda a história, desde a parte em que estava dentro de um pequeno quarto com Necromancer, até quando regressou à realidade e fez algo realmente fora do normal acontecer. Ao terminar, viu que Briana o olhava com preocupação. Ele sabia que ela ficaria desse jeito e não tentou tirar sua razão.

— Sabe, Levinse, é nesse tipo de coisa que me recuso a acreditar — disse ela, ainda mantendo a preocupação no olhar.

Mal sabia ele que Briana estava sentindo muito medo de caminhar ao seu lado, de que, em sua mente, o quebra-cabeça estava completo e formava uma imagem horrível e sem um final feliz.

— Bom, acho que devemos subir as escadas — disse ele, tentando trazer de volta o foco de achar a porta.

— Eu concordo com você — disse ela, limpando um pouquinho de sangue que escorria do seu nariz.

Os dois subiram a escada rolante, que no momento não funcionava, mesmo estando completamente intacta, como o resto do local. Levinse pegou seu maço, acendeu um cigarro e sentiu a fumaça sair pelas suas narinas, trazendo-lhe conforto e uma paciência divina. A única coisa que desejava era um belo copo de café.

Ao chegarem no segundo andar, depararam-se com um enorme espelho em forma de prisma que ia do chão ao teto ou vice-versa. Levinse se assustou com o que refletia: viu-se pela primeira vez com olhos completamente negros, com uma faísca branca pouco grossa que se estendia entre as bordas. Aquilo lhe dava calafrios, só parou de fuzilar seu reflexo quando ouviu a voz de Briana.

— Queria tirar essa roupa ensanguentada — disse ela, olhando para sua cópia no espelho.

Levinse não disse nada, apenas a observou com curiosidade, imaginando se, nessa altura do campeonato, o relacionamento entre os dois poderia ser chamado de namoro. Foi quando algo estranho se moveu no chão ao lado de Briana. Levinse correu para ver o que era.

— O que foi? — perguntou ela, sem entender.

— Um trenzinho — disse Levinse, colocando o cigarro na boca.

— Como assim? — questionou Briana, aproximando-se de Levinse.

— Aqueles de brinquedo — respondeu ele.

No chão ao lado da parede, encontrava-se um caminho feito de trilhos de brinquedo. Ele seguia para um corredor à esquerda e terminava dentro de uma loja onde um trenzinho acabara de entrar. Levinse jogou fora o resto do cigarro e foi em direção à loja, virou-se para trás para ver se Briana o acompanhava, logo ela vinha ao seu encontro.

— Ei, Levinse.

— Sim? — perguntou Levinse, virando-se para ela.

— Posso trocar essa roupa antes? Quero dizer, essa está grudenta e toda suja de sangue — disse Briana, segurando sua blusa e mostrando para Levinse.

— Pode, claro que pode — respondeu ele.

Estavam na metade do caminho para chegar na loja onde o trenzinho de brinquedo entrou. Briana forçou a maçaneta de uma lojinha onde iria trocar suas roupas. Levinse a ajudou a abrir, e os dois entraram no estabelecimento. Era bem simples. Nas paredes, havia inúmeras camisas presas em cabides. No meio da loja, ficava uma mesa onde encontravam-se algumas calças jeans e alguns shorts. No fundo da loja, dava para ver alguns manequins vestidos com roupas sociais e a rigor.

Levinse foi até a porta e ficou observando os corredores vazios, pensando no que aconteceria com ele nas portas futuras. Se melhor a se fazer talvez seria parar de vasculhar os quartos em busca de uma saída. Sabia ele que nem tudo estava perdido, que possivelmente o próximo seria a saída.

Seus pensamentos incertos o deixavam mais problemático. Seria um tolo por acreditar na esperança se ela morreu junto de seu melhor amigo, e mais tolo ainda deixar passar em branco as mudanças que ocorreram até ali.

"Como isso aconteceu?", pensou ele, olhando para o seu reflexo na porta de vidro. A questão: será que isso é real? O fato é que ela começou a se parecer com uma resposta.

Lembrou do livro que Briana carregava. Sabia que uma das páginas estava lá e que precisava de mais algumas, mas não sabia quantas.

Fechou os olhos e tentou pensar, lembrando-se do que Necromancer disse em todas as vezes que apareceu em sua mente:

"*Isso é um quebra-cabeça, e a escolha é minha?*", pensou.

Foi quando viu novamente o lugar. Necromancer estava de costas para ele, de braços cruzados. A mesa estava vazia, e o lugar estava ainda menos agradável.

— Por que estou aqui? — perguntou Levinse.

— Você é especial, sempre soube disso — disse Necromancer com a voz assustadoramente rouca.

— Por que não nos deixa sair? Por que não deixa a gente em paz?

— Vou repetir: abra os seus olhos.

Nesse momento, Levinse viu vários flashes da casa, de tudo o que havia acontecido até o momento de agora. Viu com clareza o estranho velho que estava no quarto que nomeou como "A cidade". Viu a criança entregando a primeira página para ele, viu então a si mesmo encostado naquela porta esperando por Briana, sentiu sua cabeça doer novamente e viu Necromancer. Ele seguia os trilhos de brinquedo que estavam no chão do shopping, entrou na loja onde o caminho acabava e Levinse o seguiu. Ao entrar, percebeu que era uma loja de livros e viu Necromancer segurando um, o mesmo que Briana carregava. Logo ele olhou para Levinse e rasgou uma das páginas, colocando o pedaço de papel dentro de um livro cujo seu nome era: "Calafrios".

— O que você acha dessa aqui? — perguntou Briana, segurando uma camisa branca com a cabeça de um gato exageradamente grande.

Levinse se assustou com a voz dela, mas conseguiu disfarçar muito bem.

— Gostei.

— Eu também.

Os dois se entreolharam por um momento. Levinse estava muito distraído, pensando em tudo que estava acontecendo ali. Briana segurava várias roupas nos braços e ainda olhava para ele, ela parecia falar alguma coisa, mas ele não ouvia nada.

— Levinse! Levinse! — gritou ela.

— Oi, desculpa, eu estou um pouco cansado.

— Olha para trás, não quero ficar sozinha na loja de roupas e vou me trocar aqui mesmo.

— Sério? Você quer que eu olhe para trás? — perguntou Levinse, lembrando da floresta.

— Claro, acho que devo ter privacidade — disse Briana, dando as costas para ele e tirando a blusa manchada de sangue.

Levinse mirou as costas pálidas dela e encontrou algumas pintas. Para ele, isso não fazia nenhum sentido.

— Até parece que sou um estranho — disse ele, virando-se para o corredor. — Olha, aconteceu uma coisa comigo.

— Que coisa? — perguntou ela, parando de se vestir.

— Eu vi onde está a outra página do livro.

Ele não queria contar tudo o que realmente aconteceu, não queria que ela desconfiasse ainda mais dele, mesmo não tendo nada a desconfiar. Ela já se preparava para ouvir coisas ruins e se surpreendeu, pois vestiu a camisa com muita pressa e foi até o encontro dele.

— E onde está? — perguntou ela.

— Aqui, nesse quarto, na loja de livros. — disse ele, virando--se para ela.

Ela estava praticamente com as mesmas roupas, exceto a camisa de gato, que praticamente tampava seu short curto, dando a impressão de que ela usava um vestido muito curto.

Briana passou por ele sem falar nada, pegou uma jaqueta de frio preta do chão e a vestiu. Tirou os cabelos de dentro da jaqueta e pegou também a mochila rosa do chão, olhou para Levinse e seguiu o caminho. Logo depois, ele a seguiu até a loja onde o trenzinho virou. Levinse sentiu uma certa diferença na maneira como ela o tratava desde que ele contou o que aconteceu e o que viu. Isso o fazia sentir-se grato por não ter detalhado como soube onde estava a página do livro. Imaginava que, por seus olhos estarem diferentes, seria o motivo por ela meio que o ignorar, ou talvez essa não fosse a razão. Estavam a quase um metro quando ele viu uma falha nos trilhos, faltava uma parte, e imaginou como o trenzinho passou por ali.

— É uma biblioteca — disse Briana, parando na entrada loja.

— Exatamente — disse Levinse, distraído.

Notaram que havia algo de errado na loja. As luzes lá dentro piscavam intermitentemente, criando sombras dançantes que pareciam se mover de forma sinistra. Levinse hesitou por um momento, mas Briana, determinada, seguiu em frente.

— Vamos lá dentro? — perguntou Briana, olhando para Levinse com um misto de coragem e ansiedade.

Levinse ponderou por um instante, mas sabia que não podiam ficar parados ali para sempre. Assentiu com a cabeça, e os dois entraram na loja.

O interior da loja estava escuro e abafado, com uma atmosfera pesada e opressiva. O cheiro de mofo e poeira invadia suas narinas enquanto eles avançavam pelos corredores estreitos entre prateleiras empoeiradas.

De repente, ouviram um barulho vindo de uma das seções mais afastadas da loja. Era um som agudo e estridente, como se algo metálico estivesse raspando contra o chão. Briana olhou para Levinse com preocupação, mas ele apenas fez um gesto para que continuassem avançando.

Briana foi para uma prateleira e começou a olhar alguns livros, enquanto Levinse observava o chão, procurando o rumo dos trilhos. Por vezes, olhava Briana por cima do "Os Contos Contra Fadas".

— Onde está? — perguntou Briana.

Levinse foi até uma das prateleiras e pegou o livro "Calafrios," abriu e retirou de lá uma folha amarelada com desenhos estranhos e uma escrita macabra. Entregou-a para Briana, que logo jogou a mochila em cima dos livros e pegou o que carregava.

— Como você soube? — perguntou Briana, abrindo o livro e encaixando a segunda página.

— Eu vi — disse ele.

— O que mais você viu? — questionou ela.

Levinse pensou antes de falar e achou melhor que ela não soubesse todo o resto.

— Vi o Necromancer deixá-lo aqui.

— Isso pode explicar os seus olhos — disse ela, apontando para algo escrito no papel.

Ele não entendeu muito bem o que ela quis dizer, mas se aproximou dela para ver o que estava lendo. Na página aparecia um rapaz e um homem muito parecido com Necromancer.

— Aqui diz que o nascido 1.6.1.8. é o vínculo perfeito entre a prisão e o seu criador.

— Isso explica por que estava na lápide "1/6/18", mas eu não nasci no ano 18. Isso é bizarro, nasci em 1997.

— É por isso, Levinse. Não é você, não é só você, melhor dizendo. Existe outra força em você, uma que te faz compreender essa casa e sentir seres como o Necromancer. É por isso que você sempre sabe onde fica a saída, Levinse.

— Faz sentido, mas por que não sei onde fica a saída da casa?

— Isso não fala aqui, deve estar na última página — disse Briana, fechando o livro.

— Não tem mais nada aí?

— Bom, aqui menciona sobre as tarefas, mas só diz que o sucessor deve realizar, não tem muita coisa escrita. O desenho toma quase toda a página — disse ela, mostrando o mesmo para Levinse. — E do outro lado não tem nada.

— Sucessor? — murmurou ele.

Ele olhava para o chão, pensativo no que Briana disse. Não queria acreditar, mas tudo aquilo fazia tanto sentido. Era por isso que sonhava aquelas coisas, é por isso que conseguia sentir a presença de Necromancer. Sua mente estava longe, feliz por entender alguma coisa sobre toda essa loucura. Foi quando encontrou os trilhos e sua mente simplesmente esvaziou, seguiu com os olhos até achar o trenzinho e a surpresa foi quando viu que ele estava parado diante da porta de número nove.

— Ei, Bri. Vem aqui — disse ele, abrindo a porta.

— Você encontrou! Como eu disse, você sempre encontrará a saída — disse ela com admiração.

Não houve muita comemoração ao voltarem para o corredor da casa. Briana olhava a infinitude daquilo com desesperança e, por sua vez, estava certa. Não era animador ver o corredor e não enxergar o fim. Levinse acendeu um cigarro e encostou-se na parede, sentindo-se deprimido e incerto. Seu relacionamento com Briana não estava indo nada bem. Algo lhe dizia que quem estava no limite era ele. Não conseguia encarar o corredor e considerá-lo como realidade, mesmo sabendo que a saída sempre o encontrava. A cada segundo, desejava com mais intensidade voltar no tempo e mudar tudo.

Briana passou por ele indo em direção ao quarto número 3. Parecia apressada e decidida.

— Aonde você vai? — perguntou Levinse.

Ela não respondeu, apenas abriu a porta e entrou.

— Droga, Briana! — disse Levinse, largando o cigarro e correndo atrás dela.

A porta estava aberta, e quando Levinse ia entrar, trombou com uma Briana pálida e assustada.

— O que foi? — perguntou ele, abraçando-a.

Levinse olhou para dentro do quarto e viu algo assustador: uma menina negra com cabelos encaracolados usando um vestido feito de mãos humanas. No fundo, o hospital estava impecável e em funcionamento. Ele via as enfermeiras e os médicos carregando macas com pessoas mutiladas deitadas nelas. Ele se aproximou da porta e a fechou.

— Por que fez aquilo? Não me avisou para não deixar você fazer isso de novo? — perguntou Levinse para Briana.

— Achei que se eu voltasse por onde entrei, retornaria para casa — respondeu ela, apertando com força o abraço. — Estou desesperada, Levinse. Eu quero sair daqui.

Nesse momento, ele percebeu o quanto era importante continuar, não para se ajudar, pois ele já havia desistido e aceitaria morrer na casa como seu amigo, mas Briana não precisava passar por isso.

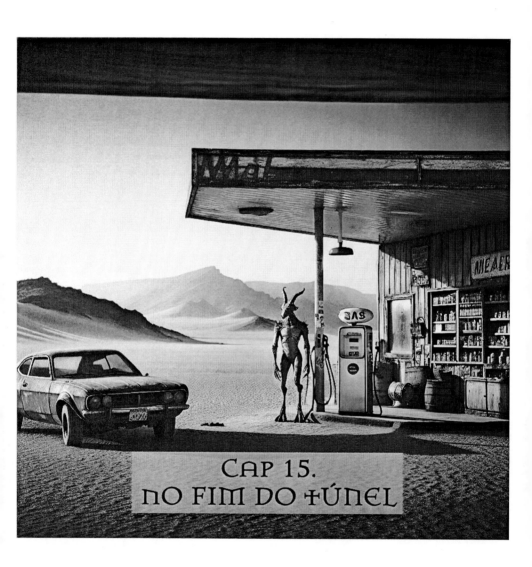

CAP 15.
NO FIM DO TÚNEL

CAPÍTULO 15

NO FIM DO TÚNEL

Existia esperança no ponto de vista de Levinse, mas aquele lugar, assim como um vampiro, drenou-a. Levinse sentia raiva, tristeza e desgosto ao lembrar daquele maldito sonho. Foi aquele demônio que havia levado o seu amigo à morte e logo levaria ele e Briana.

Levinse não podia mais ignorar. Entre as suas milhões de perguntas, duas se destacavam: por que ele estava ficando daquele jeito? E como Briana foi parar lá? Era estranho, pois mesmo ficando tanto tempo ao lado dela, ainda sentia que não a conhecia. De qualquer forma, estavam quites, apesar de ainda ter mais dúvidas sobre quem ela era.

Um espírito passou sobre eles e desceu as escadas. Briana afrouxou o abraço e olhou para Levinse, que observou a alma sumir. Ela suspirou e engoliu em seco.

— Está melhor? — perguntou Levinse.

— Sim, estou. Você me desculpa? — perguntou ela, enxugando o caminho das lágrimas.

— Tudo bem, não precisa chorar de novo. Acho que me sinto como você, talvez até pior, mas você sabe que teremos que continuar — disse ele, dando um beijo em sua testa.

— Sim, estamos perto. Esses olhos, Levinse, você não consegue voltar ao normal?

— Acho que sim, mas prefiro ficar dessa maneira.

Ele se afastou um pouco dela e foi até as escadas, esquivando-se com cuidado da ponta do trem. Olhou para o salão e viu que os espíritos haviam voltado. Desceu as escadas, o velho suicida agora segurava o seu chapéu e deu um sorrisinho para Levinse. Briana logo chegou nas escadas também, tirando da mochila a garrafa de conhaque e dando um gole, fazendo uma cara feia e tossindo um pouco logo em seguida. Também desceu as escadas ao encontro de Levinse, e o velho agora apontava a arma para ela.

— Velho doido! — disse ela, balançando um braço e atravessando a alma, que desapareceu logo depois. — Eles voltaram.

— Bem observado — respondeu Levinse, grosseiramente.

— Qual o motivo dessa agressividade?

— Quem está agressivo? — perguntou ele, virando-se para ela.

— Bem observado — repetiu ela, uma imitação medíocre de Levinse.

Ele deu risada e foi até ela.

— Você é meio doidinha, não é? — falou, enquanto a abraçava, apoiando seu queixo na cabeça dela.

— Não é porque você é alto que eu tenho medo de você — disse ela, subindo a cabeça até os olhos de Levinse. Ele encarou aqueles olhos bravos dela quando um toque gelado e macio tocou sua boca.

— Não me provoque.

— Isso — disse ela, afastando-se e fazendo um movimento com as mãos indicando seu corpo. — Sou difícil.

— Acho que o conhaque está lhe deixando alterada, isso sim.

Uma mulher penada passou sobre eles com uma faca pregada no peito.

— Não, eu estou bem, só queria me distrair um pouco. Tome, beba comigo — disse ela, tirando a garrafa da bolsa e entregando para Levinse.

Ele pegou e deu dois goles, e com a boca entreaberta, soltou o ar. Era uma bebida forte, mas levemente doce.

— Levinse, vamos fazer aquilo que falei — disse a garota com entusiasmo.

— Aquilo?

— Vamos só abrir a porta em vez de entrar e só dar uma olhada.

Levinse pensou um pouco antes de falar.

— Não sei se isso vai dar certo, porque na maioria das vezes os quartos estão todos escuros — respondeu ele, um pouco desanimado.

— Mesmo assim, Levinse. Você falou que já viu um ou dois quartos antes de entrar, eu mesma já vi.

— Certo, certo. Vamos, então.

Os dois subiram as escadas, passaram com dificuldade sobre a locomotiva e caminharam até a porta de número 10.

— Essa não, depois voltamos para ela — disse Briana, revirando um anel cor âmbar nos dedos.

Eles caminharam pelo corredor por pelo menos cinco minutos, passaram pela porta 118, que Levinse havia aberto anteriormente, e continuaram caminhando. O corredor realmente parecia ser infinito, largo e cheio de portas, com uma luz fraca e muito silencioso. Passaram por 203, 267, depois 300 e foi no 329 que Levinse decidiu parar.

— Que tal esse? — ele apontou para a porta 329.

— Não, vamos nesse — apontou ela para a porta 330.

— Qual a diferença?

— E por que 329?

Levinse olhou de forma cansada para ela. Para ele, poderia ser 329, 330 ou 329.330. Não sabia o real motivo, mas estava muito cansado e um pouco sonolento.

— Vamos fazer assim, eu abro a 329, e você, a 330.

— Beleza — concordou Briana.

Então cada um se virou sobre sua porta e Levinse começou a contar.

— 1, 2, 3.

As portas se abriram.

— Uau! Olha, Levinse, que bizarro.

— A minha está toda escura — disse ele, virando-se e chegando perto da garota, que se segurava na porta e olhava para dentro do quarto.

— Acho que é o mar — disse ela, voltando-se para o amigo.

Levinse passou por ela, segurou sobre o batente e olhou para dentro do quarto. Realmente era o mar, porém só isso, o mar. Não existia mais nada, nem ilha, nem uma ponte. Parecia que a porta flutuava pouco acima das águas.

— Olha, Levinse, é um posto de combustível. Tem alguma coisa escrita... "*coffee*".

Briana estava olhando o quarto de número 332. Levinse fechou com dificuldade o quarto 330, foi até ela e olhou curioso para dentro do local, que estava pouco escuro. Havia uma pequena estrada e lá na frente um posto de combustível com uma placa "Coffee 24/7". Ele nem pensou muito e já entrou, Briana tentou segurá-lo e a porta ameaçou a se fechar, então ela rapidamente o seguiu e ouviu-se o baque. A porta se fechou.

Agora estavam presos no quarto 332. Levinse se virou para trás e viu Briana olhando para a porta pela qual acabou de passar. Ele foi até ela e viu que ela tentava abri-la, sem sucesso, pois já estava trancada. Ele caminhou até o outro lado, ainda mal-acostumado em ver uma porta no meio do nada, sem paredes a segurando. Notou que adiante só seguia uma estrada vazia.

— Levinse, a ideia era ver, e não entrar — disse Briana.

— Preciso de café — disse ele.

— Ah, está bem, Levinse. Vamos — respondeu Briana com um suspiro.

Os dois caminharam até o posto, que era bem vazio e comum. Não se encontrava uma alma viva, muito menos morta. Ao lado, uma lojinha com uma placa "Restaurante e Cafeteria" escrita em um adesivo um tanto rasgado. Ao lado da porta de entrada tinha um cavalinho elétrico, e do outro tinha uma cabine de jogo de garra com vários ursinhos.

— Parece calmo, talvez seja um daqueles quartos seguros — disse Levinse esperançoso.

— Espero que sim — respondeu Briana, atenta, olhando para os lados.

Os dois entraram na loja e, como do lado de fora, também estava vazia. Levinse foi direto ao lugar que viu a cafeteira. Rapidamente analisou o objeto, mas viu um fogão ao lado, então pegou uma caneca de aço, foi até a torneira e encheu de água, Levinse pegou seu isqueiro, acendeu o fogo e colocou uma caneca meio cheia para ferver. Ele caminhou entre a balcão, achou um coador e um filtro, do outro lado pegou um pacote de café e cheirou o conteúdo. Os seus olhos estremeceram, fazendo a nuvem branca que ali rodopiava quase cobrir por completo a parte escura. Briana, que estava sentada em um banquinho, observou Levinse de forma curiosa, achando muito interessante como ele parecia tranquilo preparando um café.

— Você gosta mesmo disso, não é?

— Sempre foi o momento mais gostoso do meu dia — disse ele, pegando duas xícaras.

— Você me lembra meu pai, ele também adorava café.

— Café é uma bebida divina — disse ele, agora enxugando as mãos em um pano e jogando sobre os ombros.

Uma luz passou sobre a porta da loja, parecia um carro. Briana rapidamente foi até a entrada e olhou de canto para ver o que acontecia. Realmente era um carro e estava ao lado de uma bomba vermelha de combustível.

A porta se abriu e do carro saiu um rapaz encapuzado com uma mão no bolso. Dava para ver que ele parecia crescer, ora ficava menor, ora engordava e ora emagrecia. Quando ele finalmente tirou o capuz, ela percebeu que o rapaz era mulher, mas depois de alguns segundo se transformava em um velho moreno, depois em uma mulher muito loira.

Ela percebeu que o homem mudava de forma em segundos, parecia ser várias pessoas ao mesmo tempo. Apenas suas roupas não mudavam, mas ele agora parecia ser um rapaz ruivo. Briana virou-se para Levinse, que encarava seriamente a água borbulhante, ele parecia não se importar com o que acontecia lá fora. Quando ela olhou novamente para aquela coisa, ele agora parecia um asiático.

Até que várias pessoas pareciam querer sair da pele dele e, quando percebeu, transformou-se em uma criatura humanoide, parecido com um bode em duas patas, olhando fixamente para Briana. Aqueles olhos esbugalhados, a respiração muito difícil, as roupas que usava caindo no chão, e Briana viu que era mais bode que homem.

A criatura pegou a mangueira de combustível e colocou na boca, parecia beber a gasolina, babava muito e não tirava os olhos de Briana. Depois largou a mangueira no chão, ficou em quatro patas e saiu correndo para a estrada, quando um caminhão em altíssima velocidade o atropelou. O caminhão não parou, apenas sumiu entre os desenlaces das estradas. Briana ficou chocada com o que tinha acabado de ver, então virou-se para Levinse novamente.

— Levinse, um cara bizarro apareceu aqui, virando várias pessoas. Ele virou um animal e bebeu gasolina.

Levinse deu de ombros.

— Não se preocupe — disse ele, olhando ansioso para a caneca que começava a ferver.

— Um caminhão o atropelou — disse ela, sem acreditar.

— Não se preocupe, Briana — disse ele de forma arrastada e impaciente.

Briana continuou olhando para fora quando ouviu um barulho muito estranho, algo como um gemido ou mais parecido com um uivo bem fino. Sem aviso, passou uma baleia realmente enorme; parecia que suas laterais eram grafitadas com desenhos coloridos. Ela voou sobre o posto e desapareceu. Agora ela entendeu o que Levinse quis dizer com quarto seguro, era como a cidade, porém, mesmo assim, lá era realmente perturbador, fora que, na primeira vez, vários homens muito velhos pareciam persegui-los quando pararam para descansar.

Briana sentiu um cheiro gostoso e olhou para trás, Levinse agora passava o café para uma garrafa. Ela se aproximou e sentou-se novamente sobre o banquinho, ele depositou um pouco em cada xícara.

— Gosta com ou sem açúcar?

— Não gosto de café.

Levinse olhou surpreso para ela.

— Você não gosta de café? Por que você não gosta de café? — perguntou ele desapontado.

— É ruim, amargo, mas confesso que gosto do cheiro.

Levinse tomou um gole e olhou para ela.

— Já tomou com leite?

— Já, e ainda não gosto.

— Eu não confio em quem não gosta de café.

Briana riu, sentindo-se surpresa por conseguir rir depois do que viu.

— Toma um pouquinho, fui eu que fiz — disse Levinse, preparando a xícara para ela.

— Eu não gosto.

— Mas por que você não gosta? Acho que nunca tomou um café decente. Toma aqui, prova.

Briana suspirou fundo e pegou a xícara, tomou um gole e fez cara feia.

— Beba tudo, Bri — ela olhou feio para ele, mas continuou a beber. Realmente não estava tão ruim como em sua memória, mesmo assim ainda não gostava.

— Será que os quartos se repetem de alguma forma?

— É possível, são tantos quartos — disse ele, tomando outro gole.

— E como vamos sair daqui, Levinse? A porta se fechou e, não sei se você percebeu, mas estamos no meio do nada — disse Briana, agora levantando-se.

— Não se preocupe, estou conseguindo controlar melhor agora — responde Levinse, apontando para os olhos totalmente negros e com uma nuvem branca que se mexia lentamente no centro.

Briana lançou um olhar sério para ele, que nem notou, já que estava enchendo outra xícara de café. Ela caminhou pelos corredores da loja, olhou as prateleiras e voltou a olhar para fora, onde um carro estava parado com as portas abertas. Ela desejou sair para ver a criatura humanoide atropelada, mas logo voltou a se sentar no banquinho perto de Levinse.

— Você falou que está controlando melhor isso. Consegue voltar ao normal, então?

— Talvez — disse ele, tomando outro gole de café fulminante. — Mas agora eu não quero, tenho receio de voltar ao normal e não conseguir ficar assim de novo, fora que tenho uma ideia de como podemos sair daqui.

Briana ficou olhando com curiosidade para ele, pegou a garrafa de café e colocou mais um pouco em sua xícara que nem estava vazia. Levinse sorriu para ela e passou um frasco de creme; ela colocou açúcar, leite e um pouco de creme. Levinse pegou a garrafa e botou mais um pouco de café. Ela bebeu tudo dessa vez.

— Até que não é ruim.

— Assim, com esse monte de coisa, nem é café.

Então ela pegou a xícara de Levinse, que já estava cheia novamente, e tomou todo o conteúdo.

— Realmente, não gosto.

Os dois saíram da loja, e Levinse analisou o carro, fechou e reabriu as portas, olhou por dentro e não tinha nada. Quando foram para a estrada, viram a criatura toda machucada, sangrando, com os olhos enormes abertos e uma longa língua para fora. Briana sentiu um pouco de medo e agarrou os braços de Levinse, que nem se importou com a criatura.

Outro som de uivo e mais uma baleia sobrevoou a cabeça deles.

— Elas cantam um som muito interessante — disse Levinse, olhando para cima.

— É bem estranho, quero dizer, ver uma coisa desse tamanho voando — respondeu Briana, olhando para onde deveria haver uma porta.

— É incrível!

Parecia querer amanhecer no local, o céu estava ficando mais claro. Onde deveria estar a porta só havia estrada, e Briana olhou muito preocupada para Levinse.

— Vou tentar fazer uma coisa. Se funcionar, pode ser que mude completamente nossa forma de explorar os quartos — disse Levinse, estalando os dedos.

— Certo — concordou Briana.

Briana se afastou um pouco, ele levantou um dos braços e apontou para a estrada com uma das mãos.

— Apareça — disse ele com uma voz grave.

Logo uma parte do asfalto se transformou em porta; terminou de criar sua forma e se levantou, a porta número 332 com a placa "saída" apareceu. Briana tentou abrir, mas estava trancada.

— Abra — disse Levinse, e a porta se abriu.

Mas, nessa hora, Levinse caiu duro no chão. Briana se desesperou, chamou ele enquanto balançava freneticamente o garoto, mas nada, ele não se mexia. Ela pegou os pés dele e, com dificuldade, arrastou-o para o corredor da casa; a porta se fechou rapidamente e desapareceu; no lugar, uma janela surgiu na parede.

Briana arrastou seu companheiro até a porta 130 e se sentou ao lado dele, posicionou a cabeça do garoto com dificuldade em seus joelhos, para deitá-lo em seu colo, e ficou lá tentando fazer ele acordar. Ele estava muito rígido, ela tentou abrir seus olhos, mas não conseguiu, então abriu a mochila, mas não encontrou nada que pudesse ajudar.

— Levinse, acorda! — disse ela, quase chorando.

Nada aconteceu e continuou assim por longos minutos. Ela sabia que ele não tinha caído morto de uma hora para outra; era só mais um desmaio ou um tipo de acesso que ele tinha, uma hora ele acordaria.

Ele deve ter se esforçado muito para fazer aquilo, pensou ela.

Briana olhou com carinho para ele, ficou lá sentada fazendo carinho nos seus cabelos esperando-o acordar. Logo ela tirou o livro da bolsa e recomeçou a ler, virou de cabeça para baixo e ficou surpresa com o que leu.

— Bri! Briana, acorda! — ouviu-se uma voz conhecida. — Bri, acorda!

Ela se levantou tão rápido que fez Levinse, que estava deitado sobre suas pernas, bater a cabeça com força no chão.

— Ai, droga, Bri! O que foi isso? — perguntou ele, levantando-se e passando a mão na cabeça.

— Nossa, Levinse, me perdoa. Eu...

— Não, relaxa. O que aconteceu?

— Ué, você não lembra? — perguntou ela, aproximando-se para ver se não tinha um calo na cabeça do garoto.

— Lembro de ter feito uma porta aparecer, de ter feito ela abrir, lembro do café. Bom, lembro sim de tudo, menos de ter voltado aqui.

— Só fez um calinho — disse ela, beijando a cabeça dele. — Depois que você abriu a porta, você ficou todo duro de novo e apagou. Aí eu te arrastei para a casa, aí a porta se fechou e virou uma janela. Eu fiquei aqui com você até você acordar, mas acho que dormi.

— Sei, eu acordei faz tempo — disse ele, indo até a janela.

— Faz tempo? Por que você não me acordou? — questionou Briana, ficando de pé.

— Bem, você estava linda dormindo, eu fiquei te admirando — respondeu Levinse, colocando a mão na cabeça.

— Sei — disse ela em um suspiro. — Eu descobri uma coisa no livro, parece que você consegue fazer essas coisas por causa de uma energia que você tem. Pelo que li, diz que você tem duas forças ou algo do tipo.

Levinse ouviu com atenção o que ela dizia, mas por algum motivo fingiu não ligar.

— Não dá para ver nada — disse ele com o nariz colado na janela.

— Levinse, olha para mim.

Ele se virou e baixou a cabeça, ficando nariz com nariz com Briana.

— Seus olhos voltaram ao normal — disse ela, olhando fixamente para ele.

Ele a beijou e voltou-se para a janela.

— Sim, acho que me empolguei um pouco. Bom, melhor voltar para a porta 10.

— Sim, tem razão — respondeu ela, meio desanimada.

Os dois caminharam até a porta de número dez, em silêncio, pareciam pensar em tudo que aconteceu, e Levinse não parava de passar a mão na cabeça, já que a batida tinha doído mais do que imaginava. Depois de alguns minutos, ele estava em frente à porta, mas antes de abri-la, releu a pequena placa acima de todas elas: "Saída". Uma pequena gota de esperança regressou por um momento, então abriu a porta.

Viu várias colunas de concreto, algumas latas de lixo e vários bancos de espera. Deu alguns passos para frente, dando espaço para Briana entrar; assim que ela entrou, a porta se fechou com ferocidade, fazendo-os se sobressaltarem com o susto, o barulho da batida ecoou por alguns segundos até sumir, como uma voz tenebrosa. Eles se olharam, trocando uma comunicação silenciosa, de certa forma entenderam que: não era a saída, e mais uma vez estavam ferrados e teriam que continuar até voltarem para o corredor.

Briana se sentou em um dos bancos de espera e Levinse resolveu dar uma volta para observar o lugar. Era uma área grande, muito bem iluminada, porém estava imunda, com o chão coberto por jornais e copos plásticos de café, parecia abandonada por anos. Levinse caminhou até um buraco que encontrou em sua frente e, ao se aproximar, deparou-se com trilhos enferrujados e notou uma pequena mancha vermelha, quando se assustou com a voz de Briana.

— Levinse, acho que estamos em um metrô — disse ela ao lado da porta, de frente a uma escadaria.

— Percebi — respondeu ele.

De todos os lugares do mundo, o metrô era o que mais assustava Levinse. Mesmo que o trem fosse, na maior parte de sua vida, um meio de transporte primário, e suas idas e vindas com Mike fossem engraçadas, às vezes até divertidas, nunca foi seu forte esconder o desagrado de pisar em um metrô, e tanto ele como seu amigo jamais entenderam isso, uma coisa tão boba que decididamente não fazia sentido.

— Será que está abandonado? Quero dizer, olhe para este lugar; está um lixo.

— Parece que sim — respondeu Levinse, olhando para um panfleto de um parque de diversões pregado em uma das colunas.

Eles caminharam por cada centímetro do local, mas não acharam nada, nenhum lugar por onde poderiam seguir. Briana tentou subir as escadas, mas estavam destruídas, parecia que o teto ou o chão havia caído.

— Sabe o que é estranho? — começou Levinse, aproximando-se de uma máquina de café. — Se esse lugar está abandonado, por que ainda tem energia?

— Não faz sentido, não é?

Levinse olhou para a máquina e viu vários tipos de café. Fuçou os bolsos para ver se achava alguma moeda, mas só encontrou seu novo isqueiro e um maço de cigarro levemente amassado. Frustrado com a situação, chutou a máquina e foi até a beira do buraco onde estavam os trilhos, pegou seu maço, retirou um cigarro, acendeu e começou a fumar. Pensava em alguma maneira de sair do quarto, pois já sabia que, como não era a saída, algo de ruim iria acontecer, talvez agora ou mais tarde, mas sim, iria acontecer.

Soltou a fumaça e olhou para os trilhos, viu novamente as marcas vermelhas no ferro. Pensou ser sangue, mas não era apenas gotas ou algo do tipo, tinha um formato específico, e notou que não era antigo como o resto do lugar, estava mais recente, suas cores eram vivas, como se alguém tivesse ido lá e desenhado alguma coisa há poucos minutos. Com a curiosidade em nível elevado, desceu até lá para ver o que era. E então veio a surpresa.

Mike e Levinse subiam uma rua estreita de Averlines, conversavam sobre o perigo que correram ao tentarem pular o muro do colégio onde estudavam, uma tentativa inútil de matar aula, mais uma das suas ideias idiotas..

— *Admito que foi uma péssima ideia* — *disse Levinse.*

— *Claro que foi né Levinse, você sempre vem com essas ideias bestas e eu sempre vou na sua onda. Faltava o quê? Vinte minutos para acabar a aula?* — *fez Mike uma pergunta retórica.*

— *Acho que por aí* — *respondeu Levinse sem perceber.*

Eles faziam a mesma trajetória todos os dias quando saíam da escola: subiam a rua até chegarem em uma encosta, de onde poderiam ver as montanhas, e discutiam sobre o que fazer quando a noite chegasse.

Mike abriu sua mochila e pegou um caderno, tirou uma caneta do bolso e começou a rabiscar enquanto se aproximava do destino. Era comum ele fazer isso. Levinse sabia que ele adorava ficar rabiscando qualquer coisa que visse pela frente. Enquanto isso, ele cantarolava uma música que não entendia.

Depois de alguns minutos, eles chegaram na ladeira, uma grande calçada que contornava o morro. Era uma das partes mais altas da cidade, de lá dava para ver as casas e um novo prédio que estavam construindo a alguns quilômetros dali.

— Sabe, Levinse, acho que deveríamos criar uma marca — disse Mike, olhando para o caderno.

— Para quê? — perguntou Levinse, acendendo um cigarro.

— Sei lá, vai que a gente entra em apuros e precise se separar... Daí uma marca seria bacana, quero dizer, para saber que estamos perto.

Levinse soltou a fumaça e olhou para Mike de forma tacanha e surpresa.

— Até que é uma boa ideia.

— Claro que é — Mike voltou a atenção para o caderno e começou a rabiscar algo, enquanto Levinse observava uma garota que passava ouvindo música em seu fone, soltou a fumaça e deu uma piscadela para a garota, que não notou.

— Aqui — disse Mike, mostrando um símbolo para o amigo. — É simples, mas achei legal.

— Uma cruz?

— E se colocar uma luz ao redor dela? — disse ele, fazendo alguns riscos ao lado da cruz.

— Até que... até que ficou bom — disse Levinse, pegando o caderno.

A lembrança veio repentinamente, deixando uma grande confusão em sua cabeça. Seria possível? Com muito mais cuidado, ele se agachou e olhou para a marca; não havia dúvida, era a cruz que Mike desenhara naquele papel, a mesma cruz com riscos subindo ao seu redor.

— O que você está fazendo aqui? — perguntou Briana.

— O quê? Bri, acho que ele está vivo — disse Levinse, ainda olhando para a marca. — Ele está vivo e está neste quarto — continuou ele.

— Quem está vivo, Levinse? — perguntou Briana.

— Mike está vivo!

— Mas, Levinse, você não viu ele morrer? — perguntou Briana, tentando não ser fria.

— Sim. Também não entendo como poderia ser possível, eu vi seu corpo — disse Levinse, desviando o olhar. — Mas esse símbolo foi o mesmo que criamos, digo, ele criou, para o caso de algo de ruim acontecesse com a gente, caso um de nós seguisse um caminho diferente e...

— E para que vocês soubessem como se encontrar — completou Briana.

Levinse continuou admirando o desenho nos trilhos, não conseguia entender como o amigo sobrevivera àquilo; o que se tornava ainda mais impossível ao lembrar do corpo mutilado de Mike, arranhado e sem os dois braços. Sentia um aperto no estômago e lembrou-se de que estava na casa, em um lugar onde a realidade ou o impossível não existiam, onde apenas um sentimento o manteve vivo até agora: esperança.

— O que pretende fazer? — perguntou Briana.

— Bom, temos que ver se ele está aqui. — disse Levinse, levantando-se. — O problema é por onde começar.

Os dois se entreolharam, já sabendo a resposta um do outro. Briana fez uma careta para Levinse, não porque sabia o que ele diria, mas sim devido aos seus olhos negros e sem vida, que voltaram de repente ao garoto. Para ela, lembravam muito os olhos de Necromancer.

— Vamos ter que andar nos trilhos — disse Levinse.

— Direita ou esquerda? — perguntou Briana.

— Hum... esquerda.

— Vamos pela direita — disse ela, pulando nos trilhos.

Levinse revirou os olhos com a atitude da garota, mas logo ignorou correndo para alcançá-la, e juntos começaram a caminhada para além do túnel. Ouviam ruídos, e muitas vezes viam ratos correndo em direção oposta. À frente, a escuridão era densa, causando uma certa fobia e muitos calafrios que arrepiavam suas espinhas. Levinse tentava se manter firme e se distrair, tentava pensar em Mike, se ele realmente estaria vivo e se havia seguido esse caminho. Essa dúvida o fez olhar para trás na esperança de ver alguma coisa que nem ele sabia o que seria, talvez a própria esperança, mas viu apenas um espaço iluminado na estação.

— Escuro, não? — disse Levinse, tentando puxar assunto.

— Me lembra a floresta — respondeu Briana, assombrada.

Levinse a olhou com curiosidade, não se preocupando com o aborrecimento ou constrangimento da amiga, apenas a olhou, estudando os seus aspectos únicos, que, para ele, eram perfeitos.

— O que foi?

— Nada.

Olhou para a escuridão, imaginou tudo o que poderia encontrar ali, acreditou em seus desejos e preferiu esquecer os problemas. Sabia que tudo isso acabaria, que nada passava de um pesadelo, um sonho estranho e realmente muito longo. Esperava acordar em seu quarto, pegar uma xícara de café e acender um cigarro. Talvez até ir à casa de Mike para contar-lhe o estranho sonho.

"Não foi assim que tudo começou. Droga, se o Mike estivesse aqui, ele teria alguma ideia de como sair, tenho certeza de que teria", pensou ele.

Levinse voltou a olhar para trás e viu novamente a luz da estação iluminar boa parte do túnel. Estava cansado, irritado por passar nessa situação. Talvez isso fosse resultado do medo, que pela primeira vez ele sentia verdadeiramente. Foi quando caiu a ficha.

— Não estamos saindo do lugar — disse Levinse, parando de andar.

— O que foi? — perguntou Briana, assustada com Levinse

— Olhe, estamos no mesmo lugar. Estamos andando por uns dez minutos? — perguntou Levinse, virando-se para a estação.

— Acho que sim, mas como? — perguntou ela ao olhar para trás.

— Espere, fique aí — disse Levinse

Ele se virou para o corredor escuro e, com muito medo, começou a correr em direção ao breu, mas não saía do lugar. Era como se uma parede invisível o barrasse, ou como se estivesse correndo em uma esteira de academia.

Parou de correr e olhou para Briana.

— Esquerda — disse ele, respirando fundo e seguindo o caminho.

— É melhor seguir suas sugestões, você que é o GPS daqui — disse Briana, encolhendo os ombros.

Os dois caminharam pelo túnel à esquerda, sem rumo, sem plano e sem destino, apenas caminhavam tentando encontrar alguma coisa, absortos em seus pensamentos. Briana pensava em suas escolhas, se foi realmente bom fazer o que ela fez. Levinse estava mais perturbado, pensava em inúmeras coisas ao mesmo tempo. Primeiro, claro, em seu amigo, se ele estiva vivo, se foi ele quem fez aquele símbolo. Mas outro pensamento passava por cima, era a preocupação do que Briana havia desvendado sobre ele, aquilo que ele poderia ter de sobrenatural não fazia muito sentido, e isso era algo a ser discutido.

— Bri, o que você quis dizer sobre eu ter alguma força sobrenatural? — perguntou Levinse.

— Acredito que você possua algum tipo de maldição — disse ela.

— Desculpe, não entendo dessas coisas.

— Sério? Nossa, isso é surpreendente... — disse ela, pensativa. — Você nunca foi considerado estranho, Levinse?

— Sempre — confirmou ele. — Antes de tudo isso acontecer, eu tive um sonho. Era comum eu ter esse tipo de sonho, mas nunca dei muita importância, meu amigo e eu achávamos que isso era algo normal, ou quase isso.

— Nem todos sonham, e nem todos que sonham são normais. Quero dizer, alguns sonhos repetitivos podem explicar muitas coisas. Mas há pessoas que sonham sempre a mesma coisa e não conseguem se lembrar de nada, e isso é normal para os anormais, entende?

— Será que sou mesmo amaldiçoado? — perguntou Levinse.

— Seus olhos respondem muito bem a essa pergunta.

Levinse estava mais pensativo sobre tudo aquilo, sentia-se estranho e modestamente assustado, coisas que ele jamais imaginou que estariam acontecendo, coisas sombrias, traumatizantes que aconteciam naquele momento. Saber que era amaldiçoado não era agradável, mas ele poderia tirar proveito disso para descobrir mais sobre si mesmo. Uma mão gelada tocou a dele; era Briana. A surpresa o fez esquecer o que estava pensando.

Então, ele olhou para trás para ver se haviam saído do lugar. Viu que sim, a luz da estação estava distante e a escuridão estava ainda mais densa entre eles. Talvez por isso Briana pegou sua mão, para se livrar do medo e se sentir mais segura. O que poderia dizer? Também sentia medo, talvez até mais do que ela. Quem seria ele para julgá-la?

Já estavam cansados de andar sem encontrar uma saída. Mesmo sem noção do tempo, deduziam que estavam nessa caminhada por mais de duas horas. Seus olhos já haviam se acostumado com o ambiente sombrio, mesmo assim não conseguiam enxergar mais do que dois passos à frente.

— Isso não parece ter fim — disse Briana com a voz cansada. — Seria uma boa hora para usar sua maldição.

— Não sei como fazer isso — respondeu Levinse, um tanto indeciso.

Levinse olhou para Briana com comoção. Sabia que a amiga estava certa e que tudo aquilo, não só dentro do quarto, mas em toda a casa, era cansativo, tortuoso, criado para ser cruel com seus visitantes. Por um momento, questionou-se sobre quem seria o criador de tudo aquilo. No entanto, essa pergunta logo desapareceu de sua mente como fogo. Uma dor intensa em sua cabeça o fez cambalear, como se uma marreta tivesse desferido um golpe violento. Levinse sentiu seu corpo bater no chão, e a última coisa que ouviu foi Briana gritando seu nome.

Quando abriu os olhos, sentiu um intenso frio que fazia sua pele arder. Observou o ambiente à sua volta e viu uma escadaria, um armário e duas poltronas. O lugar lembrava muito a entrada da casa, mas com algumas diferenças notáveis: estava muito mais conservado.

Ouviu passos se aproximando do corredor e correu para se esconder atrás do armário. No entanto, não conseguiu ver quem era o dono dos passos. Percebeu que a pessoa estava descendo as escadas e, em seguida, sentou-se em uma das poltronas. O silêncio dominou o ambiente, e Levinse se sentiu vulnerável e com muito medo. Questionou como tinha chegado ali e se Briana estava bem. Foi quando quase se engasgou com a própria saliva ao ver a porta, a mesma porta por onde havia entrado na casa, estava ali, como se nunca tivesse desaparecido, e ainda com uma fenda semiaberta. Levinse não saberia como explicar aquilo caso alguém lhe perguntasse. Resistir ao impulso de sair correndo porta afora foi incrivelmente difícil. Pensou em Briana, em como poderia sair daquele lugar sem ela. Seria injusto e até cruel.

Foi então que uma voz terrivelmente familiar atravessou seus ouvidos.

— Ainda não entendo... — disse Mike.

— Não precisa entender, apenas aceite — respondeu uma voz rouca e grave, que lembrava muito a de Necromancer.

Levinse teve vontade de sair de seu esconderijo para ver se era isso mesmo que estava pensando, se Mike e Necromancer estavam ali parados conversando.

— Mas eu não sabia que isso poderia ser verdade. Se ele é realmente o que você disse, não deveríamos contar a ele logo? — perguntou Mike.

— Ele desconfia — disse Necromancer. — Talvez até já saiba neste exato momento, mas prefere não acreditar. O problema não está nele, mas sim nela.

Levinse sentiu seus pés serem arrancados do chão, e a escuridão invadiu seus olhos. Ele ficou completamente sem fôlego e achou que ia sufocar. Quando estava prestes a desmaiar, seus olhos encontraram os de Briana. Ela deu um sobressalto, e Levinse pareceu sugar todo o ar que havia no local.

— Mike está vivo! Eles estão conversando na estrada, nós precisamos encontrar a porta e sair daqui.

— Conversando com quem?

— Com Necromancer.

Briana parecia ter engolido a seco e tentou disfarçar. Ela se levantou e ajudou Levinse a fazer o mesmo. Ela estava claramente assustada, mas não comentou sobre ele ter desmaiado.

— Vamos — disse Levinse.

Tudo o que ele mais desejava era encontrar a porta de número dez. Quase corria sobre os trilhos para ir mais rápido. Ele só pensava no que tinha visto e ouvido. Mas e se aquilo não fosse real? E se tudo tivesse sido apenas um delírio de sua cabeça? Preferiu arriscar e fazer algo a não fazer nada.

Foi quando ele sentiu uma mão segurar sua jaqueta por trás e o puxar com tanta violência que ele caiu sentado. Virou-se para trás e viu Briana.

— Você ficou maluca? — questionou Levinse, sem esperar por uma resposta.

— O quê? Não! Olhe para isso — disse Briana, apontando à frente.

Levinse se levantou e virou-se na direção que ela apontava. O que viu foi um buraco enorme, uma fenda de proporções anormais. Parecia que tudo terminava ali, onde antes existiam trilhos e um túnel, agora havia apenas o vazio.

E agora? O que fariam? Voltar não era uma opção, pois sabiam que não era o caminho certo. Mas como poderiam continuar a andar sobre o vazio? Levinse sentiu sua cabeça latejar de dor. Já não sabia mais o que estava acontecendo. Seria a dor de cabeça causada pelo Necromancer se aproximando?

O chão começou a tremer, os trilhos sacudiam. Parecia que algo grande realmente se aproximava.

— Levinse, é o trem! — gritou Briana, em pânico.

Ele não conseguiu responder. Dentro daquela casa, tudo podia acontecer. Os dois olharam para trás, mas não viram nada além do breu absoluto. Então, aconteceu uma série de eventos inesperados: Levinse sentiu um líquido morno tocar seus tênis e subir até seus joelhos. Ele não olhou para o chão, mas sabia o que era. Em seguida, viu o rosto pálido e os olhos profundos e obscuros de Necromancer a centímetros de distância, prestes a atacar.

Briana gritou ao ver a criatura. Não tinha para onde correr, não havia saída. Seria esse o fim? Levinse estava paralisado. Como Necromancer poderia ter se movido tão rapidamente? Ele tinha acabado de vê-lo na entrada da casa, ao lado de um armário, conversando com Mike. Era inacreditável que ele tivesse chegado ali em questão de minutos. Levinse sentiu o silêncio esmagador e então viu a mão ossuda e pálida de Necromancer agarrar o pescoço de Briana. No momento seguinte, ele a arremessou no vazio. O estômago de Levinse gelou, e mais uma vez ele viu Briana morrer.

CAPÍTULO 16

O PRIMEIRO ATO

Ele não queria acreditar, não suportava ter que acreditar naquilo. Para Levinse, foi como levar um tiro no estômago e, ao mesmo tempo, ser eletrocutado por um raio. Sentiu seu sangue borbulhar e algo gelado cobrir seu corpo. Naquele mesmo momento, o túnel ficou todo iluminado, como se o sol estivesse ali bem acima de sua cabeça. Necromancer deu alguns passos para trás, e uma fumaça negra e densa cobriu por inteiro o corpo de Levinse. Quando finalmente seu rosto apareceu, seus olhos ainda estavam completamente negros, mas tinha algo de diferente: as pequenas nuvens brancas que vagavam no seu centro estavam descontroladas, e seu cabelo trocava novamente de cor a cada momento, revezando de branco para preto em questão de segundos.

— Você ainda não abriu os seus olhos, Levinse! — gritou Necromancer.

De uma hora para outra, Levinse desapareceu.

"Estou caindo. Quero encontrar Briana, faria de tudo para salvá-la, não seria agora, depois de tudo que passamos, que ela iria morrer. Ouvi os gritos dela. Droga, ela está muito longe! E se eu... estou do lado dela agora, posso salvá-la", pensou Levinse.

— Levinse! — gritou Briana.

"Não sei como estou fazendo isso, não sei como parar e voltar para os trilhos. O que é isso que estou sentindo? É ele, sim, é ele, Necromancer", pensou Levinse novamente.

Uma fumaça negra caiu ao seu lado, não havia dúvidas, era ele. Necromancer estava se aproximando com ferocidade, mas não ao encontro de Briana, como sempre fazia, mas sim ao seu encontro. Sua mão o agarrou, era úmida e gelada, sentiu sua respiração parar. Foi quando viu, lá no fim do túnel, uma espécie de luz que aumentava a cada segundo que caía, mas ele não largava, parecia impossível se soltar, e de repente sentiu aquele impacto, algo parecido com mergulhar em águas geladas. Viu-se realizar o mais improvável ato: Levinse conseguiu se soltar de Necromancer, com um violento soco na cara da monstruosidade. Sua respiração voltou, deixando-o aliviado, e sem ao menos ter notado, segurou as vestes do monstro com as duas mãos. A luz ficava cada vez maior, mesmo sentindo o impacto, percebeu que ainda caía, a luz agora ganhava cores, e agora os três estavam em queda livre, e Briana se encontrava desesperada. Levinse olhou fixamente para um Necromancer esfumaçado que tentava o agarrar.

Quando se deu conta, Necromancer havia desaparecido, e Briana gritava com todas as forças. Viu que a luz se transformava em seu quarto, estava prestes a cair sobre sua cama, então sentiu um impacto de novo, mas ainda pareciam estar em queda. A imagem do quarto não mudava, estava lá sua cama bagunçada, uma guitarra ao lado, um computador em cima de uma mesa e seu armário, mesmo assim não ficava maior, como se estivessem se aproximando. Ele olhou para Briana, que agora parecia desacordada. Foi então que, com muito esforço, agarrou a garota e juntos também viraram fumaças.

Estavam de volta ao túnel, Levinse de pé e Briana deitada, parecendo despertar; ela tentava se levantar aos poucos, mas ainda estava paralisada de medo, seu corpo tremia por inteiro. Não acreditava que tudo aquilo que viu realmente aconteceu. Foi quando resolveu olhar para Levinse e ver se ele ainda estava daquele jeito. Para sua surpresa, ele estava ali parado, na borda do precipício, olhando para baixo. Não tardou até ela perceber que agora estava sobre o túnel, ainda deitada ao lado dos trilhos de ferro.

— Levinse — chamou ela.

— Bri, era o meu quarto! Agora me lembro de tudo, lembro de todo o meu sonho. Era exatamente aquilo que acontecia sempre — disse ele, ainda olhando para baixo.

— Levinse, do que está falando? — perguntou ela, finalmente conseguindo se levantar e indo ao encontro dele.

Ele se virou para ela, e ela congelou, ficou parada boquiaberta olhando para ele. Seu corpo emanava uma fumaça escura e pesada, com cheiro de folhas velhas e molhadas. Seus olhos permaneciam negros, com a estranha nuvem lá no meio, movendo-se lentamente. Só percebeu isso quando se aproximou dele, pois o lugar aos poucos voltava à sua penumbra, a estranha luz que aparecera ali simplesmente estava se apagando. Em sua mente, questionava: aconteceu realmente aquilo tudo?

— Levinse, o que aconteceu? Por que o seu corpo está assim? — perguntou ela.

Ele olhou para seu corpo e viu a estranha e bizarra fumaça, sentiu-se estranho por isso e não soube muito bem o que responder.

— Não sei direito, eu vi você cair e senti algo estranho. Aconteceu tão rápido... — disse ele, pensativo.

— O que é você?

— O quê? — questionou, olhando muito feio para ela. — Como vou saber? Pelo que sei, sou humano.

— Desculpa, eu não quis ofender.

— Deixa para lá — disse, virando-se sobre o abismo.

Aquela pergunta pegou de surpresa, realmente se preocupou com aquilo. Quem realmente seria no estado em que estava? Ficando pior incontestavelmente a cada segundo. Seria ele a própria coisa da qual corria? Esse tipo de noção passava por sua cabeça, deixando traços de realidade, mas como poderia se o quebra-cabeça ainda não estava completo?

Levinse resolveu pensar no que fazer, pois pensar no que era de certa forma soava excêntrico. Ele olhou para a frente, onde encontrava-se o buraco, desviou o olhar para baixo e continuou em uma linha reta seguinte, sentiu seu coração bater com força e soube ali onde encontrar a saída.

— Levinse, como vamos sair daqui? — questionou Briana.

Ele já tinha a resposta, mas não sabia como dizer a ela sem lhe causar um "treco".

— Olhe, lá na frente — disse ele, apontando o dedo para um caminho que se estendia na escuridão.

— Desculpe, Levinse, não vejo nada.

— Do outro lado tem a continuação do túnel, temos que chagar lá — disse ele, abaixando a mão e colocando dentro do bolso.

— E como pretende chegar lá? Esqueceu que estamos na beira de um buraco?

Levinse pensava nisso desde que descobriu o caminho. Ele tinha uma ideia, mas achava impossível. Foi quando pensou na teoria: "O que é impossível aqui dentro? Apenas uma palavra sem seu valor". Sendo assim, olhou para Briana. A fumaça sobre ele caiu no chão e sumiu, fazendo seus olhos voltarem ao normal.

— Droga, assim não consigo fazer!

Briana olhava para ele satisfeita.

— Agora sim é o Levinse que eu conheço.

— É, mas assim eu não vou seguir — disse ele, agachando-se bem na beira do enorme buraco.

— Conseguir o quê? — ela perguntou, aproximando-se com medo.

— Toda vez que fico daquele jeito, eu consigo me teletransportar. Eu me imagino em um lugar e apareço lá, entende?

— Notei isso — afirmou ela, lembrando da queda.

— Pensei que poderia levar a gente para aquele lado — apontou ele para a continuação do túnel.

— Esse poder seu parece muito com o do Necromancer, você deve ter notado isso, não é? — perguntou ela, tirando a bolsa e colocando cuidadosamente no chão.

Ela se sentou e se escorou na parede, então Levinse se levantou e foi até ela.

— Talvez, se você se concentrar, consiga voltar a ficar daquele jeito — disse ela, abraçando os joelhos.

Levinse se encostou na parede com os braços cruzados.

— Você está bem? — ele perguntou.

Ela não respondeu, fez apenas um som lamentável.

— Você não gosta quando fico daquele jeito, não é?

— Não — disse ela, baixinho. — Você consegue controlar? — perguntou.

— Acho que aprendi quando pulei para te salvar, Necromancer me ajudou — disse Levinse, colocando a mão no bolso. — Vem, vamos indo, não falta muito.

— Te ajudou? — perguntou ela.

— É, eu não sei explicar, parece que ele quer me falar algo. Posso estar ficando doido, mas ele não parece ser tão ruim.

— Levinse — disse ela, pegando nas mãos dele. — Ele quer nos matar, ele é muito ruim. Como você pode achar que ele te ajudou? Provavelmente você pegou um pouco dos poderes dele quando usava aquele machado.

— É, talvez você tenha razão — disse ele, acariciando as mãos geladas de Briana. — Mas quando disse que ele me ajudou, não foi como se ele quisesse, foi pelo fato de ele te colocar em perigo e eu querer te salvar. Não sei se você está entendendo.

Briana soltou o ar com alívio, pulou e agarrou o pescoço de Levinse, dando-lhe um beijo demorado.

— Nossa, gostei disso! — disse ele, sorrindo.

— Meu namorado é o meu herói! — disse ela, abraçando-o.

Levinse corou, agarrou a cintura dela com cuidado e beijou sua testa.

— Acho melhor continuarmos, estamos perto, imagino. Fora que estou ansioso para encontrar o meu amigo Mike.

— Será que ele está realmente vivo, Levinse?

— Ninguém mais sabe desse código a não ser a gente.

Eles retomaram a caminhada nos trilhos de um túnel. Ainda estava muito escuro e Levinse se sentiu estranhamente desgostoso quando usou o isqueiro para acender um cigarro.

— Desculpe — disse ele, ao perceber o que fez. — É estranho como nos acostumamos com a escuridão. Às vezes, é possível transformar elas em grandes aliadas em momentos difíceis.

— Aonde você quer chegar? — perguntou Briana.

— Quando estávamos caindo, eu descobri como usar essas habilidades. Foi tão simples que me sinto um idiota por não ter percebido isso antes — disse ele, dando uma pausa para fumar. — Mas têm coisas que eu ainda não entendo, e talvez você possa me explicar.

— Como poderia?

— Não sei, você é a que entende latim, não é? Olha, por que o Necromancer está atrás de você?

— Não sei, talvez seja porque eu sei como sair — disse ela.

— É, faz sentido... — falou Levinse, dando mais um trago.

Continuaram caminhando e o túnel fez uma curva. Briana apoiou uma de suas mãos na parede para não perder o rumo e o equilíbrio. Levinse continuava a pensar diante de suas dúvidas, pensava novamente em Mike e não tinha real certeza se ele estava vivo. Necromancer não ajudou muito na situação, parecia ainda mais perigoso e sempre disposto a matar, estranhamente nunca ele, mas sempre Briana. Por que sempre ela? Seria esse o motivo mesmo?

Não sabia mais em que pensar, então resolveu testar suas habilidades antes de questionar. Olhou para cima, procurando os pequenos LEDs que estavam no teto do túnel. Não demorou muito para encontrá-los, já que os seus olhos estavam acostumados com a escuridão.

"*Parece que faz muito tempo que não faço isso*", pensou ele, tentando notar alguma coisa.

Então, parou de andar, fechou os olhos, desejou e imaginou todos os LEDs se acendendo. Briana percebeu que Levinse havia parado de andar quando viu algumas luzes piscando perto dele.

— Levinse, o que está fazendo? — perguntou Briana.

— Feche os olhos — disse ele, de forma calma.

Foi então que uma luz amarela iluminou o túnel. Levinse viu sobre as suas pálpebras a luz querendo entrar nos seus olhos; ao abri-los, viu todo o caminho iluminado.

— Abra os olhos.

Briana abriu os olhos vagarosamente e viu Levinse sorrir, dando o último trago no cigarro.

— Você fez isso? — perguntou ela.

— Acho que sim.

— Melhorou muito. — disse ela, olhando ao seu redor.

— Está prestes a ficar melhor — disse Levinse, apontando para frente.

Lá estava uma porta velha e desgastada, de longe dava para ver o número 10 e algo escrito em cima dela, que ambos sabiam ser a falsa saída. Briana abriu um largo sorriso e abraçou Levinse. Nesse momento, a mente do garoto travou, tudo ficou preto novamente e em menos de um segundo estava caindo no chão da casa.

Viu Mike de pé olhando para a porta por onde entraram, estavam um de frente para o outro, e Levinse estranhou o amigo não ter reparado nele.

— Mike! Mike, aqui, olhe para mim! — disse Levinse, quando uma fumaça negra se materializou atrás de garoto.

Era Necromancer.

Levinse deduziu que eles não podiam vê-lo, então ficou ali parado observando os dois. Mike virou-se rapidamente quando percebeu Necromancer.

— Conseguiu? Deu certo? — perguntou o garoto.

Necromancer foi até o armário onde Levinse havia se escondido da última vez, abriu e retirou o machado, o mesmo que usou na prisão. Mike correu até perto dele e perguntou novamente se ele tinha conseguido, mas Levinse não sabia do que se tratava; ficou ali parado, curioso, querendo saber tudo. Não se perguntava mais se aquilo era real, pois sabia que era, suas dúvidas eram o porquê de Mike estar falando com o homem que o matou.

— Não, mas por outro lado, ele descobriu uma coisa — disse Necromancer.

— Descobriu o quê? — perguntou Mike.

— Agora ele sabe como usar os poderes que lhe dei, mas está muito próximo da saída. Nós devemos interferir.

Seus pés se levantaram novamente, estava subindo muito rápido, quando viu Briana se afastar dele ainda sorridente, mas seu sorriso sumiu quando viu os olhos negros de Levinse.

— Aconteceu alguma coisa? — perguntou Briana.

— Aconteceu todas elas — disse ele, pegando na mão dela e simplesmente se teletransportando para perto da porta.

— Meu Deus! Não faça mais isso, Levinse — disse ela, espantada.

Ele estava sério, pois muitas coisas passavam por sua cabeça. Levinse apertou com tanta força a maçaneta da porta que ela se quebrou, impedindo-o de abrir. Ele não tinha tempo para perder, precisava chegar até Mike, e com um toque de sua mão, a porta se espatifou.

Estavam lá novamente, no corredor da casa, bastava descer as escadas e encontrar os dois, encontrar Mike e perguntar por que ele estava fazendo aquilo, por que estava se aliando a Necromancer, mas ao chegar lá, não havia ninguém, nem mesmo as poltronas, nem mesmo o armário, nem mesmo a porta, somente os espíritos perambulantes, que olharam para Levinse com temor.

— Levinse, o que está acontecendo? — perguntou Briana, na ponta da escada.

— Estou prestes a descobrir.

CAPÍTULO 17

A CASA DOS ESPELHOS

Decifrar os acontecimentos era mais do que um desejo especialmente próprio, era uma obrigação que pesava sobre Levinse como uma sombra. Ele se movia em círculos perto das escadas, cada passo uma tentativa de desvendar um mistério mais complexo que o anterior.

"Como eles puderam desaparecer? Eu os vi aqui, tenho certeza! Será que meus olhos me enganaram? Não, aquilo foi real. Mas se não estão aqui, onde estão? Será que há um quarto oculto em algum lugar?", ponderou Levinse enquanto subia os degraus.

— Ei, se acalme — disse Briana, permanecendo na base da escada.

— Estou calmo — respondeu ele, embora sua mente estivesse em tumulto.

— Não parece. No que está pensando?

Levinse parou de andar e encarou Briana.

— Muitas coisas. Não entendo como os vi aqui e agora não estão mais. Talvez haja um quarto semelhante a este por aqui.

— Pode ser — concordou Briana, seguindo-o pelo corredor.

Levinse sentiu o medo crescendo dentro de si, mas desejou voltar a ser o garoto normal que costumava ser. No instante em que o desejo se materializou, a tensão desapareceu e ele se sentiu aliviado.

— Bri, me empresta sua mochila — pediu Levinse, apontando para ela.

Briana passou-lhe a bolsa, e Levinse retirou uma lata de refrigerante, sentando-se perto dos destroços da locomotiva, deixando a mochila ao lado.

— O que pretende fazer? — indagou Briana.

Levinse deu duas goladas na bebida e olhou para o corredor.

— Entrar no próximo quarto — respondeu ele, com a mente distante.

Briana pegou a mochila, procurando pelo livro.

— A última página está aqui? — questionou, mais para si mesma do que para Levinse.

— Está — afirmou Levinse, surpreendendo Briana.

Ela se sentou ao seu lado e abriu o livro. Enquanto Briana lia, Levinse olhava para os buracos que revelavam a cidade lá fora, pensando no velho que encontraram perto dos trilhos. Ele não queria acabar como aquele homem solitário.

Decidindo que era hora de agir, Levinse terminou o refrigerante e se levantou. Briana fechou o livro e o guardou na mochila, levantando-se logo em seguida.

— Está tudo bem? — perguntou Levinse, observando a locomotiva.

— Não.

— Não? Por quê? — questionou Levinse, incrédulo.

— Você descobriu que tem poderes, mas acha que pode simplesmente sair por aí entrando nos quartos? — disse ela, nervosa.

— Talvez seja melhor treinar um pouco antes — ponderou Levinse.

— Concordo. Vamos encontrar um quarto adequado para isso — sugeriu Briana.

Levinse concentrou-se e a fumaça negra envolveu seu corpo mais uma vez.

— Presunçoso! — murmurou Briana, indignada.

— Fica legal depois que você controla. Vou procurar um quarto, espere aqui — disse Levinse, passando pela locomotiva.

Juntos, passaram pela porta 10, que já não tinha porta, e foram até a 11, examinando-a com atenção antes de voltar ao corredor. Levinse desejou rapidamente encontrar um quarto adequado, e a fumaça negra o envolveu mais uma vez. O corredor se tornou uma névoa borbulhante, e uma luz brilhante surgiu à frente. Quando desejou parar, uma nuvem negra cobriu seu rosto. Ao se dissipar, ele se viu diante da porta 13.983.753.915.

— Uau, tudo isso? Mas como é possível? — ele virou-se para a luz, viu que o corredor não havia acabado, existiam ainda mais portas.

Levinse olhou para a porta 13.983.753.915 e abriu. Era um lugar amarelado; ao longe, árvores pretas sem folhas, grandes pedras espalhadas por toda a planície de um verde musgo.

Ele virou-se para outra porta, a 13.983.753.916, e a abriu. Dessa vez, ele viu outro Levinse abrindo a mesma porta. Foi muito estranho, ele quase caiu para trás; os dois, na verdade. Parecia um espelho, a diferença é que Briana estava ao lado desse Levinse do reflexo. Eles se olharam novamente, ambos esticaram as mãos como se fossem se cumprimentar. Então, a porta se fechou e desapareceu, dando lugar a outra janela. Novamente, Levinse tentou olhar para ver se via alguma coisa lá fora, mas não viu nada. Ele então desejou correr novamente. Estava decidido a chegar ao fim, pois queria saber o que havia na luz. Então, a fumaça negra voltou a cobrir o seu corpo e, de um momento para o outro, estava lá, no quarto 14.000.000.000, o fim do corredor, o limite da loucura.

A porta daquele quarto era muito diferente das outras, totalmente branca. O número estava na parede, em dourado, as maçanetas pareciam de ouro maciço. Levinse olhou para trás e viu um corredor infinito, decidiu tentar abrir essa porta, mas não abria, tentou forçar, como tentara fazer com a porta de número 10, mas nada acontecia. Então foi até a porta de número 13.999.999.999 e tentou abrir, o que aconteceu facilmente, mas do outro lado parecia outro corredor, com a mesma porta à frente, 13.999.999.999.

Ele colocou a cabeça para dentro e olhou ao seu redor, viu o corredor e a porta de número 14 bilhões, mas voltou a fechar.

— Esse lugar é uma loucura — disse ele para si mesmo. — Melhor voltar.

Ele desejou estar ao lado de Briana, e a fumaça tornou a cobrir seu corpo, então ele retornou. Briana estava sentada em uma pedra realmente grande, ao lado da locomotiva, lendo o livro.

— Então, encontrou alguma coisa? — perguntou ela, notando que ele estava voltando.

— Fui até o fim, vi a última porta — disse ele, caminhando até a porta 7.

— Então esse lugar não é infinito, existe um fim — disse ela, levantando-se. — E como é o fim? Muito longe?

— Quarto 14 bilhões, uma porta branca, mas não consegui abrir.

Briana ficou boquiaberta com a grandeza do lugar, repetiu "14 bilhões" baixinho e fechou o livro.

— Acho melhor a gente testar no quarto 7, já que a porta ficou aberta e parece um lugar grande o suficiente.

— Mas, Levinse — começou ela, recompondo-se —, aquele não é um quarto seguro, não tinha baleia, sabe?

— Deve ter, sim, a gente que não viu porque não ficamos lá por um longo tempo e eu apaguei — Levinse lembrou do ocorrido. — Quanto tempo eu fiquei apagado?

— Uns vinte minutos, mais ou menos — disse Briana.

— Então era tempo suficiente para ter acontecido alguma coisa ou alguém aparecer atrás de nós — disse ele, sem acreditar naquilo.

Os dois então abriram a porta 7, viram a igrejinha, as grades do portão e o pequeno muro de pedras, tudo o mesmo, tirando o fato de estar tudo branco e muito frio.

— Neve? — questionou Levinse.

— Nossa, que frio! Melhor voltar, Levinse. Podemos fazer na cidade — sugeriu Briana, cobrindo as pernas pelo vento gelado.

— Não, lá não. Vamos ficar aqui mesmo, eu tenho certeza de que podemos fazer uma fogueira. Tem aquela árvore ali perto e podemos usar o resto das velas que estão no caixão.

— Caixão? Não quis dizer "túmulos"? — perguntou ela, rindo. — De qualquer forma, você faz isso e eu vou ficar no corredor te esperando.

Levinse olhou para ela indignado.— Não quis dizer túmulos — repetiu ele, enquanto ia em direção à árvore.

Levinse retirou alguns galhos secos e foi até o cemitério. Antes de chegar aos outros túmulos, ele passou pelo seu próprio, que estava coberto de neve no buraco que ele tinha cavado, mas não deixou de sentir um calafrio estranho quando viu. Voltou para perto da porta, que ainda estava aberta, olhou para Briana, que parecia uma aparição parada entre o corredor e o quarto. Levinse chutou a neve para armar uma fogueira.

Depois de um tempo, ele já tinha feito a fogueira e Briana estava sentada entre a porta. Levinse estava na neve, bem próximo ao fogo, mexendo nas brasas com uma vara.

— E se você se teletransportar para fora da casa? — perguntou Briana.

— Eu poderia tentar — respondeu Levinse.

Ele nem pensava em seus novos poderes, queria saber onde estava o seu melhor amigo, tentava entender o que ele fazia perto do Necromancer e como ele poderia ter sobrevivido a tudo aquilo que lhe aconteceu. Por várias vezes olhava ao seu redor, observava Briana, pensando se tudo aquilo não era um sonho ou uma alucinação. Veio também a lembrança do que viu no último quarto, quando se jogou para salvar Briana. *"Era o meu quarto."*

— Bri, será que já não estamos mortos?

Briana olhou angustiada para ele.

— Não podemos estar mortos — disse ela, muito calma.

— Como poderíamos ter certeza? E se esse for um tipo de inferno ou purgatório? Vai ver já estamos mortos.

— Para de ser pessimista, Levinse. Olha, temos sentimentos, temos fome e necessidades ainda, sentimos dor, ainda sangramos, não tem como a gente estar morto se ainda podemos morrer.

A fogueira deu um estalinho, saindo faíscas. Levinse olhou para o fogo, pensativo, fazia sentido o que Briana falava, realmente não estavam mortos ou em algum tipo de inferno; aquilo era real.

"Muito real", pensou ele, colocando suas mãos bem perto do fogo.

— Mike está vivo! — disse ele, finalmente.

— Quer conversar sobre isso? — perguntou Briana, com carinho.

— Eu vi ele morrer no primeiro quarto, foi horrível. No segundo quarto, eu o vi também, mas não tenho certeza se aquilo era real.

— Ele falou alguma coisa?

— Agiu normalmente, como se não estivesse entrado na casa. Quando abri a porta, acordei na nossa escola e ele estava lá.

— Depois a gente se encontrou então — disse Briana.

— Sim, depois a cidade e a cabana na floresta, onde encontramos o livro.

— Sim, a floresta — Briana ficou um pouco vermelha, pois lembrou do que eles fizeram, mas logo completou. — Aí fomos para a prisão, foi lá que seus poderes apareceram.

— Por causa do machado, você quis dizer, não é?

— Sim, provavelmente. O engraçado é que você deveria ter morrido de acordo com o que estava no livro — disse ela, mudando de posição, dobrando os joelhos e os abraçando em seguida. — Vai ver você é esse tal de sucessor — disse ela rindo.

— Não sei onde está a graça nisso — respondeu ele, dando outra cutucada na fogueira, que estremeceu.

— Daí entramos nesse quarto.

— Achamos meu túmulo e depois fomos para o circo dos horrores.

— Odiei aquele lugar! — disse Briana, com raiva.

— Foi bizarro — completou Levinse. — Bem, eu abri a porta 118 e vi um castelo, mas não entrei no quarto.

— A gente foi ao shopping depois.

— Aí demos uma vasculhada nos outros quartos, era 300 e qual mais?

— 330 era o mar e 332 era o posto de combustível, onde você fez café — disse ela.

— Um cafezinho quente cairia bem agora — disse ele, acendendo um cigarro na brasa da vara que cutucava a fogueira.

— Aí entramos no túnel do metrô e agora estamos aqui.

— Eu esqueci de falar, mas quando fui até o fim do corredor, abri uma porta. — Ele parou, ficando pensativo. — Não lembro o número, mas era 13 bilhões e alguma coisa. Na verdade, eu abri duas portas. Uma era um lugar que parecia um jardim, céu amarelado e árvores bem pretas; o outro foi o mais estranho, pois eu vi eu mesmo abrindo a porta, só que você estava ao lado do meu reflexo.

Briana virou a cabeça com cara de quem não entendia nada.

— Viu você mesmo? Tipo um espelho? — perguntou ela.

— Não, Bri. Foi tipo um outro eu, só que você estava do lado desse outro eu, daí a porta se fechou sozinha e virou uma janela.

— Nossa, que estranho!

— Depois, na última porta, quero dizer, a última não abriu, na penúltima era como se fosse outro corredor. Eu abri a porta e olhei dentro do quarto, mas era outro corredor idêntico — disse ele, soltando a fumaça.

— Mas você viu os números dos quartos? — perguntou ela, ansiosa.

— Vi, era o mesmo. Quando olhei para o lado, vi a porta 14 bilhões.

— Sinistro! — disse Briana, olhando para o teto.

Os dois ficaram em silêncio por um momento, pareciam estar pensando sobre todos os quartos que visitaram, sobre tudo que acontecera até agora e, mesmo sem saber, ambos pensavam a mesma coisa: o que teria nos outros quartos e como sairiam da casa.

Levinse colocou mais dois galhos na fogueira quando Briana se levantou.

— Vamos tentar, Levinse. Vamos ver se você consegue se teletransportar para fora da casa.

— Certo, vamos — ele se levantou, batendo a neve que estava em sua calça. — Vejamos, primeiro eu me concentro e...

Seus olhos ficaram negros e uma pequena luz branca apareceu dentro da escuridão. Uma fumaça negra e pesada começou a sair de suas roupas, e no chão branco de neve era bem visível sua presença. Briana se afastou um pouco, ficando mais dentro do corredor. Ainda sentia um pouco de receio ao ver Levinse assim, mas não tinha mais medo.

— Se der certo, não esquece de voltar para me buscar! — gritou Briana, mas Levinse parecia não ter ouvido.

— Certo, agora só é me imaginar fora, na rua da minha casa, talvez — disse ele, fechando os olhos. — Isso, na rua da minha casa.

O corpo de Levinse estremeceu, ele ia se teletransportar. A fumaça se levantou do chão e cobriu seu corpo; o pouco que dava para ver dele se mexia como se estivesse vibrando muito forte. Dessa vez estava diferente, ele sentia muita dificuldade, parecia que alguma coisa o barrava. Não estava sendo tão agradável quanto da primeira vez. Até que toda a fumaça caiu como areia no chão; o movimento foi tão forte que apagou a fogueira e empurrou a neve. Os olhos de Levinse voltaram ao normal.

— Não consigo, é diferente. Parece que...

Levinse arregalou os olhos na direção de Briana, mas não olhava para ela, e sim para o que passou atrás da garota, no corredor. Era Mike.

Ele passou e deu uma boa olhada para ele, seu rosto nítido e pleno, seus olhos entre o vão da porta e os cabelos grisalhos de Briana.

Levinse se adiantou até a porta, mas antes de alcançar Mike, Briana simplesmente caiu dura de costas, ainda mais pálida que o normal. Antes de chegar ao chão, Levinse a segurou. Ele olhou para onde Mike passava, mas não viu ninguém, apenas o corredor vazio. Olhou para o lado e viu a ponta da locomotiva e muitas pedras que quebraram quando atravessou a parede. Então ele voltou sua atenção para Briana.

— Bri? — perguntou, incrédulo. — Os seus olhos estão como os meus.

Ela não se mexia, porém seu corpo perdia a rigidez. Levinse tentou levantá-la, mas agora ela estava muito molenga para isso, então ele a segurou em seu colo. Sem aviso, um rosto exageradamente grande apareceu no céu, uma expressão macabra com olhos cinzas-azulados, como os de Briana, com as narinas abertas, um sorriso medonho e um queixo pontudo. Ele falava quase como uma buzina de caminhão.

— Cuidado! — ele disse, franzindo a sua enorme testa com aqueles olhos arregalados.

Aquele rosto se aproximou ainda mais, parecendo que ia mergulhar, e um corpo realmente gigante do céu ia surgindo. Levinse se apressou em erguer a garota paralisada em seus braços, fechou a porta e, com um escorregão, caiu sentado escorado na porta 7, com uma Briana paralisada com a boca entreaberta. Levinse olhou bem para os olhos da amiga; não estavam mais negros, estavam todo branco, como se a nuvem que se mexia lá dentro tivesse se expandido até dominar toda a escuridão.

— Bri, acorda! — disse ele, tirando uma mecha de cabelo de seu rosto.

Ela não se mexia, não piscava, e a boca ainda meio aberta, como se estivesse em pânico. Levinse a segurou forte e levou seu rosto até perto de seu peito, apoiou seu queixo na cabeça dela.

— Tudo bem, Bri, tudo bem. Eu estou aqui, vai ficar tudo bem.

Os dois ficaram ali por muito tempo, antes de Briana começar a se mexer. Levinse acabou dormindo com o tempo, ainda segurando ela no colo, agora ela sentada entre as pernas dele. Briana acordou lentamente. Quando abriu os olhos, viu o queixo de Levinse levantado; o garoto estava apagado, com sua cabeça apoiada na parede. Ela se levantou com cuidado para não acordar o garoto, foi até a porta 7 e tentou abri-la, mas estava trancada. Então, ela se sentou ao lado de Levinse, passou seu braço entre o pescoço e empurrou a cabeça dele em seu ombro. Ele parecia dormir ainda mais com isso.

— Levinse, acorda! Nós temos que continuar — disse ela, acariciando seu rosto. — Vamos, acorde — ela puxou um pouco a sua orelha, fazendo o garoto despertar.

— Você acordou — disse ele, bocejando.

— Era você que estava dormindo — respondeu ela, bocejando logo em seguida.

— Mas você apagou primeiro, parecia que tinha tido um acesso ou coisa do tipo.

— Eu desmaiei? — perguntou ela, agora surpresa.

— Não sei se foi um desmaio, você ficou meio travada, com expressão de medo. Ah, e outra coisa, os seus olhos ficaram como os meus, sabe? Pretos e depois brancos — disse Levinse, apontando para os olhos dela.

— Como? Quando isso?

— Eu vi o Mike passar atrás de você, aí quando corri até ele, você apagou, ia cair com tudo no chão se eu não tivesse te segurado. Nisso apareceu uma cabeça enorme no céu, de um cara, aí parecia que aquela coisa gigante ia cair do céu, sabe?

— Calma, fala devagar.

Levinse respirou fundo.

— Eu vi o Mike atrás de você.

— Não, eu entendi. Deixa para lá, eu entendi — disse ela, batendo devagar a cabeça na parede.

— Será que é um tipo de doença? — disse Levinse.

— Doença?

— Você não tocou no machado, como poderia ficar com os olhos negros?

— Eu acho que fui possuída, eu não me lembro de nada disso — respondeu, ela esfregando os olhos.

— Possuída por o quê? — perguntou Levinse.

— Sei lá, foi muito estranho.

Levinse encarou os olhos dela, e ela retribuiu.

— Levinse, isso não é uma doença, pode ficar tranquilo. Eu só apaguei, sei lá, vai ver aquela coisa que apareceu no céu tentou me possuir.

— Hum, faz sentido. Ele tinha os mesmos olhos que você.

— Sinistro e bizarro! — disse ela, por fim.

— Muito — disse Levinse, também escorando a cabeça na parede.

— Acho melhor a gente seguir para o próximo quarto.

— É, tem razão.

Os dois se levantaram, Briana pegou a mochila rosa do chão e jogou nas costas. Levinse quase acendeu outro cigarro, mas preferiu fazer isso depois. Eles se aproximaram da porta 11 e se olharam. Então, ele girou a maçaneta da porta.

Logo descobriram que era noite. No céu, a lua brilhava, exibindo sua luz azul-acinzentado por toda parte. Levinse deu alguns passos para a frente e pôde ver onde estavam: um Parque de Diversões em péssimas condições.

A porta estava no meio de uma mata ao lado do portão de entrada. Logo à frente, viam-se um carrossel, um carrinho bate-bate e um barco pirata, todos deteriorados, caídos aos pedaços, com a natureza tomando de volta o seu espaço. Atrás deles, viram algumas sombras gigantescas, imaginaram que fossem os outros brinquedos que existiam no parque, identificando apenas dois pela forma de suas sombras: uma roda-gigante e uma montanha-russa.

Briana estava ao seu lado, observava os brinquedos silenciosamente, como se lembrasse de alguma coisa particularmente boa. A falta de um sorriso poderia eliminar essa suposição. Levinse acendeu um cigarro, deu o primeiro trago e logo sentiu uma brisa fresca tocar-lhe o rosto. Viu de canto os cabelos de Briana tremularem. Ela continuava linda e complexa, talvez mais que ele, mas ainda sim linda.

— Levinse, a porta sumiu — disse ela, olhando para onde deveria estar a porta por onde entraram.

— Nossa preocupação agora é encontrar a página que falta do livro, mas não sei por que não consigo senti-la — disse ele, soltando a fumaça pelas narinas.

— Vai ver que isso você não controla — disse ela, agora voltando ao seu lado.

— Que droga, acho que devemos caminhar!

— É... — disse Briana, pegando na mão dele.

Ele estranhou o toque, gelado como sempre, mas ao mesmo tempo macio, trazendo-lhe uma certa confiança no que deveria fazer, pois para ele isso era o seu fardo, prometeu a ela que iriam sair.

Começaram a andar em direção ao parque. Passaram por uma bilheteria de cor rosa e azul claro, com a tinta bem gasta e uma aparência decadente, tomada pelo mato ao seu redor. Levinse jogou o resto do seu cigarro dentro da janela do pequeno barraco. Logo, ele e Briana passaram pela entrada. O parque era imenso, com muitos dos seus brinquedos completamente em ruínas, mas alguns pareciam permanecer em ótimo estado, revisando suas qualidades com o tempo. Às vezes, eram belos, outras, revelavam suas ferrugens e falhas.

Algumas nuvens surgiram no céu. Não eram muitas, mas das poucas que passavam, eram realmente grandes. Levinse e Briana estavam perto de um carrossel quando tudo escureceu; uma delas tampou a lua, impedindo seu brilho de iluminar o local. Briana apertou forte sua mão, e Levinse sentiu várias coisas se movimentando muito perto deles. Continuava escuro, e uma música começou a tocar, um toque clássico e típico de um brinquedo rotativo, não deixando dúvidas de que era o carrossel.

— Levinse, o que está acontecendo? — perguntou Briana, assustada.

— Como é que eu vou saber? — perguntou Levinse, irritado, olhando para toda parte.

Não sabia o que estava acontecendo, mas tinha certeza de que algo estava à espreita, observando seus movimentos. Questionava se este quarto seria pior do que os outros, afinal, sempre piorava, e a escuridão parecia segui-los em todos os quartos em que entravam. Ele se assustou quando ouviu Briana falar baixinho perto de seu ouvido.

— Por que a sua respiração está tão tensa, Levinse?

— Não está — disse ele, com uma expressão de dúvida.

Briana ficou petrificada e estava com muito medo, apertava com muita força a mão dele, mas ele não reclamava e estava calmo, observando a escuridão. Não demorou muito para que a luz da lua voltasse a iluminar o local. Os dois quase tiveram um treco quando viram a mudança: inúmeras pessoas apareceram no parque, todas completamente negras e imóveis, paradas como se fossem estátuas sem vida. Algumas, pelo tamanho, pareciam ser crianças, e o carrossel estava girando, sem luzes ou brilhos, mas tocando uma música macabra, com algumas dessas estátuas sentadas em pequenos cavalos de madeira.

Levinse soltou a mão de Briana e foi bem perto de uma dessas esculturas, olhou bem para uma, que parecia ser uma mulher, mas não tinha cabelos longos nem uma roupa afeminada, apenas seu formato definia seu sexo.

— Levinse — Briana chamou baixinho.

Ele não deu importância, continuou a olhar para a suposta mulher, tentando descobrir se era uma estátua ou algo vivo, ou se talvez tivesse sido um dia. Decidiu tocar no braço dela; estava quente, e algo pulsava em seu interior. Ele tirou a mão bem depressa e olhou para todos os lados. Havia tantas estátuas que formavam um cenário horrendo. Briana se aproximou com uma expressão assustada.

— O que foi? — cochichou Levinse, ainda olhando para as estátuas.

— Isso é bizarro — disse Briana.

— Sim, mas são estátuas, não vão se mexer — disse ele.

— Não finja ser inocente, Levinse — disse ela, dando um soco no ombro dele.

— Melhor andarmos logo com isso — disse ele, indo em direção ao barco pirata, desviando das estátuas.

Minutos depois, estavam de frente com o barco. Era realmente grande e velho, parecia ainda mais sinistro com a música do carrossel tocando ao longe. Os dois pararam e contemplaram o brinquedo. Não tinham a menor ideia do que fazer, a não ser continuar andando até encontrar alguma coisa.

Uma estátua negra, sem rosto e sem expressão, repousava ao lado de Levinse, imponente e perturbadora. Ele a observava fixamente, perturbado não apenas por sua presença, mas também pelas outras estátuas espalhadas pelo local, todas igualmente inquietantes. Um desconforto crescente o invadia ao considerar a possibilidade de que essas estátuas estavam os observando.

— Levinse, acho que o barco está se movendo — disse Briana, visivelmente assustada.

Ele voltou seu olhar para o brinquedo para confirmar o que Briana havia dito e, para sua surpresa, era verdade. Embora os movimentos fossem sutis, Levinse sabia que não podiam ser causados pelo vento, pois não havia ventania no local.

— Vamos sair daqui — disse Levinse, segurando a mão dela e puxando-a consigo.

Caminharam por mais alguns minutos, Levinse à frente e Briana o seguindo alguns passos atrás. Ela estava assustada com as estátuas ao redor, desviando delas com dificuldade. Em certo momento, Briana temeu ter perdido Levinse de vista, e seu coração quase parou de bater com o descuido. No entanto, logo avistou Levinse ao seu lado, apertando sua mão para confortá-la. Os dois continuaram caminhando juntos, em silêncio, o que tornava o passeio pelo Parque de Diversões ainda mais assustador.

Chegaram até a roda-gigante, onde Briana viu Levinse, com um cigarro na boca, mexendo nos controles do brinquedo. Um arrepio percorreu seu corpo; quem havia segurado sua mão esse tempo todo? Correu até perto dele e ficou parada, observando-o.

— Que foi? Parece que viu um fantasma — disse ele, tentando ser engraçado.

— Que graça... — respondeu Briana, irritada.

Ela optou por não contar a Levinse o que havia sentido, presumindo que ele já estivesse ciente das estranhezas que ocorriam na casa. Desejava apenas ser mais perspicaz.

— O que você está fazendo aí? — perguntou Briana.

— Acho que consigo fazer esse brinquedo funcionar — respondeu ele, mexendo em alguns cabos.

— Você vai andar nisso? — indagou ela, um tanto zonza.

— Quero. Será melhor para vermos o parque de cima, e você vai junto — disse ele. — Consegui, vamos. A menos que prefira ficar aqui.

Briana olhou ao redor, avistando as estátuas negras e sem vida. Desejava sair dali o mais rápido possível. Levinse estava na entrada do brinquedo, que já estava em funcionamento, girando lentamente. Ela imaginou como entrariam na cabine enquanto se movia.

— Pronta? — perguntou Levinse.

— Com toda certeza, mas espera, como vamos... — Briana mal teve tempo de completar sua pergunta, pois Levinse segurou firmemente sua mão e, juntos, desapareceram. Briana sentiu seu corpo flutuar e depois se dobrar como um pedaço de papel. Logo, estavam sentados nas cadeiras desconfortáveis da roda-gigante.

O brinquedo girava lentamente enquanto eles observavam o parque de diversões lá embaixo. A visão do alto era ainda mais assustadora, especialmente para Levinse, que ocasionalmente avistava algumas estátuas parecendo mover-se entre as sombras.

À medida que subiam, o vento soprava forte, contrastando com a calmaria lá embaixo. Levinse contemplava a possibilidade de deixar a casa e ponderava sobre o que faria depois. Aproximar-se da saída despertava nele uma mistura de esperança e apreensão, especialmente diante dos eventos envolvendo Mike e suas próprias habilidades sobrenaturais.

Quando estavam quase no topo, Briana, com a voz trêmula, chamou sua atenção para algo à frente. Levinse seguiu seu olhar e viu três figuras descendo do céu em queda livre, mas algo estava errado. Elas flutuavam de cabeça para baixo, suas formas distorcidas e as vestes rasgadas transmitindo uma sensação de horror.

— Levinse, o que é aquilo? — perguntou Briana, visivelmente assustada.

Levinse olhou na mesma direção, mas preferiu não emitir uma opinião imediata. Não era a primeira vez que testemunhava algo do tipo, embora não entendesse completamente a natureza desses eventos.

Antes que pudesse dizer qualquer coisa, notou movimento lá embaixo. Estátuas começavam a se aproximar da roda-gigante, uma após a outra, como se atraídas por alguma força invisível.

— Temos que sair daqui — disse Levinse, segurando firmemente a mão de Briana.

Ao tentar usar seus poderes para teletransportá-los, o brinquedo começou a tremer, faíscas surgiram dos controles, e um grande número de estátuas agora olhava para cima em direção a eles.

— E agora, Levinse, o que vamos fazer? Tire a gente daqui! — implorou Briana, desesperada.

Levinse olhou ao redor, procurando uma saída, e avistou uma pequena casa azul distante, de onde vinham duas estátuas em direção à roda-gigante. Sem hesitar, ele fechou os olhos, concentrando-se em teletransportá-los para lá. Quando abriram os olhos, estavam diante da pequena casa, respirando aliviados por um momento, até perceberem que duas estátuas se aproximavam.

— Não podemos ficar aqui — murmurou Levinse para Briana, em um sussurro tenso.

Ela concordou com um aceno, compartilhando seu medo crescente. Levinse sentiu uma dor latejante na cabeça, um presságio de que algo sinistro estava prestes a acontecer.

Ele olhou para a pequena casa e ficou surpreso ao constatar que não havia porta nem teto. A estrutura parecia emanar uma luz azulada, semelhante a néon de festa ou a LEDs coloridos. Ao se aproximar, a sensação de desconforto aumentou, mas as estátuas que antes os rodeavam haviam desaparecido.

Preocupado com Briana, que permanecia parada observando a roda-gigante, Levinse se aproximou e tocou em seus ombros.

— Ei, olhe para mim. Você está bem? — perguntou ele.

— Acho que sim — respondeu Briana.

— Espere aqui, vou verificar se é seguro entrar naquela casa. Não saia daqui, e se algo acontecer, esconda-se — disse ele, interrompendo-se para dar um beijo em sua testa. — Volto em breve.

Com um misto de ansiedade e determinação, ele se afastou dela em direção à casa. Observando os arredores, notou que nos fundos da construção havia apenas uma vegetação densa. A curiosidade sobre o que encontraria dentro daquela casa o impulsionava, especialmente pela busca da página faltante no livro.

Entretanto, um pensamento inquietante o assaltou: sempre que a dor de cabeça se intensificava, um desmaio parecia iminente.

"O que aconteceria se eu desmaiasse aqui?", indagou-se.

Decidido a não prolongar sua ausência, retornou rapidamente à frente da casa. O céu começava a escurecer, e uma nuvem obscureceu a lua, mergulhando tudo na escuridão. Levinse sentiu uma pressão nos pulmões, enquanto tentava vislumbrar alguma coisa na escuridão. De repente, ouviu uma voz idêntica à sua chamando por Briana.

Sem hesitar, correu na direção dela, guiando-se pela fraca luz azul que emanava dos corredores. Sabia que, naquela escuridão, Briana poderia se perder e seguir a voz que não era sua. Sua cabeça latejava cada vez mais, uma sensação aguda e perturbadora.

Finalmente, avistou Briana dirigindo-se ao centro do parque, onde um grupo de estátuas parecia se concentrar. Correu até ela e segurou seu braço com firmeza, temendo pelo que poderia acontecer se a voz misteriosa atraísse sua atenção.

— Ei, eu também ouvi — disse Levinse, mantendo-se firme diante dos olhos assustados de Briana. — Vem, vamos entrar — insistiu, puxando-a pela mão em direção à casa.

A luz azulada irradiava intensamente na entrada, e Levinse sentia sua cabeça latejar a cada passo. Uma sensação incômoda o instigava a entrar, seja por intuição ou por uma força sinistra que sempre parecia prevalecer. De alguma forma, aquele parecia ser o lugar mais seguro no parque, considerando que as estátuas estavam à sua procura.

Pouco antes de adentrarem a casa, um raio rasgou o céu próximo dali. Briana se assustou com o clarão e o estrondo subsequente, e Levinse teve que arrastá-la para dentro junto dele. Algo parecia diferente nela. Assim que entraram, ele se deparou com sua própria imagem refletida nos espelhos, não distorcida como das vezes anteriores, mas fiel à sua aparência real. Ao avançar mais, notou vários reflexos seus espalhados pelo ambiente. Tentou tocá-los, mas percebeu que eram apenas espelhos.

— Espelhos? Não havia nada aqui antes — murmurou, sentindo-se enredado em um labirinto. A dor de cabeça persistia, e uma sensação de fome começou a incomodá-lo. Seu estômago doía, e na escuridão que se adensava, a fraca luz azulada ajudava a distinguir os espelhos. A cada reflexo, via a si mesmo ou, por vezes, Briana ao seu lado. Com esforço, explorou o estranho labirinto.

Depois de alguns minutos, a dor de cabeça tornou-se insuportável.

— Levinse, o que você está fazendo? — perguntou Briana, observando-o encostar a testa em um dos espelhos.

— Minha cabeça parece que vai explodir — respondeu ele, socando seu próprio reflexo e rachando o espelho.

Nesse momento, o chão começou a tremer, e Levinse ouviu inúmeras vozes repetindo a mesma frase: *"trux morietur"*.

Sua mente apagou, e uma sensação de fome avassaladora o dominou. Na penumbra que se fechava, a fraca luz azulada revelou um pedaço de papel caído no chão, dentro do espelho. Levinse se ajoelhou e tentou pegá-lo, enquanto via seu reflexo repetir o mesmo movimento, colocando o papel no bolso. Subitamente, tudo se iluminou, e a página agora estava em sua mão.

A luz azulada intensificou-se, iluminando melhor o ambiente. Levinse sentiu dores nos joelhos pelo tempo em que estivera ajoelhado e viu Briana ao seu lado, com um sorriso no rosto, contemplando o pedaço de papel.

— Você conseguiu — disse ela. — Vamos, Levinse, nos guie até a saída desta casa de uma vez por todas.

— Espere — murmurou ele, levantando-se. — Foi fácil demais, há algo estranho aqui.

CAPÍTULO 18

NÃO ACREDITE NA VERDADE

Briana tentou ler a página enquanto seguia Levinse em direção à saída; ele segurava uma de suas mãos, guiando-a. Navegar pelo labirinto de espelhos era uma tarefa desafiadora, pois os reflexos distorciam a percepção da direção. Enfrentaram impasses repetidamente, refazendo o caminho até finalmente conseguirem sair.

— Sim, é essa, Levinse. Esta página descreve os desafios que você precisa superar para encontrar a saída legítima — explicou Briana, radiante de felicidade.

Os dois pararam pouco antes da entrada da casa dos espelhos. Levinse percebeu que o parque estava estranhamente silencioso; até mesmo a música sinistra do carrossel havia cessado. A escuridão dificultava a visão, e a única fonte de luz vinha da casa, uma tênue luminosidade azulada. Briana, empolgada, segurava a folha com uma mão enquanto apertava com força a mão de Levinse.

— Quais são os desafios? — indagou Levinse, finalmente.

Enquanto Briana começava a falar, uma grande nuvem que obscurecia a lua se dissipou no céu. As três pessoas que flutuavam finalmente caíram com um estrondo no chão, seguido por um grito agudo, antes de retornar ao silêncio. Os dois trocaram olhares apreensivos, aguardando o que aconteceria a seguir.

— Precisamos voltar ao corredor — afirmou Briana, com seriedade.

Levinse concordou e, ao empurrá-la com força para dentro da casa, ela chocou-se com um espelho, que se estilhaçou. Sentada no chão, Briana viu sua mochila se rasgar, espalhando seu conteúdo.

Uma fumaça negra emergiu de trás de um trailer de hot-dog, tomando a forma de uma criatura horrível.

— O que você fez com o Mike? — bradou Levinse para uma sombra escura diante da casa.

— Ele está aqui — respondeu uma voz grave e rouca.

Um rapaz alto e loiro emergiu de trás da criatura; era Mike, visivelmente envergonhado ao lado de Necromancer, ambos olhando para dentro da Casa dos Espelhos. Levinse, incrédulo, observou-os atentamente, verificando se não era uma ilusão.

— Mike! — chamou ele, surpreso.

— Levinse, eu...

— Me perdoe, eu tentei te salvar, eu juro que tentei — interrompeu Levinse, desesperado.

— Basta! Mike voltou assim que morreu... — disse Necromancer, antes de ser interrompido.

— Você o matou! — acusou Levinse, avançando contra a criatura.

Seus olhos escureceram novamente, e a fumaça negra irrompeu de seu corpo. Um tumulto se seguiu quando Levinse desferiu um soco no estômago de Necromancer, envolvendo os dois em uma esfera de fumaça negra. Mike fugiu, observando com temor; logo a fumaça se dissipou, revelando Necromancer segurando Levinse pela cabeça.

— Afaste-se! — ordenou Necromancer, empurrando Levinse para longe da casa.

— Levinse, se acalme! — gritou Mike.

Nesse momento, Briana tentou fugir, mas Necromancer surgiu diante dela, envolto em fumaça. Levinse, vendo a cena, agiu instintivamente, correndo para protegê-la.

— Deixe ela em paz! — bradou ele para Necromancer.

De longe, viu Briana ser arremessada ao chão, levantando uma nuvem de poeira ao redor dela. Necromancer se aproximava, um machado materializando-se em sua mão. Determinado a proteger Briana, Levinse correu em sua direção e a agarrou, teletransportando-os para o corredor da casa.

Ao se levantar, Briana olhou ao redor, confusa e assustada. Antes que Levinse pudesse dizer algo, foi violentamente lançado para longe, caindo em um monte de lixo ao lado da porta de número 13. Engolido pela fumaça, Necromancer apareceu no corredor, prestes a arrastar Briana para o quarto 19.

— Não! — gritou Briana, desesperada.

Levinse correu para detê-lo, agarrando o braço de Necromancer. A criatura, com seus olhos vazios e boca costurada, lançou-lhe um olhar ameaçador.

— Levinse, me ajuda! — suplicou Briana, entre lágrimas.

Necromancer abriu a porta do quarto número 17 e tentou empurrar Levinse para dentro. O garoto agarrou-se ao batente, viu, de canto de olho, um cenário aterrorizante dentro do quarto: crianças amarradas em árvores em uma ilha sombria.

De volta ao corredor, ele correu novamente até Briana, mas quando a agarrou e se teletransportou para longe, tudo ficou escuro. Levinse não conseguia respirar, sentiu um vento fresco passar pelo seu rosto, então caiu em algo macio e sentiu o seu corpo saltar duas vezes antes de parar. Ainda no escuro, ele apalpou onde estava deitado. A iluminação fraca foi revelando o lugar; Levinse estava em seu quarto, deitado em sua cama. Percebendo aquilo, respirou tão profundamente que parecia puxar todo o ar do cômodo. Levinse levantou-se lentamente, ainda atordoado pelo que acabara de acontecer. Vestiu-se rapidamente e foi até o banheiro, lavando o rosto para clarear as ideias.

"Eu sonhei?", questionou-se, fitando-se no espelho. Tentou mudar a cor dos olhos, mas nada aconteceu. Lavou o rosto mais uma vez e dirigiu-se à cozinha, preparando uma xícara de café.

Ao olhar pela janela, viu que ainda era noite lá fora. Decidiu então verificar a hora no celular da mãe. Ela dormia um sono profundo; ele se agachou, pegou o celular dela, que estava no chão pouco abaixo da cama e olhou a hora: 3h48.

Agora com a mente um pouco mais clara, Levinse sentou-se na mesa da cozinha, tentando processar tudo que havia acontecido. Voltou até o quarto de sua mãe e tentou acordá-la.

— Mãe, acorda! — chamou Levinse, sacudindo-a levemente. — Mãe, acorde, estou preparando café.

— O quê? — murmurou ela, ainda sonolenta.

— Preciso te perguntar algo. Vamos para a cozinha, a água já está no fogo.

Levinse foi à frente, pegando uma garrafa térmica vermelha e um coador. Sua mãe chegou logo depois, ainda sonolenta, e abriu a geladeira para pegar leite.

— Pega um copo para mim, por favor — solicitou ela, bocejando.

Levinse prontamente obedeceu, mesmo que o copo já estivesse limpo, preferiu enxaguá-lo antes de entregar à mãe.

— Mãe, preciso saber mais sobre meu pai. Tenho a sensação de que tudo isso que estou vivendo tem a ver com ele — disse ele, enquanto preparava o café.

Sua mãe deixou o copo cair no chão, fazendo-o se estilhaçar. Levinse teve alguns lampejos de memória, mas logo desapareceram. Ele sacudiu a cabeça e foi buscar o café no armário.

— Já te disse que não quero discutir isso dentro de casa — respondeu ela, visivelmente irritada.

Levinse também pegou um filtro de papel, colocou-o no coador e acrescentou duas colheres de café.

— Tive um sonho muito real agora há pouco. Sonhei que estava preso em uma casa com um corredor infinito, cheio de quartos, cada um levava a um lugar diferente.

— Uma casa com muitos quartos? — repetiu ela, pegando uma vassoura e uma pá atrás da porta.

— Sim, e conheci uma garota lá. Tinha um ser chamado Necromancer nos perseguindo.

A vassoura escapou de suas mãos.

— Mãe, você está bem? — perguntou Levinse.

— Estou, só estou cansada — respondeu ela, pegando a vassoura do chão.

Levinse percebeu que a água estava fervendo e a retirou do fogo, despejando-a cuidadosamente sobre o café no coador. O aroma do café logo se espalhou pela casa.

— Parecia tão real, mãe. Na verdade, não sei se isso aqui é real ou apenas mais um dos quartos — comentou ele, olhando para o coador.

Sua mãe levantou-se e foi até o armário, pegando outro copo e servindo-se de leite enquanto aguardava Levinse terminar de preparar o café.

— Foi tão real assim?

— Sim, extremamente real. Eu senti tudo, a dor quando me machucava, o sabor quando comia, tudo — respondeu ele, fechando a garrafa.

Levinse encheu um copo com o café recém-coado e entregou-o à mãe, que completou com leite.

— São sonhos bem estranhos que você tem. Talvez seja bom marcar uma consulta com um médico — sugeriu ela.

— No sonho, eu era o sucessor de algo, tinha poderes sobrenaturais. O Mike estava comigo no início, mas ele morreu lá.

A menção a "sucessor" fez com que a mãe quase se engasgasse.

— Tenho a impressão de que está me escondendo algo.

— Levinse, se voltar a falar sobre seu pai, vai ser castigado — advertiu ela, com tom de voz elevado.

Levinse tomou o café de um gole, destrancou a porta da cozinha e foi para o quintal. Lá, sentou-se em uma cadeira próxima à mesinha, onde já havia um cinzeiro e um maço de cigarros aberto. Tirou um isqueiro do bolso e acendeu um cigarro. Sua mãe juntou-se a ele pouco depois.

— Você sabe que não gosto de falar sobre isso. Seu pai morreu há muito tempo e, sinceramente, quando você nasceu, ele nos abandonou — explicou ela.

Levinse ficou surpreso com a informação, mas fingiu não se importar. Sua mãe nunca tocava no assunto do pai, então ele tentou mudar de assunto.

— E como foi quando eu nasci?

Ela se sentou à mesa, olhando para o céu noturno, sem lua, mas repleto de estrelas.

— Seu parto foi complicado, filho. Não foi como esperávamos; parecia que você não queria sair da minha barriga — disse ela, com um sorriso nostálgico.

Levinse soltou a fumaça do cigarro com um meio sorriso.

— No final, deu tudo certo. Você nasceu vermelhinho, mas grande e gordinho; depois, sua pele foi clareando. E você não chorou, sabia?

— Sério? — indagou ele, surpreso.

— Sim, não sei por que, mas mais tarde passou um padre lá querendo orar por você, para que você tivesse saúde e crescesse forte, como se você fosse doente. Achei ridículo! — Ela tomou outro gole do café com leite. — Lembro da cara dele até hoje. Tinha olhão azul-aço, os buracos do nariz bem grandes e um queixo fino e pontudo.

Levinse quase se engasgou com a fumaça.

— Esse homem tocou em mim ou fez alguma reza, sei lá? — perguntou ele.

— Não — disse sua mãe pensativa. — Não que eu saiba. Depois que os médicos te levaram, eu dormi muito.

— Mas é possível, não é?

— Levinse, eu acho que sim. Quando a gente voltou para casa, eu o vi do lado de fora conversando com uma enfermeira loira, conhecida minha, sabe? Tempos depois, eles se casaram, eu soube. Depois também ouvi dizer que o homem faleceu em uma explosão. Coitada, ela sofreu muito.

Levinse pensou onde já tinha ouvido aquela história.

"*Claro, é a mesma história do pai de Briana*", pensou ele.

Ele foi até a cozinha pegar mais café, acendeu outro cigarro e voltou à mesinha lá fora.

— Você conhecia aquela mulher de onde, mãe?

— Do hospital mesmo, ela ajudava o médico responsável pela maternidade — ela tomou outro gole de café. — Tempos depois, esse médico foi preso; descobriram que ele roubava órgãos das pessoas que morriam e fazia experiências no porão do hospital. Nem acredito que foi ele quem fez seu parto.

Levinse notou muita semelhança nessa história também, com tudo que ele tinha vivido na casa. Questionava com mais atenção o fato de poder estar em um dos quartos da casa. Resolveu fazer outro teste, tentando se transformar, mesmo assim, nada aconteceu. Então, fez uma pergunta que só sua mãe saberia a resposta, para ter certeza de que realmente estava em sua casa e que aquilo, na casa, foi só um sonho muito específico.

— Mãe, você lembra quando eu era pequeno e estava no sítio da tia Seeg e descobriram o corpo daquele bebê no lago?

— Eu fui procurar onde você estava; você tinha sumido por horas. Quando te encontrei, você estava cutucando aquele recém-nascido com uma vara, achei que você tinha matado a criança, aí tirei você de lá em lágrimas — disse ela, muito séria.

— Dois dias depois, descobriram que na fazenda vizinha, a moça que morava lá tinha engravidado do próprio pai, e foi ela que deixou o bebê para morrer lá — falou Levinse, calmamente.

— Mesmo assim, eu disse para você não contar a ninguém que o tinha visto ou acontecido. Falei para você que, se te perguntassem, você estava escondido no jardim — ela finalizou a bebida e suspirou. — Eu realmente fiquei aliviada quando soube da notícia. No fundo, eu sabia que você jamais faria algo do tipo, mas as pessoas julgariam você ainda mais... acho que só você e eu sabemos disso até hoje, não é?

— Sim, nunca contei nem para o Mike — disse ele, lembrando do amigo.

— Por que você lembrou disso agora, Levi?

Ele percebeu que realmente estava em casa e que realmente era sua mãe, não só pelo teste que ela tinha passado, mas também porque só ela o chamava de Levi. Também se lembrou do seu melhor amigo e queria pegar o celular da sua mãe para ligar para ele, mas sabia que era muito cedo e o garoto ainda estava dormindo.

— Você é doidinho, não é, Levi? Olha, foi só um pesadelo, filho, você tem muita imaginação. Eu vou voltar a dormir, tenho que trabalhar daqui duas horas, quero dormir mais um pouco — disse ela, levantando-se.

— Certo, mãe.

Levinse ficou lá até amanhecer e resolveu fazer mais café para sua mãe, já que ele tinha bebido tudo antes mesmo dela acordar. Quando terminou, ele foi ao banheiro, fez suas necessidades e tomou um banho, trocou de roupa, vestiu uma de suas calças pretas, uma camiseta branca e sua jaqueta favorita. Abriu a porta com cuidado para não fazer barulho e saiu para caminhar. Enquanto passava pelas mesmas ruas por onde costumava andar, acendeu um cigarro e fumou lentamente. Foi até a venda onde trabalhava meio período, mas ainda estava fechada. Em seguida, passou pela escola e pelo local onde encontrara a estrada estranha que levava até a casa, mas não havia nenhuma estrada lá. Finalmente, foi até a casa de seu amigo e ficou surpreso ao vê-lo acordado tão cedo, sentado na porta de sua casa, enrolado em uma coberta vermelha e segurando um enorme copo de café.

— Ah, Mike, que cena ridícula! — disse Levinse, rindo do amigo.

— Ridículo é você, que sempre veste as mesmas roupas. Vem tomar café, meu pai acabou de fazer.

Mike entrou em casa e pegou uma enorme xícara cheia de café para Levinse. Sentaram-se os dois em um banco em frente à casa dele, e Levinse se enrolou na coberta também. Ficaram ali, compartilhando a mesma coberta vermelha e tomando dois copos exagerados de café.

— Está muito frio hoje, até você está com frio — disse Mike, puxando um pouco mais a coberta.

— Quando eu estava caminhando, eu estava quente, mas agora que parei... — falou Levinse, puxando a coberta do amigo.

Quando os dois encontraram um meio-termo na divisão da coberta, Levinse começou a contar sobre o sonho que teve e a conversa com sua mãe.

— Eu morri.

— Morreu, de uma forma horrível.

Levinse falou sobre tudo o que lembrava do sonho, inclusive de Briana.

— Era bonita mesmo? — perguntou Mike.

— Muito. Estou apaixonado até agora por ela, pena que foi apenas um sonho.

Ele também mencionou os seus poderes.

— E você tinha superforça?

— Eu não sei, não tive tempo de aprender tudo. Só sabia me teletransportar com facilidade.

— Você se superou, Levinse — disse Mike, tomando um gole de café. — Esse foi de longe o sonho mais louco que você teve.

Levinse também tomou um grande gole do café, que agora já estava mais frio.

— O pior é que isso me deixou ainda mais perturbado. Eu não sei se isso é real, mesmo falando com minha mãe, mesmo estando aqui com você, ainda tenho dúvidas. — Ele apertou a xícara com força. — Eu passei tanto tempo naquela casa, aconteceu tanta coisa, que é muito estranho eu estar aqui.

Mike olhava para ele com compreensão.

— E você mencionou que sua mãe falou que um cara ficou te observando no dia que você nasceu.

— Isso, e tudo o que ela falou se encaixa com a história da menina que eu conheci na casa.

Mike olhou para uma casa do outro lado da rua, pensativo.

— Será que esse homem não é o pai da menina? Você disse que sua mãe falou que os olhos dele eram azul-aço, assim como os dela.

— Eu pensei nisso. Ela tinha cabelo branco, mas me contou que seu cabelo natural era loiro — disse ele, olhando para Mike.

— Igual ao da enfermeira. E o mesmo cara se explodiu.

— Como o pai dela, faz sentido — disse ele, pegando um cigarro do bolso. — Mas um padre pode se casar?

— Ele não era padre, Levinse, tenho certeza disso. Você disse que um cara de olhos azuis-aço apareceu no céu de um dos quartos, certo?

— Caramba, era o mesmo cara! Ele me disse "cuidado" antes de Briana desmaiar — disse ele, surpreso.

— Levinse, essa garota era confiável? Você falou que ela apareceu do nada dentro da casa, falou que tudo na casa corria atrás dela, ainda mais quando vocês estavam juntos, e era ela que se ferrava na maioria das vezes — disse Mike, fixando o olhar nele.

— Ela me parecia muito confiável, cuidou de mim. Além disso, ficamos muito íntimos — Levinse respondeu, mencionando um detalhe que fez Mike levantar as sobrancelhas e lançar-lhe um olhar punitivo.

— Levinse, e se ela for o problema? Junta tudo, cara, abre os olhos.

Levinse puxou um trago bem longo e não quis encarar o amigo, pois ele sabia e sentia que, mesmo na casa, ele se questionava sobre isso.

— De qualquer forma, foi um sonho, não foi real. Fiquei muito perturbado com isso tudo, não quero mais falar sobre isso, mano — mentiu Levinse, jogando a bituca de um cigarro longe.

— Eu nem consigo imaginar como deve ser difícil para você, mas, Levinse, você precisa voltar — disse Mike, muito sério.

— Voltar para onde, doido?

— Ele precisa de você. Agora você entende um pouco mais a história e os motivos.

Levinse olhou sério para seu amigo.

— Do que você está falando, Mike? Foi apenas um sonho, só isso.

— Tem certeza disso? Olha para aquela casa — disse ele, apontando o dedo para a casa do outro lado da rua.

Levinse forçou a vista e viu a entrada da casa, um balanço preso em uma árvore média, ao lado de uma pequena casinha onde poderiam guardar ferramentas. A casa principal não era grande, mas era bem bonita, de aspecto antigo, toda branca, com grandes janelas de madeira, lâmpadas engaioladas em uma caixinha de ferro e uma pipa amarela enroscada na ponta do teto.

Levinse olhou para a porta de entrada, toda preta, com um número em branco brilhando bem no meio: 14.000.000.001, e acima do batente estava escrito "Entrada".

— Eu sabia! Estou na casa ainda.

— Não, você está aqui fora, é tudo real — disse Mike, levantando-se.

Levinse levantou-se logo em seguida e jogou a coberta vermelha em um canto do banco.

— Isso é loucura, Mike! — disse ele, muito desapontado.

— Você vai entender tudo. Agora, vai.

Quando Mike disse isso, a porta se abriu, uma pequena onda de sangue correu até Levinse, e dele surgiram braços pálidos que o agarraram, puxando-o lentamente em direção à porta.

— Mike! Mike, só não me abandona de novo, beleza? — disse ele com dificuldade, lutando para não cair.

— Eu nunca te abandonei, irmão. Confia em mim.

Ele chegou à porta, tudo estava escuro lá dentro, luzes piscavam, sua visão estava distorcida, e ele sentiu o cheiro da mesma fumaça que exalava do seu corpo. Viu um espelho, e uma voz falava em sua cabeça: *"trux"*.

— *Morietur* — ele completou.

Olhando para seu reflexo, ouviu a mesma voz dizendo: "Abra os seus olhos".

Os olhos de Levinse, castanhos antes, ficaram negros com uma pequena nuvem cintilante no centro.

"Abra seus olhos", disse novamente uma voz grossa e rouca ainda mais alta. A nuvem branca se expandiu, cobrindo todo o seu olho. O espelho se quebrou em pedaços, e ele se sentiu ser puxado.

Quando voltou ao corredor, não quis acreditar no que viu: Necromancer estava contra a parede, debatendo-se e sapateando no ar, enquanto Briana, a menina meiga, inocente, linda e cativante, segurava a aberração pelo pescoço. Em seu olhar, demonstrava desprezo e superioridade.

Mike surgiu pela porta do quarto 11 e, quando viu aquela cena, gritou com todas as suas forças:

— Não! Levinse, faça alguma coisa!

Nesse momento, Necromancer levantou sua mão e tocou no ombro de Levinse. Tudo escureceu, ele sentiu seu corpo flutuar, parecia incapaz de controlar sua respiração e, quando achou que iria sufocar, percebeu seu pé tocar no chão e o ar entrou como uma bomba em seus pulmões.

Estava em um quarto branco e agradável. Havia uma cama de solteiro no local e uma mulher estava deitada nela. Levinse se aproximou e viu que era sua mãe. Ela segurava uma criança em seu colo, que parecia ter apenas algumas horas de vida.

Um homem entrou no quarto, e a mulher ficou assustada. O homem era alto e bonito, usando um longo sobretudo preto. Seus olhos eram da cor do aço, seus cabelos eram rebeldes e pretos, e parecia que não fazia a barba há muitos dias. O homem se aproximou.

— Quem é você? — perguntou sua mãe.

— Não tenha medo. Estava passando e senti uma energia boa, então entrei e vi esse lindo menino.

— Desculpe, mas não entendi o que você quis dizer.

— Eu sou padre da cidade vizinha. Às vezes venho aqui para alegrar os doentes — disse ele.

Levinse olhava para ele com curiosidade.

— Entendo... — respondeu a moça.

Houve um momento de silêncio, a mulher começou a se sentir desconfortável com a visita do homem. Ele olhava para seu filho de forma séria e penetrante.

— Esse menino será extraordinário — disse ele, por fim.

Ele saiu do quarto às pressas, e Levinse o seguiu. No corredor, encontrou-se com uma enfermeira loira e bonita, que lembrava muito Briana.

— Fez?

— Sim, ele será meu sucessor — disse ele, apavorado.

— Precisamos dele forte para cuidar da garota — disse a mulher, com uma expressão abalada.

— Ela ainda é nossa filha, ainda é um bebê — respondeu o homem, nervoso.

— É um monstro, e isso é tudo culpa sua! É um monstro como você! — disse ela, em lágrimas.

Ele saiu andando por um corredor do hospital, que estava vazio. Quando Levinse viu o homem se transformar no Necromancer, uma fumaça negra cobriu o seu rosto. Assim que a visão retornou, notou que estava de frente para a grande casa e viu Necromancer conversando com Mike.

— Eu não posso fazer isso, por que você mesmo não faz? — perguntou Mike. — Eu cuido dela.

— Você não tem poder para isso. Vá e cuide do garoto, seja amigo dele, oriente, mas nunca conte a verdade.

A nuvem negra tapou sua visão novamente. Levinse não queria acreditar; aquilo era loucura até mesmo para ele. Quando achou que estava sabendo de tudo, o salão principal da casa se formou ao seu redor, e ele viu Necromancer subindo as escadas. Ele o seguiu, e alguns dos espíritos que passavam por ele fizeram uma pequena reverência. Levinse achou estranho, mas continuou a seguir Necromancer.

Ele parou na porta de número 19 e, ao abrir, viu Briana acorrentada pelos braços e pernas. O quarto era todo de pedra cinza escuro, completamente sem cor, sem vida.

— Sua beleza não me engana, Briana... — disse Necromancer, observando-a chorar. — Me prometa que não irá interferir no tempo.

Levinse viu ela balançar a cabeça negativamente. Olhou para Necromancer e, por algum motivo, não sentiu medo de seu rosto, pois agora entendia que ele não era o vilão, mas sim Briana.

— Papai, por favor!

— Não me chame de pai — disse ele, pausadamente. — Você matou todos, todos eles, e gostou disso. Achei que conseguiria te controlar, achei que... — ele suspirou profundamente e pausou a sua própria fala.

Tudo ficou escuro novamente, e Levinse sentiu um vento frio tocar sua pele. Ele ouviu Mike gritar seu nome e abriu os olhos.

Seu corpo se tornou sombrio, uma penumbra escura cobria todo seu corpo, seus olhos estavam completamente brancos. Briana apertava com tanto ódio a garganta de Necromancer que foi possível ouvir um barulho horrível de estalos. Mike gritou mais uma vez, parecia incapaz de fazer alguma coisa. Então, Levinse se levantou e pegou no braço de Briana. Ela olhou diretamente para seus olhos, e nesse momento, o tempo parou. Necromancer estava no ar, Mike estava congelado, ameaçando se aproximar.

— Parar o tempo não vai adiantar — disse Levinse.

— Eu tive que fazer isso. Ele quer me usar, Levinse.

— Não minta para mim — disse ele, com fúria, e as paredes do corredor estremeceram.

— Por favor, Levinse, eu não quero ficar aqui! Por favor, você me prometeu! — disse ela, chorando.

— Você mentiu para mim, você me usou... sabia que só eu conseguiria achar as páginas, sabia que só eu poderia fazer esses malditos desafios. Você é um monstro! Como pôde me usar? Eu poderia ter amado você — uma lágrima escorreu dos olhos de Levinse. — Você irá retornar à prisão.

— Você não pode fazer isso, você não sabe de tudo!

— Sei o suficiente.

Os braços de Briana se abriram e o tempo voltou ao normal. Necromancer caiu morto no chão, e Mike correu até ele. Levinse apontou a mão para Briana e, como se alguém a empurrasse, ela foi levada até a porta 19.

— Eu fiz isso por um bom motivo, Levinse, você tem que me escutar! — disse ela, desesperada.

— Não a escute, vou te explicar tudo caso você tenha dúvidas. Não deixe ela te manipular novamente, Levinse — disse Mike, segurando o corpo do mesmo homem que Levinse vira na visão.

Ele ouviu o amigo e fez Briana levitar até o quarto 19. As amarras se prenderam em seus braços e pernas, e a porta se fechou.

CAPÍTULO 19

NECROMANCER

Ainda se ouviu o eco da porta quando foi fechada. Levinse olhou o número 19, lembrando de tudo por que passou, e escorou uma das mãos na porta. Em sua mente, passavam cenas como um filme: lembrou-se de quando conhecera Briana, das boas conversas que tiveram, de como ela cuidava dele quando ele apagava, de quando ela entrara na cidade sozinha só para pegar algo para eles beberem quando Levinse estava mal, lembrou-se da aliança que ela dera pra ele, então olhou para o anel em seu dedo e as lágrimas começaram a cair, lembrou-se também da floresta, de como fora intenso o que sentiram, o corpo suado dela tocando no dele, lembrou-se de seus olhos cinza-azulado e de seu cabelo grisalho, e viu o seu rosto olhar fixamente para ele.

Aquilo doía tanto dentro dele, sentia-se traído, destruído em pedaços, sentia que algo queria escapar por sua garganta e soltar da sua boca. Então ele gritou, gritou tão alto e furiosamente que todas as portas do corredor se abriram repentinamente e se fecharam em seguida, sentindo a porta 19 estremecer em suas mãos. Olhando para o chão, viu a fumaça preta se espalhar como areia, ela caía por completo de seu corpo. Os seus olhos voltaram ao tom castanho-claro, e ele sentiu um calafrio passar por todo seu corpo.

— Levinse, se acalma! — disse Mike.

Ele olhou a fumaça desaparecer no chão enquanto as lágrimas escorriam de seu rosto.

— Levinse, ela te manipulou, você não foi o primeiro com quem ela fez isso. Ela é muito poderosa, irmão.

— Ela estava me usando.

Mike olhou com pena para seu amigo, então se levantou e foi até ele, tocou em seu ombro e o abraçou bem forte.

— Você vai superar, cara. Você é forte, só não é muito esperto — disse ele, tentando alegrar o amigo. — Vem, me ajuda com ele.

Os dois caminharam até o corpo de um homem deitado de bruços no chão. Levinse ajudou Mike a colocar ele sentado encostado na parede.

— Então essa é verdadeira forma dele. Tirando a cor do cabelo, se parece muito com...

— É meu irmão — disse Mike, interrompendo-o.

Levinse olhou assustado para ele, limpou as lágrimas de seu rosto e tentou focar no que o amigo havia dito.

— Você descobriu muita coisa sozinho, Levinse, mas ainda tem muita coisa que não sabe — Mike viu que o amigo ainda não estava 100% ali. — Venha, vamos no quarto 83, lá tem um bar. Eu vou te contar tudo, talvez você fique melhor quando entender.

Os dois caminharam pelo corredor, Levinse deu uma boa olhada na porta 19 antes de continuar a seguir Mike. Depois de uma curta caminhada em silêncio, Mike abriu a porta 83.

Ele entrou, mas Levinse ficou do lado de fora olhando a bizarrice ali dentro. De dentro do quarto, uma estrada de terra surgia ao pé da porta, centenas de pessoas, homens e mulheres de várias idades, estavam completamente nus se autodevorando, arrancando mordidas enormes da carne um do outro. A cena era horrível, ainda mais os gritos. Levinse notou um adolescente sendo devorado e viu uma velha arrancando um dos seus braços, um homem mordia sua garganta e outro jovem tentava pegar o seu pé, ele berrava, mas logo puxou uma orelha da velha.

Mike falou bem alto e claro:

— *Perpétua, immobili, trux morietur.*

Todos ficaram imóveis, logo abriram um estreito corredor, de onde podiam ver um bar de estrada ao fundo, logo depois voltaram a se devorar. Mike fez um sinal a Levinse, que entrou no quarto, seguindo o amigo e passando pelo corredor doentio, de onde sangue e entranhas jorravam para todos os lados.

— Não se preocupe, eles se curam e voltam a fazer isso toda hora — disse Mike.

— Isso é real? São pessoas de verdade? — perguntou Levinse, muito presente.

— Não tenha dúvida disso, são tão reais quanto eu e você.

O bar era muito característico, aparência antiga, todo de madeira, umas duas lâmpadas amareladas balançavam com o vento fraco. Mike abriu a porta e tão logo Levinse entrou, um silêncio tomou os gritos e lamentos quando a porta foi fechada. Levinse notou que o bar era bem mais antigo, parecia uma taverna, cheio de mesas e cadeiras, quatro lustres cheios de velas, uma bela lareira de pedras que já estava acesa, um enorme balcão cheio de bebidas e barris em cima e na parede havia várias garrafas de tamanhos e cores diferentes.

Mike foi até o outro lado do balcão, pegou dois copos de ferro e retirou uma garrafa média de um líquido marrom-avermelhado, colocou um pouco em um copo e encheu o outro, bebendo tudo em uma golada e empurrando o outro pela metade para Levinse.

— Prove, vê se gosta.

Levinse tomou tudo, nunca tinha sentido um sabor daquele, pois era algo muito amadeirado e leve, parecia flutuar em sua boca, mas também sentiu ser bem alcoólico.

— Bom.

Mike encheu os dois copos e se baixou, sumindo atrás do balcão, mas em seguida voltou com um maço de cigarros e uma espécie de cinzeiro de aço.

— Se sente melhor, Levinse? — perguntou ele, abrindo o cigarro.

— Acho que sim. Eu estou feliz por te ver bem, mas confuso com tudo que aconteceu e também com muita pena da Briana, sinto que deveria ter pelo menos ouvido o que ela queria dizer — disse ele, enfiando a mão no bolso da calça

— Você pode fazer isso depois, apesar de eu não recomendar, é claro. Vou te explicar tudo, contar pelo menos boa parte da história, e então você vai entender e isso responder todas essas perguntas que estão se formando aí na sua cabeça — ele deu um cigarro a Levinse e pegou um para si mesmo. — Mas vou lhe pedir para não me interromper e confiar em mim também, depois você pode perguntar o que quiser, ok?

— Acho que sim — disse Levinse, com o cigarro na boca.

— Tome mais um copo, isso vai ajudar — Mike empurrou o copo, mas Levinse estava tirando um isqueiro do bolso quando Mike estalou os dedos e os cigarros acenderam.

— Pode ter certeza de que tenho perguntas — disse Levinse, devolvendo o isqueiro para o bolso. — Mas, na verdade, eu estou faminto.

— Daria, traz alguma coisa para a gente comer — disse Mike para uma mulher que estava escorada em uma porta.

Levinse se assustou com ela, não a tinha visto antes.

— Essa mulher é a mesma do quadro — disse Levinse, baixinho.

— Sim, a do primeiro quarto lembra? É ela, mas ela não fala nada, encontramos ela aqui nesse quarto há séculos.

Levinse franziu a testa.

— Enquanto ela prepara alguma coisa para você, eu vou começar. — Ele levantou uma das sobrancelhas antes de completar. — Acho que vou começar por... Meu irmão e eu nascemos no ano 18 antes de Cristo.

— Mike, você e eu temos a mesma idade. Como você nasceu no ano 18, está maluco? — Levinse segurava o copo.

— Depois de tudo que você passou aqui dentro da casa, de tudo que viu, você vai mesmo duvidar de mim?

Levinse franziu a testa, ficando pensativo.

— Não me atrapalhe, preciso lembrar de tudo, pois faz muito tempo... Sim, naquela época éramos pessoas comuns, mas muito curiosos. Meu irmão e eu adorávamos fazer experiências e estudar a ciência por trás das coisas, tanto é que todos conheciam a gente como magos ou bruxos, por causa dos nossos remédios e armas. Nós dominávamos o refinamento de minérios e outros componentes que só foram catalogados milênios depois. Um certo dia, o meu irmão ouviu falar de um minério mágico que poderia invocar uma entidade cósmica e nos conceder desejos, mas é claro que era só uma história. Não para ele, pois realmente acreditou que aquilo poderia ser possível. Ele me convenceu a ir com ele até o lugar onde essa tal pedra foi vista, depois de seis anos, abandonando tudo e todos. Finalmente, encontramos a tal pedra; parecia muito um pedaço de areia cristalizada. Meu irmão fez várias experiências com ela, até que, numa noite, o miserável conseguiu. Um som muito agudo saiu da pedra, e era como se uma parte do céu noturno estivesse presa ali dentro. Aquela luz pulou em nós dois, e a pedra se explodiu.

— E o que vocês fizeram? — perguntou Levinse, apertando uma bituca no cinzeiro.

— Nada, simplesmente continuamos nossas vidas, mas na vila onde vivíamos, notamos que as pessoas começaram a falar coisas estranhas sobre nós, coisas impossíveis. Até que um dia um grupo religioso tentou nos capturar, alegando magia negra, dizendo que todos envelheciam, mas nós não. Tivemos que fugir para bem longe, e em nossa jornada, percebemos que não envelhecíamos desde o dia em que aquela pedra explodiu. Não ficávamos doentes e notamos que podíamos ficar anos sem comer ou beber, e nada acontecia. Fizemos vários testes para saber se éramos imortais; ainda podíamos nos machucar e sangrar. Aquela pedra nos deu juventude eterna, mas não éramos imortais, ainda podíamos morrer. Então, meu irmão e eu descobrimos que a magia realmente existia, muito rara, mas existia. Decidimos usar esse dom para aprender tudo sobre isso.

— Que bizarro! Eu vi você crescer, irmão — disse Levinse, tomando mais um gole da bebida.

— Vou chegar nessa parte... Como não podíamos ficar por mais de dez anos no mesmo lugar, viajamos o mundo todo e aprendemos de tudo: magia de todas as cores, magia do caos, deuses e entidades de várias culturas, demonologia e diversas criaturas místicas. Depois de pelo menos quinhentos anos, parecia que já sabíamos de tudo, nada mais podia nos surpreender. Até que meu irmão teve a brilhante ideia de querer passar todo esse conhecimento adiante. Eu entendia a vontade dele, mas não apoiava. Por trezentos anos, em nossas viagens, pegávamos pessoas andarilhas e ensinávamos sobre um assunto específico. Isso foi muito bom para nós, pois ficamos conhecidos no mundo todo como Illuminati.

— Nunca ouvi falar — disse Levinse.

Daria chegou naquele momento com uma enorme tábua cheia de carne, coxas de frango, peixes e frutas, colocou-a sobre a mesa e se retirou rapidamente.

— Meu anjo, traga também sobremesa, como aqueles bolinhos que eu adoro, por favor — disse Mike, com um sorriso no rosto.

Ela fez um gesto de concordância e sumiu ao fundo da taverna. Levinse não demorou para pegar um belo pedaço de carne e começar a comer.

— No mundo de onde eu venho, a história é totalmente diferente do mundo de onde você vem. Vou explicar calmamente... Nós tivemos um aluno que nos ensinou mais do que nós a ele. Ele falou sobre uma tal de Necromancia e sobre uma porta mágica que levava para outro mundo, além de ter falado que existiam milhares dessas portas espalhadas por infinitas dimensões. Imagina, o meu irmão surtou de felicidade. Claro que encontramos a tal porta depois de cem anos de procura; estava em uma clareira, uma porta de madeira esculpida com o número zero entalhado no centro. Quando a abrimos, fomos literalmente sugados para dentro e nos vimos despencando do céu. Se não fosse a nossa magia, teríamos morrido. Caímos em um mundo terrível, nada evoluído. Acho que você viu esse lugar no quarto 13.983.753.915, era um lugar terrível.

— Sim, um quarto amarelado, com árvores pretas e gramado musgo — disse Levinse, com um pedaço de peixe na mão.

— Ficamos presos por trinta anos procurando pela saída. Quando finalmente achamos a porta, no centro estava 0-G. Abrimos, é claro, e fomos sugados novamente, jogados em uma encosta nas montanhas. Tivemos que usar magia para nos curar dos machucados, mas nada acontecia. Naquele mundo, a magia não existia, era terrível, muito semelhante ao meu mundo, mas terrível. As pessoas viviam em guerras idiotas, e aquele tal de Cristo tomou conta de tudo como um ser divino, o que nunca foi. Então, caminhamos por séculos, viajamos por várias nações, aprendemos os idiomas deles e fomos parar em uma cidade de uma nação chamada Rússia, Leningrado; era muito frio. Lá, ouvimos falar de uma casa cheia de segredos e poderes, com portas infinitas que poderiam levar a mundos nunca explorados. Claro que encontramos, não a casa, mas outra porta, agora com o número 0-M. Novamente, fomos sugados, mas dessa vez o mundo era incrível, cheio de magia no ar, e nossos poderes eram mais intensos ali. Foi nesse mundo que conhecemos seu pai, Levinse.

— Meu pai? — perguntou ele, com a boca cheia de frango.

— Sim, o seu pai era incrível, recebeu o nome do seu avô, Liniquer. Lembra do velho que nos contou a história de uma criatura e dessa casa quando éramos crianças?

— Era meu avô? — perguntou ele novamente, deixando o frango cair no chão.

— Sim, tudo isso era uma trama, Levinse. Eu vou te explicar. Naquele mundo mágico, descobrimos mais sobre essa casa, pois o meu irmão estava obcecado; eu o entendia, estávamos lidando com magia cósmica, as cordas da criação. Essa casa em que estamos agora foi criada pela própria existência, permitindo que pessoas e criaturas de outros mundos e dimensões possam viajar por todos os universos, um tipo de fuga. Você tem que entender tudo antes.

Daria chegou com uma travessa cheia de bolos, tortas e pudim, deixou na mesa e foi até uma das cadeiras perto da janela, sentando-se em silêncio e observando lá fora.

— Fique à vontade... Você deve estar faminto — disse Mike apontando para a comida — Nesse mundo, seu pai se juntou a nós na busca pela casa. Tivemos várias aventuras, mas mesmo sendo um grande mago, ele não podia viver para sempre. Então, ele conheceu sua mãe, e sua jornada conosco chegou ao fim. Por outro lado, eu também já estava cansado disso e queria me aposentar. No entanto, meu irmão queria encontrar outra porta, e por mais cem anos continuamos a busca. Nesse mundo, as pessoas podiam viver por séculos, então era normal encontrar jovens com 200 anos. No final, encontramos uma porta, a 0-H. Fomos sugados para outra dimensão, semelhante àquela em que não existia magia, entretanto, encontramos a maldita casa nela. Era a mesma dimensão onde você nasceu, Levinse, a mesma em que a gente cresceu. Claro que meu irmão ficou obcecado pelo poder da casa, mas foi tarde quando ele descobriu que o corredor que estava explorando era como um lado negativo. Todas as portas levavam a quartos terríveis, universos em crise, defeituosos e cheios de monstros. Todo o poder que ele conseguiu foi totalmente maligno. Com dificuldade, consegui tirá-lo dessa vida. Ele até se casou, sabe? Conheceu uma linda mulher que trabalhava no hospital, e ele contou todos os nossos segredos a ela, o que, na minha opinião, foi uma burrice. A moça estava grávida dele. Quando a criança nasceu, era uma criança totalmente maligna. Imagine um bebê recém-nascido falando perfeitamente, cara. Ela nasceu falando e andando, já sabendo o que era certo e errado.

— Briana? — indagou Levinse.

— Sim, ela mesma, herdou toda a magia do meu irmão. Claro que ele tentou treinar e ensinar a menina a controlar todo aquele poder, mas ela era maligna. Aos 5 anos, ela matou a própria mãe. Meu irmão surtou e a trancou na casa, usando a Necromancia para trazer sua amada de volta. Antes disso, eu falei para ele que deveríamos criar outra criança para tentar detê-la, uma criança poderosa também. Foi aí que meu irmão teve a brilhante ideia de ir até o mundo onde seu amigo Liniquer vivia. Ele encontrou o mundo em ruínas, salvou a vida do amigo e de sua esposa, que também estava grávida, e levou os dois para este mundo. Liniquer trouxe seu pai com ele. Claro que uma dívida dessa era perfeita para ele pedir o primogênito do amigo. Ele relutou no começo, mas Liniquer era muito importante para fugir do seu mundo, então entregou a criança para a gente e voltou para tentar salvar sua terra, nunca mais retornando. Sua mãe e seu avô ficaram aqui, neste planeta. Sua mãe entrou em um desgosto terrível quando seu pai a abandonou, mas ela não podia fazer nada. Você já foi entregue em um pacto de vida; meu irmão fez vários rituais com sua mãe antes mesmo de você nascer, transferindo parte de seu poder para você ainda no ventre. Sua mãe grávida visitou 8 mil quartos dessa casa, e eu fiquei cuidando da pequena Briana, é claro, mas ela estava ficando incontrolável. Foi aí que veio a brilhante ideia do meu irmão. "Vou te fazer mentor dele", ele disse para mim. "Meu irmão, vá... mude sua forma para a de uma criança e seja amigo dele. Cresça com ele e o ajude a desenvolver o seu poder. Ele será muito poderoso um dia, como seu pai foi. Ele será nossa salvação, mas nunca conte sua verdadeira origem até que ele esteja pronto para assumir esse fardo." Eu não concordei, é claro, já estava farto disso, mas o meu irmão me convenceu, usando o dom de manipulação que Briana herdou.

— Cara...

Levinse estava cada vez mais perplexo com toda a informação que estava sendo revelada a ele. Não queria acreditar, mas tudo começava a fazer sentido.

— Continue, amigo — disse Levinse.

— Então, você nasceu e cresceu como uma criança normal, tendo pesadelos, é claro. Às vezes, você visitava esta casa sem saber.

— É por isso que me sinto bem aqui?

— Sim, você foi criado para isso. Meu irmão enlouquecia quando você aparecia vagando em um dos quartos. Para você, eram apenas pesadelos, mas mal sabia que seus pesadelos eram tão reais quanto sentir fome. Briana já tinha 80 anos quando você nasceu, mas ela deve ter mentido sobre sua idade para você, não é?

— Sim.

— Pois bem...

— Cara, eu transei com uma velha, por isso que o cabelo dela era branco. Como uma velha daquela pode ser tão linda, mano?

— Mesmo ela tendo toda essa idade, o tempo nesta casa não passa, irmão — disse Mike, rindo do amigo.

— Não passa?

— Não, cara. Antes de você nascer, ela foi morar com meu irmão e a mãe dela. Foi nessa época que ela teve um surto assassino e matou a própria mãe. Dez anos depois, meu irmão achou que tinha controle sobre ela novamente e a soltou. Nesse tempo, ela ficou bem calma, mesmo por catorze anos, até surtar novamente, matando todos no bairro onde morava. E ela não apenas matava; ela brincava com as vítimas. Meu irmão tentou segurá-la, mas ela explodiu a garagem da casa onde viviam, então ele a trancou novamente na casa.

— Que vadia mentirosa, cara! Ela me contou uma história parecida.

— Imagino que sim. Cara, essa garota deu muito trabalho para a gente. Mesmo estando presa aqui, ela vivia fugindo. Meu irmão conseguiu aprimorar a casa, convidou um monte de alma perdida no abismo a viver aqui para vigiar os movimentos dela. Ele conseguia fazer a casa se movimentar, fazendo com que ela aparecesse em vários pontos do mundo. Ele também criou uma fechadura mágica que só se abre com sete chaves. Uma vez dentro da casa, não era possível sair sem realizar sete tarefas.

— Por isso está cheio de almas no salão, por isso a porta sumiu, e por isso ela falou sobre as tarefas, que só eu podia fazer, aquele livro... — disse Levinse, levantando-se e começando a andar em círculos.

— Mantenha a calma e pegue mais um cigarro — Levinse fez o que Mike pediu. — Aí você nasceu e eu fui mandado para te guiar, como meu irmão pediu. Eu fui o seu amigo.

— Você é outro mentiroso manipulador, Mike! Fingiu ser o meu amigo esse tempo todo — esbravejou Levinse, cerrando os punhos.

— Vai me ouvir ou não? — perguntou Mike.

— Continue, fale — respondeu Levinse, acalmando-se.

— Realmente fui enviado para te guiar e vigiar, mas, cara, passei 2 mil anos vivendo como um andarilho. Nunca tinha experimentado uma vida como a que vivi com você, uma vida normal. Eu me afeiçoei a você. Com o tempo, você deixou de ser apenas um trabalho e se tornou meu melhor amigo. Foi difícil para mim ver você crescer e lidar com esse fardo, sabendo que a cada ano estava mais perto de você descobrir tudo.

Levinse abaixou a cabeça pensativo, tomava uma decisão naquele momento, se confiaria em Mike ou não.

— Você também foi um bom amigo, mas isso tudo, cara, é atitude de gente ruim e covarde. Quem manda na minha vida sou eu, Mike!

— Concordo, mas, Levinse, você não é desse mundo. Você nasceu aqui, sim, mas você tem grandes poderes. O seu pai fez um pacto e entregou você a esse trabalho, você nunca teria uma vida normal, e eu te conheço o suficiente para saber que sempre foi isso que você queria, ter poderes, ser alguém importante.

— Como vou saber que você não me manipulou a vida toda para eu ter esse tipo de pensamento?

— Pense por si mesmo, desde o começo você sempre foi o líder da nossa amizade, sempre deixei você me arrastar para tudo que é canto, sempre falei para você que esses sonhos eram apenas sonhos, que você era um cara normal, que somente tinha muita imaginação, você sozinho escolheu esse caminho. Quando meu irmão falou que estava na hora, esperamos até você ter outro pesadelo e me chamar para dar um rolê. Dessa forma, o meu irmão fez a casa aparecer aqui na vila, você sozinho tomou a inciativa de ir ver a casa, era para ser uma trama, você entrar e descobrir tudo sozinho. Eu fingi a minha morte no primeiro quarto para ver como você se sairia sozinho, e meu irmão começou a usar sua magia para te dar dicas. Até que aquela maldita Briana resolveu fugir, justamente quando estávamos te treinando, pois acho que ela sentiu a sua presença. Meu irmão tentou buscá-la, mas aí você apareceu. Ele não podia interferir, mas cada vez mais ela entrava na sua mente.

— Cara, ainda não consigo acreditar que ela tem 80 anos.

— Sim, mas ela tem a mentalidade de adolescente, mesmo sendo muito esperta. Não te culpo por se sentir atraído por ela, é uma garota bonita, mas uma assassina psicopata muito poderosa. Engraçado que mesmo o meu irmão sabendo o monstro que ela é, ainda tem o sentimento paterno, tanto é que ele ficou irado quando você tirou a virgindade dela na floresta. Fico pensando quão fria ela é para chegar a esse ponto de conseguir ter você por completo na mão dela.

— Deixa eu ver se eu entendi, o Necromancer é pai dela, você é o tio dela e vocês são tipo bruxos?

— Meu irmão se chama Keller, o nome Necromancer é por causa da sua enorme habilidade com Necromancia. Mas é isso aí, ele é pai dela, e ela é a minha sobrinha.

— Meu pai é de outro mundo... O que você quer dizer com isso? — perguntou Levinse, pegando um pão recheado de creme doce.

— Como eu estava mencionado, são três casas, cada uma com seu corredor cheio de portas, imaginamos ter quartos infinitos. E sabemos como são esses corredores, cada um com mundos diferentes, totalizando 14 bilhões pra cada casa. Um corredor é de dimensões neutras, outro de dimensões fantásticas, e nesse que estamos agora é de dimensões em colapso, ou dimensões falhas, o criador dessas casas é uma entidade cósmica, não sabemos mais nada sobre ele.

— Então é tipo um corredor normal, um de fantasia e um de terror.

— É tipo isso. Meu irmão queria achar o corredor fantástico, mas encontrou o de falhas e, por engano, obteve o poder canônico sombrio. Seu pai, Liniquer, tem o poder canônico cósmico, e meu irmão transferiu boa parte do poder sombrio para você.

— Então eu devo ser foda demais.

— Você e Briana estão no mesmo nível. Ela herdou o poder sombrio do pai, mas sua mãe é comum, veio do corredor neutro, herdando, por fim, o vazio.

— Isso é muito complicado — disse Levinse, enchendo o copo de bebida.

— Você vai entender com o tempo.

Os dois ficaram ali parados em silêncio por um bom tempo. Mike sabia que Levinse precisava digerir tudo aquilo com paciência, mas o tempo era muito curto.

— Levinse, temos que ir. O Keller ainda está lá sozinho.

— Você pode ressuscitá-lo igual ele fez com a mulher dele?

— Infelizmente não, ele morreu finalmente para sempre. Não sou como meu irmão, ele era o único com poderes canônico sombrios, e agora que ele se foi, provavelmente Briana será a próxima. Na linha de sucessão, ela vai ficar ainda mais forte.

— Você diz que ela é forte, mas durante todo esse tempo em que passamos juntos, ela só se machucava, eu que salvava ela o tempo todo — disse ele, dando um gole na bebida logo depois.

— Ela tinha tudo controlado, muitas das vezes ela se deixava se machucar, apenas para confirmar que você era a pessoa certa. Quando você apagava, ela sugava as suas energias e implantava mais toxinas em sua mante, mas ela não sabia que você era tão forte quanto ela — disse Mike, levantando-se.

— Ainda é difícil de acreditar — disse Levinse, também se levantando. — Mas você, então, não tem poderes?

— Tenho alguns — respondeu ele, olhando para Daria. — Nada comparado a vocês três, mas consigo me virar bem. Daria, querida, já vamos indo. Tome conta de tudo, ok?

A moça concordou com a cabeça e foi para os fundos da loja.

— Vamos. Tem um atalho para a saída — disse Mike, entrando no cômodo dos fundos.

Era um quarto pequeno com um fogão a lenha e muitos barris, pacotes e garrafas de tamanhos e cores diferentes. Daria segurava uma porta que dava acesso ao subsolo da taverna. Mike foi primeiro a entrar, e Levinse entrou logo em seguida; estava um pouco escuro, com algumas velas espalhadas pelo chão, então caminharam por um corredor úmido e subiram uma escada. Mike abriu uma pequena porta no teto do túnel e saiu de frente a um lago feito de olhos.

— Fico imaginando se eu entrasse nesse quarto sozinho — disse Levinse, terminando de sair do túnel.

— Tenho certeza de que daria conta. Aqui existem mundos ainda mais bizarros e perigosos do que esse. Vem, chega mais perto para você ver.

Os dois foram até a margem do lago. Levinse percebeu que não eram só olhos, pois eles se misturavam em uma espécie de sangue coagulado e carne, alguns piscaram e se entreolharam quando Mike jogou uma pedra.

— Sinistro! — disse Levinse.

— Realmente — concordou Mike, notando semelhança na palavra que Briana sempre dizia.

— Vamos, a porta está ali — Mike apontou para a outra margem do lago. — Imagino que você já consegue se teletransportar. Se não, temos que dar a volta.

— Você não consegue? — perguntou Levinse, surpreso.

— Não tenho esse poder.

Levinse tirou as mãos do bolso e deu um estalinho no dedo, então uma fumaça negra cobriu seu corpo. Os seus olhos ficaram totalmente brancos. Ele tocou no ombro de Mike e logo a fumaça caiu, então eles estavam de frente para a porta 83.

Ao abrir, viram o corredor. Levinse saiu primeiro e se assustou com uma mancha preta que estava na entrada do corredor, a mancha era tão grande que quase cobria a locomotiva.

— Mike, o que é aquilo? — perguntou ele, enquanto Mike chegou ao seu lado.

— São os espíritos, estão observando o meu irmão morto. Vamos, Levinse!

Eles caminharam até o aglomerado de entidades, todas estavam paradas olhando o homem sem vida escorado na parede. Levinse notou o velho do revólver que sempre se matava, ele segurava o chapéu em uma mão e o revólver em outra. O velho olhou pra Levinse e fez um gesto com a cabeça.

— Por favor, saiam todos daqui — disse Mike para os espíritos.

Todos sumiram de repente.

— O que vai fazer com ele?

— Vou levar até o corredor da casa fantástica. Tem um mundo que ele adorava, vou enterrar ele lá.

— Quer ajuda, Mike?

— Não, obrigado, eu quero fazer isso sozinho. Já você, meu amigo, sei que ainda temos muito a discutir, mas diante de tudo que já te contei, preciso de uma resposta. Você vai assumir o fardo?

Levinse olhou para o homem caído, viu uma baleia passar entre os buracos da parede que mostrava a cidade e olhou para o corredor sem fim. Em sua cabeça, passava sua vida toda, era incrível como Mike realmente foi um grande amigo para ele, não o obrigando a fazer nada, não interferindo nas escolhas que ele tomava.

— Se eu não quiser, o que vai acontecer?

— Na verdade, Levinse, só perguntei por respeito, porque você não tem escolha. Você nasceu para isso e...

— Lógico que eu quero — respondeu Levinse, interrompendo o amigo.

Mike abriu um sorriso para ele, ergueu suas mãos e um machado se materializou na sua frente. Levinse pegou e logo uma fumaça preta cobriu seu corpo. Os seus olhos e cabelos ficaram brancos e seu corpo se transformou em um estampido e vários estalos. O seu cabelo simplesmente caiu, seus olhos afundaram, sua boca se rasgou e alguns fios negros costuraram de forma frouxa o buraco de seus olhos e seu sorriso macabro. Um sobretudo preto caiu nas suas costas e a fumaça se dissipou.

— Você pega o jeito muito rápido, gostei do toque estiloso que deu, Levinse — disse Mike, sorridente. — Vá até o quarto 11.111.111.111 e me espere por lá.

Ouviu-se uma voz rouca e muito grave.

— Agora eu sou Necromancer.

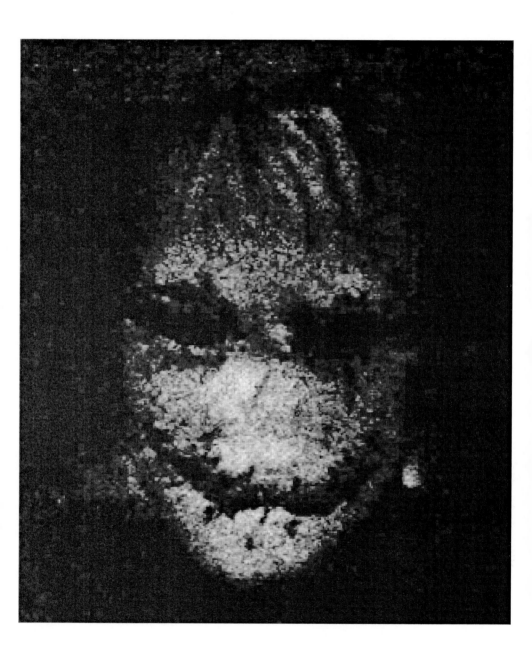